La Pluie de Sang

La Saga des Liens du Sang
Livre 13

Amy Blankenship, RK Melton

Traduit de l'américain au français par
Virginie Eymard

Amy Blankenship, RK Melton

CHAPITRE 1

Ren se matérialisa en face du local principal du Brouet de la Sorcière… exactement au même endroit que là où il avait disparu. Il contempla la tête de Lacey. Lui tournant le dos, elle était assise sur le sol, et tenait Vincent en le berçant comme un petit bébé… avec la tête contre ses seins, du reste. Irrité à la vue de cette scène, il resserra les muscles qui encerclaient ses yeux.

Lacey secoua la tête et fronça les sourcils lorsque les lumières tamisées de la pièce commencèrent à clignoter, ce qui lui fit craindre que l'orage ne coupe le courant comme il l'avait fait au « Musée des Damnés ». Elle tressaillit et resserra son emprise sur Vincent quand un coup de tonnerre frappa sèchement l'atmosphère exactement au même moment où elle vit l'éclair.

Le visage de Vincent se fendit d'une grimace lorsqu'il remarqua la forme de l'ombre d'un homme projetée au sol par la lumière de l'éclair. Histoire de se faire plaisir, il enfonça sa joue encore plus profondément dans la poitrine douce de Lacey avant de murmurer :

- Je crois que ton petit ami est de retour, mon amour.

Lacey sentit les poils de l'arrière de son cou s'hérisser. Tous ses nouveaux sens paranormaux lui disaient que Ren était tellement proche d'elle que si elle se penchait même le plus doucement possible, elle pourrait sentir ses jambes. Elle s'inclina en arrière pour lever les yeux et vit que Ren était penché sur elle et Vincent, et son regard n'était certainement pas le même regard doux qu'il lui avait adressé quand il était parti il y a seulement quelques minutes. Au fond d'elle-même, elle se demandait ce qu'il s'était passé pour que son humeur se soit détériorée lorsqu'il était rentré du musée. Avant qu'elle ne puisse lui poser la question, elle sentit le sol trembler et au fur et à mesure que le temps passait, le tremblement s'accentuait de plus en plus. Elle était sûre que c'était un tremblement de terre.

Ren serra les dents quand il entendit des objets en cristal ainsi que d'autres objets fragiles vibrer sur leurs étagères. Ne voulant pas que le magasin soit détruit une fois de plus, il se tint debout en tentant de se concentrer pour stabiliser le tout dans un grognement sonore jusqu'à ce que la secousse se calme enfin.

Vincent était assis lorsque le mouvement de l'intérieur du magasin s'arrêta soudainement, mais le réverbère extérieur jouxtant la fenêtre continua de se balancer d'avant en arrière, jetant une ombre mouvante dans la pièce.

- Pu-tain... c'était quoi, ça ? demanda-t-il doucement alors qu'un nuage de poussière et de débris se déplaça devant la fenêtre, obscurcissant pratiquement toute la vue sur la rue.

Ren n'eut même pas à deviner... il savait, tout simplement. Il pouvait sentir les démons fuir leur destruction. Une fois l'onde de choc passée, il répondit :

- Je crois que la ville est maintenant devenue un musée à démons, vu que le bâtiment ne tient plus debout.

Son regard suivait Vincent, qui se dirigeait vers la fenêtre en s'éloignant de Lacey. Toujours affaibli, ce dernier saisit le rebord de la fenêtre tout en regardant le nuage de poussière lourde rouler comme une vague de fumée au-delà de l'immeuble. Il fit une grimace lorsqu'il vit des corps se déplacer dans la poussière en réalisant qu'il s'agissait en fait des démons qui fuyaient les lieux et qui se cachaient tout bonnement dedans pour ne pas être repérés.

Il ne put s'empêcher de faire un rapide pas en arrière quand un démon sans peau passa en frôlant la fenêtre qui était face à lui. Il pouvait voir qu'il lui restait des lambeaux de peau accrochés à ses muscles, qui eux, étaient suintants de sang. Il tourna la tête pour le regarder droit dans les yeux et sa bouche s'ouvrit en grand en un cri silencieux qui semblait grotesque, avant de disparaître dans le nuage de poussière.

- Rassure-moi… cet endroit est bien protégé contre les démons, hein ? demanda Vincent, qui avait le sentiment qu'il y avait plus de démons dans la rue qu'il n'y en avait au musée.

Lacey se pencha rapidement en arrière après avoir remarqué la vision démoniaque à la fenêtre et se retrouva pressée contre les jambes de Ren. Pour le moment, elle ne s'en souciait guère et trouvait même cette situation réconfortante.

- Ils ne peuvent pas entrer sans invitation, répéta-t-elle dans un chuchotement effrayé puis hurla de peur quand une main ensanglantée sortit de la poussière comme dans un film d'horreur et la poussa contre la vitre… laissant une longue trace cramoisie le long de son passage.

- Putain ! chuchota Vincent tout en se retournant lentement en glissant le long du mur sous le rebord de la fenêtre.

Il aurait nettement préféré avoir affaire à des démons plus puissants… au moins, eux, ils n'étaient pas aussi flippants. C'était leur manière de se manifester qui avait toujours retourné son estomac dans tous les sens. Il n'eut pas besoin de regarder de nouveau dehors pour savoir qu'ils étaient toujours là… il pouvait le savoir rien qu'en regardant Lacey, qui scrutait la fenêtre l'air terrorisé.

- Ferme les yeux, ma belle. Tu n'as pas besoin que ce souvenir revienne te hanter. Ils seront partis au moment où la poussière s'estompera, continua-t-il d'une voix apaisante.

Les muscles de la mâchoire de Ren se tendirent alors qu'il continuait de fixer l'homme qui était de l'autre côté de la pièce.

- Il y a beaucoup de souvenirs dont elle aurait pu se passer, dit-il d'une voix dangereuse, ignorant que ses yeux étaient suffisamment brillants pour ressembler à des rays d'argent brillant derrière ses lunettes de soleil.

Il essaya de contenir sa rage, mais avec toutes ses malédictions qui avaient croisé sa route, il lui fallut faire un énorme effort. Les plus hauts niveaux de pouvoir dérivant hors de sa portée essayaient de le pousser au-delà du point de rupture, ce qui le laissait perplexe.

Vincent lança à Ren un regard ennuyé, mais quand il remarqua la lueur d'argent émanant de ses yeux, il sentit qu'il allait perdre son self-contrôle. Ce regard était un rappel sanglant des Déchus qui l'avaient condamné à cette existence.

- He bien alors, si certains souvenirs ne peuvent être partagés, elle ne les a pas partagés avec toi de son plein gré… rétorqua-t-il de manière sarcastique.

En voyant d'autres ombres encore plus sombres passer devant la fenêtre, Lacey décida de suivre le conseil de Vincent et ferma les yeux et tous ses autres sens se démultiplièrent à l'instant même où elle se sentit entourée par l'obscurité. Elle pouvait sentir les démons passer juste à côté de la boutique et plus elle se concentrait sur elle-même, plus elle avait l'impression que son ressenti devenait de plus en plus intense. Elle pouvait aussi percevoir de nombreuses émotions… comme la peur et la colère, mais aussi, comme des intentions malveillantes.

C'est comme si elle pouvait mentalement toucher des choses qui lui étaient hors de portée, et elle n'allait pas mentir sur ce point-là : ça lui faisait peur, mais en même temps, c'était très tentant.

Une sensation très alléchante capta toute son attention et elle se concentra dessus en respirant fortement pour ensuite avoir une sensation bizarre, comme si elle avait soudainement bien plus chaud et qu'elle était remplie d'une passion qui ne correspondait pas du tout à la scène qui se déroulait à l'extérieur du bâtiment dans lequel elle était. Elle cligna des yeux et frissonna quand elle ressenti comme un orgasme la parcourant de haut en bas.

Ren, qui avait remarqué que quelque chose lui arrivait, s'approcha et saisit son poignet pour l'attirer vers lui.

- Tu as mal quelque part ? lui demanda-t-il en

oubliant complètement l'homme qu'il venait tout juste de mitrailler du regard.

Les joues de Lacey s'enflammèrent. Elle ne sut que répondre. Sentant le corps lourd de Ren pressé contre son dos et sa respiration chaude dans le creux d'une oreille, elle se dit qu'elle était en mauvaise posture.

Elle serra les cuisses l'une contre l'autre et se concentra sur la seule personne qui était dans son champ de vision : Vincent. Elle constata avec horreur qu'il savait exactement ce qu'il n'allait pas chez elle. Elle se dit qu'elle aurait beaucoup aimé être morte quand elle sentit son regard glisser lentement jusqu'au sommet de ses cuisses… elle se mit à gigoter… bien sûr qu'il était au courant… ils avaient été amants à plusieurs reprises.

Vincent arqua un sourcil quand leurs yeux se croisèrent. Ce regard, il le connaissait très bien… il en avait d'ailleurs souvent été la cause… sauf que maintenant, ce regard n'était pas adapté au contexte, et cela l'inquiétait. Oubliant les horreurs qui se tramaient dehors, il se leva de toute sa stature, ne voulant pas la savoir dans les bras d'un démon et de surcroît, sous l'influence du désir sexuel.

Remarquant la manière dont Vincent regardait Lacey, Ren usa de son emprise sur elle pour se tourner face à elle afin de pouvoir capter son attention. Contemplant plus longuement ses yeux trop brillants et ses joues fiévreuses, il grogna quand il sentit l'odeur de son excitation. Ce n'étaient pas les démons qui lui faisaient battre le cœur. Le flash de l'image de Vincent pressant son visage contre ses seins lui vint à l'esprit. C'est ce qu'il avait vu quand il s'était téléporté pour la première fois dans le magasin… il grogna une fois de plus et la regarda en lui adressant un avertissement sévère.

- Peut-être que tu devrais laisser tomber… exigea Vincent, qui n'aimait pas du tout la manière dont Ren la regardait… ou du moins, il n'avait pas aimé le grognement qu'il venait d'émettre. Il commença à réduire la distance qui les séparait, mais son rythme s'essouffla lorsqu'il entendit Lacey dire d'une voix saccadée :

- Quand j'ai fermé les yeux, il y a quelques secondes, je ne pouvais plus du tout voir les démons… mais je pouvais les sentir chaque fois qu'ils passaient. Tout comme leur méchanceté et leurs auras diaboliques ! Et sans le vouloir, je m'en suis détournée et suis allée voir ce que Gypsy et Nick… faisaient dans le bunker… juste en dessous de nous.

Ren lutta pour se concentrer à travers la brume rouge diabolique qui se frayait sans relâche un chemin dans son cerveau et comprit peu à peu ce qui avait nourri sa passion… mais il ne lui autorisait pas le fait d'avoir silencieusement appelé Vincent, et pas lui… ça, non… certainement pas. Il détourna lentement le regard pour fixer l'homme qu'il s'apprêtait à tuer. Lorsque ses doigts se serrèrent brusquement autour du poignet de Lacey au point de lui faire mal, cette dernière le lui arracha d'un mouvement brusque et s'empressa de reculer. Elle porta son autre main contre son poignet pour le frotter en fronçant les sourcils.

- Et si ta colère te pique autant, pourquoi tu te calmes pas tout de suite ? Je n'ai rien demandé, moi…

Quand elle capta le flash d'argent derrière les verres sombres qu'il arborait, elle fit un autre pas en arrière lorsque des bras l'enveloppèrent, venant de derrière elle. Elle finit par se retrouver dans l'étreinte familière de

Vincent, qui l'avait enlacée de manière protective tout en lançant un regard de mort à Ren :

- Tu peux m'dire de quoi elle t'accuse ?

- Vincent, non, l'avertit Lacey tout en percevant une ruée de démons encore plus diabolique.

Elle fronça les sourcils quand elle se rendit compte qu'elle pouvait ressentir toutes ces énergies gênantes… et puis, il y avait aussi de grandes chances pour que Ren en ait une overdose !

- S'il te plait, Lacey… ne fait pas l'erreur de penser qu'il me fait peur, lui dit calmement Vincent en pensant chacun de ses mots.

Ren se concentra sur la façon dont l'un des bras de Vincent était croisé juste au-dessus des seins de Lacey, avec l'autre juste dessous. Cette posture semblait bien trop séduisante et possessive pour ses goûts, et elle avait raison pour Nick et Gypsy… il pouvait les sentir faire l'amour… c'était un joli contraste avec toute la quantité de mal qui était en lui. Et ce n'était pas non plus une bonne idée de rajouter à tout cela de la jalousie et de la colère.

- Hé, Vincent ! Y'a quelque chose que je suis curieux de savoir. Au bout de combien de temps on se remet d'un cou tordu, hein, dis-moi ?

Il leva un coin de la bouche dans un sourire méchant.

- Ohhhh, c'est pas grave. Je saurai trouver par moi-même.

Les lèvres de Lacey s'entrouvrirent et elle leva les bras en l'air pour stopper Ren, mais, à sa grande surprise, le corps de Vincent disparut subitement. Elle trébucha en arrière et réalisa bien vite que son dos s'était encore retrouvé contre le froid de la vitre. En attendant, elle se demandait vraiment ce que Ren avait fait à Vincent pour le faire disparaître juste comme ça, sans même avoir eu à le toucher.

Ren remarqua à peine le fait que Storm venait de lui voler sa cible alors qu'il reposa toute son attention sur Lacey. Il la tira en avant et posa une main de chaque côté d'elle, la piégeant contre la vitre glacée. Tout en fixant sa prisonnière, il pouvait voir les formes obscures de démons évoluer juste derrière elle. Elles étaient si près qu'il aurait même pu tendre les mains à travers la fenêtre pour les attraper.

Lacey tourna lentement la tête pour lui regarder les mains et vit qu'elles étaient alignées avec les traces des empreintes de sang qui elles, se trouvaient aussi de l'autre côté de la vitre. Une fissure se forma dans le verre de la fenêtre, au niveau où Ren la touchait, puis elle commença à zigzaguer vers elle. Elle sentit la peur l'envahir quand l'une des ombres frappa la fenêtre d'un coup de poing. Elle avala difficilement sa salive, tout en se disant que les ombres n'étaient pas censées faire de bruit, ni de pouvoir faire vibrer le verre de cette manière. Ne voulant pas que la seule chose qui pouvait la séparer des démons se brise, Lacey lança à Ren un regard effrayé. Elle avait besoin de le calmer avant qu'il ne soit trop tard et elle fit la première chose qui lui vint à l'esprit.

Lui saisissant l'épaule d'une main, elle se redressa et pressa ses lèvres contre les siennes, tandis que son autre main lui glissait au niveau de l'entrejambe. Elle eut très vite la preuve qu'il était non seulement hors de contrôle, mais aussi complètement surexcité. Elle enroula sa main sur son membre gonflé, tout en lui suçant la lèvre inférieure.

Ren ferma les yeux et grogna alors que son univers se réduisit à l'endroit dans lequel il voulait se glisser le plus loin possible pour faire comprendre à Lacey de ne plus s'abandonner aux bras d'un autre.

Lorsque la première chose que Ren fit fut de grogner de façon inquiétante, Lacey commença à s'éloigner de lui avec l'intention de courir le plus vite possible, mais son bras s'enroula rapidement autour d'elle et la souleva contre lui. Elle cligna des yeux lorsque sa cuisse se fraya un chemin entre ses jambes pour la chevaucher, faisant monter sa robe sur le haut de ses hanches.

L'excitation qu'elle ressentait se retourna contre elle sans pitié… mais cette fois-ci, la sensation accablante ne venait pas du couple d'en bas. Elle venait de l'homme dangereux qui la tenait maintenant à sa portée. Il lui prit les cheveux de l'arrière de la tête pour la lui incliner en l'air et prendre le contrôle de son emprise sur elle.

*****

Consterné, Vincent émis un grognement quand son environnement changea, libérant à regret Lacey de l'emprise protectrice de ses bras. Recherchant cette dernière, il tourna sur lui-même en serrant les dents lorsqu'il réalisa qu'il était dans un endroit complètement différent... une sorte d'immense bureau, d'après ce qu'il pouvait en voir.

- Et merde, maugréa-t-il, totalement confus.

- Bienvenue à l'EEP, déclara Storm depuis son siège se trouvant derrière le bureau.

Il avait longtemps attendu ce moment et il lui était difficile de ne pas sourire.

- L'EEP, répéta Vincent en avançant dans tous les sens afin de pouvoir localiser la voix. J'ai beaucoup entendu parler de vous, les gars, mais jamais je n'aurais pensé avoir la chance de vous rencontrer.

- Et si, et si… tu as d'ailleurs vu Ren, en premier, l'informa Storm.

Vincent se raidit en entendant le nom de Ren.

- Pas étonnant que ce branleur soit aussi sûr de lui ! Il a pratiquement toute une armée pour le soutenir !

Le sourire de Storm disparut :

- Ren n'a pas besoin d'une armée, et ce n'est pas la raison pour laquelle je t'ai amené ici.

- Alors, pour quelle raison ? s'enquit Vincent qui était impatient de le savoir.

Il voulait revenir vers Lacey et s'assurer qu'elle était en lieu sûr.

- Hé bien… lorsque tu auras fini de faire semblant d'être un esclave pour les démons, j'aimerais que tu rejoignes l'EEP, déclara Storm qui entra directement dans le vif du sujet. Tes capacités font de toi la personne parfaite pour notre équipe, et ton addiction n'est pas un problème… elle pourra même être traitée.

Vincent fusilla son interlocuteur du regard :

- Puis-je savoir de quelle addiction tu me parles ?

- Celle à laquelle tu es accro… au point d'en mourir, répondit Storm en le regardant fixement. Je t'assure que tu pourras trouver ton équilibre sans aucune difficulté… en combattant avec nous contre les démons.

- C'est vraiment bien gentil et c'est très chouette de ta part, mais je pense que je vais passer mon tour sur c'coup-là. La seule raison pour laquelle je suis dans cette putain d'ville, c'est Lacey. Et la laisser seule avec ce démon aux yeux d'argent ne faisait pas partie de mes projets, avoua Vincent qui s'agitait de plus en plus.

- Ren est un homme de cœur, ce qui veut dire que son sang est aussi rouge que le tien, corrigea Storm. Et de plus, vous avez tous deux beaucoup en commun, puisque vous avez tous les deux de rares pouvoirs. Si toi, tu peux survivre de n'importe quelle blessure, y compris de la mort, Ren, lui, a la capacité de siphonner la puissance de n'importe quel type de créature surnaturelle se trouvant dans son champ de portée. L'animosité que tu ressens envers lui n'est pas fondée... ce n'est pas un Déchu, expliqua-t-il.

L'éblouissement de Vincent s'assombrit :

- Mais au fait, que sais-tu au sujet des Déchus ?

- J'en sais suffisamment, déclara Storm de manière énigmatique.

C'était donc ça... son ravisseur était d'humeur lunatique et mélancolique... génial. Ça faisait de lui un putain d'idiot.

- Si Ren peut siphonner la puissance de ceux qui l'entourent, ça veut dire qu'il est en excédent en ce moment, parce que la p'tite boutique magique dans laquelle il se trouve est entourée de démons en ce moment même, indiqua Vincent. Et d'ailleurs, cet homme ne semblait pas très stable quand tu m'as sorti de cet endroit... et je crois bien qu'il avait même l'intention de me chronométrer pour savoir combien de temps il me faudrait pour remettre mon cou en place.

- Il t'a fallu vingt-cinq minutes et treize secondes, dit Storm en souriant alors que son interlocuteur était en train de perdre toute expression sur son visage.

Il poursuivit en haussant les épaules :

- Quant à moi, je devrais déjà avoir trouvé le bon moment pour apparaître. Il me semble que tu sais très bien sur quel bouton appuyer pour contrarier Ren. Et quant à Lacey, elle est en parfaite sécurité en sa présence.

- Désolé, mais j'ai du mal à te croire, mon pote,

riposta Vincent en grondant presque.

Il ne voulait pas perdre plus de temps avec ces conneries. Il avait eu son lot d'entités toutes aussi puissantes les unes que les autres et à sa connaissance, aucune d'entre elles n'avaient été capables de remonter le temps.

- C'est à toi de choisir les choses auxquelles tu veux croire, lui dit Storm en haussant les épaules, sachant pertinemment ce qu'il allait se passer. Si tu acceptes de rejoindre l'EEP, tu auras l'occasion de voir ça par toi-même.

Vincent secoua la tête :

- Y'a pas moyen… et tu peux même me renvoyer dès maint'ant là où tu m'as trouvé.

Storm affichait une expression tourmentée et il ignora totalement le rejet catégorique de son interlocuteur.

- Le fait que tu te sois caché parmi les démons n'effacera jamais ta vraie nature. Tu as été un Chevalier dans l'un des plus puissants royaumes de toute l'histoire, tu as sauvé tout un tas de vies, tu as protégé les plus faibles de leurs oppresseurs et, même au moment de ta propre mort, tu t'es encore levé pour combattre un démon que tu savais très bien que tu ne battrais pas... tout ça parce que tu pensais pouvoir protéger un enfant sans défense.

- Mais, putain ! ? Comment tu sais tout ça ? chuchota Vincent en se remémorant ce souvenir.

- Je devrais peut-être me présenter correctement pour que tu comprennes, déclara Storm avant de disparaître.

Vincent hésita lorsque Storm se retrouva soudain debout à côté de lui. Il lui saisit un bras et son paysage changea une fois de plus : il se retrouva, confus, caché dans une alcôve du musée. Il balaya le regard dans la pièce principale pour voir que les démons se préparaient toujours pour la vente aux enchères, qui n'avait manifestement pas débuté.

Il s'enfonça instinctivement plus profondément dans l'obscurité, lorsque David entra dans la pièce, suivi par les démons qui l'avaient torturé... il pouvait même voir son sang encore frais sur leurs mains.

Le musée disparut et le bureau se retrouva une fois de plus face à lui.

- Mon nom est Storm et je voyage dans le temps. Lorsque je souhaite faire une enquête précise sur les antécédents de quelqu'un en particulier, je vais tout simplement rechercher la vérité par moi-même.

Vincent se pinça les lèvres l'une contre l'autre, pris entre la nécessité d'être surpris et par le besoin d'aller trouver des infos au sujet de Lacey. Un Voyageur du Temps... l'EEP... cette putain de ville devenait tout de suite beaucoup plus intéressante.

- Mais tu te rends compte que tu t'efforceras toujours de protéger quelqu'un de plus faible que toi ? C'est parce que c'est toi... ta vraie nature. Faisons un deal, proposa Storm, qui ne sentait aucun remords parce qu'il venait d'enfreindre sa propre règle - celle de conclure ce genre de marché - parce que ni lui, ni Vincent n'étaient des démons. J'irai récupérer Lacey une fois que tu te seras engagé à nous rejoindre. Après tout... elle fait déjà partie de l'équipe !

Vincent ne prit même pas la peine de réfléchir. En même temps... au point où il en était, qu'est-ce qu'il avait à perdre ?

CHAPITRE 2

Ren enlaça le dos de Lacey et le rapprocha de lui, faisant délicieusement glisser sa chaleur jusqu'à sa cuisse. Il retint son érection dans la caresse de sa main et se perdit dans un baiser passionné avec un grognement sourd, se déplaçant dans un rythme érotique qu'elle suivait parfaitement bien. La plupart des démons étaient passés à autre chose, ce qui lui permettait de lentement s'échapper de toute cette tension paranormale. Mais il n'était pas prêt à lui confier son petit secret pour l'instant, en raison de la nouvelle aventure dans laquelle il était plongé.

Lacey se calma quand elle réalisa qu'elle ne sentait plus la sensation effrayante dans sa colonne vertébrale causée par les démons qui erraient derrière la fenêtre. Et pourtant… le souvenir des démons eut immédiatement un effet domino sur elle, lui rappelant que quelques instants auparavant, les bras de Vincent avaient mystérieusement disparu autour d'elle. La scène lui revint à l'esprit en la faisant frissonner.

Au moment où elle arrêta de chevaucher la cuisse de Ren pour s'abandonner dans un long baiser, il lui lâcha les lèvres et la tira suffisamment en arrière pour pouvoir la fixer dans les yeux. Voyant son regard étonné, il baissa sa jambe pour la laisser glisser jusqu'à ce qu'elle se tienne debout devant lui, toute tremblante, si bien qu'elle dut s'accrocher à ses épaules pour garder son équilibre.

- J'essayais juste de t'aider à te calmer, lui dit-elle à bout de souffle.

Elle souhaitait secrètement avoir un remède pour ne plus avoir les cuisses en feu. Essayant de se distraire, elle regarda autour de Ren, cherchant Vincent des yeux… du moins s'il n'avait pas disparu.

- Et Vincent ? Où est-il parti ?

Ren fit courir une main dans sa frange quand il réalisa que Lacey l'avait embrassé juste pour lui faire penser à autre chose. Il soupira, tentant de cacher le fait que Nick et Gypsy étaient encore derrière tout ça. Il serra ses lèvres l'une contre l'autre en pensant que c'était le pouvoir des membres de l'EEP dont il se nourrissait encore, puisque les démons semblaient s'être dispersés.

- C'est Storm qui l'a pris, l'informa-t-il comme s'il s'en fichait royalement.

Il refusa de s'éloigner d'elle, l'obligeant à glisser entre lui et la fenêtre. Il regarda l'empreinte de main ensanglantée sur la vitre, puis il détourna les yeux pour suivre ses mouvements autour de lui.

- Pour l'emmener où ? murmura Lacey, qui lui tournait maintenant le dos. Elle sentit un frisson presque imperceptible lorsqu'il s'installa derrière elle.

Il colla ses lèvres sur le pavillon de son oreille et lui murmura à son tour d'une voix rauque :

- J'ai entendu dire qu'il faisait un temps magnifique

à Hades en ce moment. Il l'a peut-être téléporté là-bas, histoire qu'il prenne des vacances.

- Il a dû l'emmener au château, rectifia Lacey un peu trop fort en lui tournant le dos.

Et puis merde, elle en plia les jambes, se mettant presque à genoux devant lui.

- Il aurait pu nous téléporter, nous aussi, marmonna-t-elle. Elle sentit ses joues s'empourprer en se demandant si Storm avait vu qu'elle s'était carrément jetée sur Ren pour qu'ils aient une relation sexuelle et qu'il ait décidé de ne pas les déranger.

- Pourquoi tu paniques ? Pas la peine de stresser, insista Ren, qui n'était pas encore prêt à l'associer à son amant disparu. Il eut du mal à cacher son sourire car il savait qu'il pouvait transformer cette pensée en réalité tant qu'il le voulait.

Lacey baissa les yeux au sol et pensa une fois de plus à Gypsy et à Nick. Puis la chaleur la gagna à nouveau :

- Il n'y a qu'un seul lit et je crois bien qu'il est déjà pris. Aussi, je serai rassurée de savoir que tout va bien pour Vincent.

- Tout va bien pour lui, l'informa Storm, qui les avait téléportés dans le bureau du château avait qu'elle finisse sa phrase. Il avait agi rapidement pour ne pas avoir à être proche de Ren, qui aurait certainement été en colère s'il l'avait interrompu… et d'ailleurs, ce n'était pas sa faute si Vincent s'exposait dans crainte en-dehors de sa zone de confort.

- Vingt-cinq minutes et treize secondes, dit Vincent en fixant Ren.

- Quoi ? lança Ren qui ne put contenir sa colère maintenant que cet abruti était à sa portée de vue.

- Oui, c'est bien ça… vingt-cinq minutes et treize

secondes… c'est le temps que ça prend pour survivre quand on a le cou cassé.

Vincent grimaça et ajouta :

- Désolé d'attiser ta curiosité.

- Ren n'était pas vraiment lui-même, dit Lacey en s'interposant entre eux.

Vincent vit le sourire narquois discret que Ren affichait… dommage que Lacey n'ait pas pu le voir. Mais tant pis, il savait gérer ce genre de situations.

- Très bien. Dans ce cas, je te dirai que Ren n'est pas souvent lui-même vu que c'est un démon et qu'il rôde souvent dans une ville infestée de démons. Moi, si j'étais toi, je ne le croirais pas du tout…

- He ben… c'est vraiment dommage, parce qu'il nous a sauvé la vie, ce soir, contra obstinément Lacey.

- J'ai besoin de personne pour me sauver… n'aurais-tu pas oublié mon handicap ? tempêta Vincent en s'approchant d'elle pour pouvoir la regarder de haut.

Il vit ses lèvres s'entrouvrir dans un souffle et regretta immédiatement le fait qu'il savait exactement comment la blesser. Ses traits s'adoucirent lorsqu'elle tendit une main comme pour lui toucher la joue, mais la claque retentissante qui résonna à travers la pièce fit revenir son froncement de sourcil. D'accord… peut-être qu'il l'avait méritée… même s'il ne pouvait pas comprendre pourquoi.

- Ça, c'est pour t'être tué sous mes yeux, lui dit-t-elle d'un ton sec avant de rajouter en haussant la voix : et juste parce que tu ne t'en souviens pas ne veut pas dire que je te pardonne.

- C'est noté, lui répondit Vincent de manière sarcastique alors qu'elle lui tourna les talons en avançant à grandes enjambées pour rejoindre le comptoir derrière lequel Storm était assis.

Elle s'appuya sur ses mains, qu'elle avait placées à plat pour s'y appuyer dessus et lui murmura :

- Désolée, Storm… je n'aurais pas dû dire ça…

Storm essaya de garder le contact visuel avec elle mais, malgré tout, il pouvait presque voir ses seins chaque fois qu'elle se penchait en avant dans la petite robe sexy qu'il avait choisie pour elle. Parfois, il se surpassait.

- Quelqu'un aurait bien été obligé de lui en parler, de toute manière, lui répondit-il, après s'être téléporté à ses côtés.

Il était maintenant face aux deux autres hommes et se frottait le menton pour cacher son sourire quand Lacey tourna lentement la tête pour le fixer sans pour autant changer de position, celle qu'il trouvait très sexy.

- Ren, que dirais-tu de remplir la base de données après ce qu'il s'est passé ce soir ?

Ren se retrouva soudain derrière le bureau, surprenant Lacey suffisamment pour qu'elle puisse constater qu'il ne la dévisageait pas du regard. Dans sa confusion, elle s'immobilisa, voyant ce qu'il regardait fixement : ses seins. Refusant de se sentir gênée, elle lui fit un sourire méchant avant de se lever lentement et de lui tourner le dos.

Storm leva un sourcil amusé quand Ren se retourna pour le regarder d'un air accusateur. Il n'y était pour rien, lui, si cette jolie petite sucrerie était là, devant eux… mais au moins, il avait pu en partager une excellente bouchée ! Il retourna son attention sur Vincent, qui se tenait toujours là, à se caresser le menton tout en la regardant.

- Je ne veux pas en parler, l'informa Lacey, mettant fin à toutes ces questions avant même qu'il puisse commencer à les poser.

Vincent leva une main :

- Très bien.

- Serais-tu d'accord pour rejoindre l'EEP ? demanda-t-elle, en adoucissant le ton.

Elle essaya de ne pas faire attention au fait qu'une de ses joues était maintenant plus rouge à cause de ses changements d'humeur.

- Je pense que j'aimerais bien, répondit Vincent en pensant que Storm l'avait bien eu à ce propos.

De toute évidence, elle n'avait pas du tout été en danger et le Voyageur du Temps le savait très bien.

- Hé ! Je t'avais dit qu'elle allait bien, se défendit Storm dans un haussement d'épaules au moment où Vincent lui lançait un regard sombre.

- Et où est le piège ? demanda Vincent, pas si contrarié que ça qu'on l'ait poussé à conclure un marché qui le liait au Voyageur du Temps légendaire et à son insaisissable organisation appelée l'EEP.

- Il faut avoir un partenaire, répondit rapidement Lacey en se rappelant le raisonnement qui sous-tendait la règle.

- Et donc ? On serait partenaires, toi et moi ? lui demanda Vincent en souriant, aimant de plus en plus cette idée.

- Non, répondit Ren à sa place. C'est moi, son partenaire.

Lacey cligna des yeux devant autant de possessivité dans sa voix, mais elle ne le traita pas de menteur. Elle jeta un regard curieux à Storm.

- Et les trios, ça n'existe pas ?

Elle ne comprit pas tout de suite ce qu'il clochait, dans sa question. Puis elle vit le sourcil droit de Vincent s'élever et entendit un grognement rauque provenir de derrière elle.

- Oh non ! S'il vous plait ! Passez à autre chose, bande de pervers ! Ce n'est pas ce que je voulais dire et vous le savez, insista Lacey en croisant les bras sur sa poitrine.

Elle cligna des yeux et dut bloquer toutes ces idées cochonnes qui essayaient soudain d'envahir son esprit d'images cochonnes.

Storm se frotta la tempe en essayant de ne pas rire. Quelqu'un devait la secourir, alors il se dit qu'il devait agir :

- Il arrive que les équipes de l'EEP sortent en groupes, mais même dans ce cas, il y a une personne bien précise à laquelle on prête une attention particulière, et vice versa. Il se trouve que je connais un partenaire temporaire parfait pour Vincent, car il se trouve que le partenaire de cette personne manque à l'appel en ce moment.

- Eh bien, dans ce cas, on dirait que cette personne n'ait pas surveillé efficacement son dernier partenaire... mais maintenant, si ! fit remarquer Vincent de manière sarcastique sans se soucier de savoir si sa remarque allait plaire ou non.

Il fronça les sourcils en regardant Lacey et en se demandant à quel moment il était devenu autant attaché à elle. Le fait qu'il ait vu rouge lorsque Ren avait audacieusement annoncé qu'il était son partenaire n'était pas un bon signe.

- En fait, il est assez difficile de surveiller un métamorphe qui est passé en mode furtif. Par exemple, je suis certain que Trevor est quelque part par ici. Mais sous quelle forme ? Ça, n'en sais rien, défendit Storm.

- Une créature métamorphe ? Vraiment, ? s'enquit Vincent comme s'il se trouvait soudain dans une confiserie paranormale avec toutes sortes de saveurs exotiques. Il comprenait que les vrais métamorphes n'étaient pas des mythes, mais les démons du réseau des voleurs en avaient toujours cherché un et n'avaient jamais réussi à en trouver.

- Tu vas le mettre avec Chad, lui dit Ren, qui n'était pas vraiment contre l'idée, dans la mesure où Vincent était éloigné de Lacey.

- Pensez-y... ils semblent tous les deux souffrir de la même addiction, souligna Storm, qui savait que Ren en saisirait le sens caché.

- Tu veux dire que lui aussi, il adore mourir ? dit Vincent en grimaçant, puisque c'était de cette « addiction » dont Storm l'accusait à juste titre.

Il ignora le regard perçant que Lacey lui envoya soudainement. Elle détestait quand il parlait de mourir comme si ce n'était pas grave.

- Si tu voulais me mettre avec un démon, pourquoi tu ne m'as pas laissé avec ceux auxquels j'étais déjà habitué ?

- Chad est humain à cent pour cent, mais Storm a raison. On l'a récemment assassiné... poignardé en plein cœur.

Ren s'arrêta, voyant un regard d'avertissement de la part de Storm. Il capta également que ce dernier lui demandait de ne pas parler des Déchus Kriss et Dean à Vincent. Il dut se concentrer pour garder l'air sérieux.

Retournant toute son attention sur Vincent, il poursuivit :

- Chad est de retour et toujours aussi humain que toi. Jusqu'à présent, il n'est mort qu'une seule fois et c'était contre sa volonté ; je n'appellerais donc pas ça une « addiction ».

- La prochaine fois qu'il mourra, il pourrait rester mort... ou pas, déclara Storm. De toute façon, je n'ai pas le droit de le dire aux spoilers.

- Oui, c'est vrai, dit Vincent, sentant son sarcasme revenir en force.

- Il ne ment pas, insista Lacey en s'approchant de Storm. S'il dit à quelqu'un ce qu'il va se passer à l'avenir, il commence à saigner à cause de blessures qu'on ne peut pas voir.

Elle se retourna pour regarder Storm et tendit la main pour toucher tendrement le haut de son bras :

- J'ai vu ce qu'il s'est passé, dit-elle tristement. Tu as enfreint la règle et tu as saigné pour moi. Et ce soir, ces horribles choses m'ont percé le corps. Je serais morte si tu n'avais pas prévenu Ren de ce qu'il allait arriver.

Storm essaya de tout faire pour que personne ne voit ce sentiment d'amour briller dans ses yeux pendant qu'il la fixait et qu'il sentait qu'elle le touchait gentiment... mais comme il l'aimait beaucoup, cela lui était très difficile.

- Saches que le fait que tu sois là en ce moment... c'est vraiment exceptionnel, dit-il honnêtement, en levant les yeux au ciel avant de les planter dans ceux de Ren. En plus, les conséquences de ta mort étaient vraiment minimes, vu qu'elle n'a jamais eu lieu.

- Pourtant, ça s'est bel et bien passé et tu l'as effacé. Lacey lui envoya un adorable sourire avant de se serrer contre lui et de lui faire un câlin sincère. Toi et Ren, vous avez choisi de me sauver, ajouta-t-elle avant de reculer pour regarder Vincent. Si Storm veut que tu sois avec Chad, c'est probablement pour une bonne raison.

Tout d'un coup, Vincent se calma. Ces deux hommes puissants pouvaient protéger Lacey bien mieux qu'il n'ait jamais pu le faire... ils l'avaient déjà prouvé. Qui était-il pour lui enlever ce genre de sécurité ?

Soupirant de façon dramatique, il battit des cils.

- Très bien ! Vendu ! Nous sommes maintenant tous les deux fans du Voyageur du Temps.

Il laissa volontairement le nom de Ren en-dehors de sa liste des fans parce qu'il n'était pas convaincu que ce grand type était son petit ami... juste un très bon garde du corps.

Ren ignora le fait qu'il pouvait entendre les pensées intérieures de Vincent haut et fort. Pour lui, il avait déjà gagné la guerre parce que Lacey n'avait pas supplié de devenir la partenaire de Vincent.

- Alors, tu acceptes de faire équipe avec Chad ? demanda Lacey avec un grand sourire aux lèvres.

Et de toute manière, même si on lui donnait tout l'or du monde, elle ne pourrait pas en vouloir à Vincent... parce qu'elle l'adorait vraiment ! Elle cligna des yeux lorsque l'écran du grand moniteur du mur à sa droite se mit soudainement à se fissurer bruyamment en projetant des étincelles qui giclaient jusqu'au sol.

Ren se frotta l'arête du nez, puis il regarda l'écran cassé en prenant le temps de se concentrer afin de le réparer grâce à ses pouvoirs.

Vincent lui envoya un regard suspicieux avant de rendre un sourire à Lacey.

- Mais voui, c'est vrai ! Et puis, si je ne me trompe pas, le chat d'un démon l'a griffé et il lui reste maintenant neuf vies... non, plus que huit ! rectifia-t-il en haussant les épaules. Je suis sûr que je pourrai sans problème lui montrer les cordes du métier.

Il s'approcha d'elle et plaça sans crainte son bras autour de ses épaules avant de se retourner face à Storm.

- Alors, qu'est-ce que ce Chad fait à l'EEP, plus précisément ?

- He bien, même s'il fait partie des rares flics humains de cette ville, il est haut gradé. A vrai dire, il nous a fallu infiltrer des créatures paranormales dans les équipes de police, mais aussi du côté des secouristes, des hôpitaux et des pompiers, pour faire face à une recrudescence des appels au 911, répondit Storm.

- Ce que je comprends tout à fait, acquiesça Vincent en faisant mentalement le calcul du nombre de paranormaux qu'il faudrait pour réussir à faire le tour de la ville en un rien de temps, et tous en même temps. Après la panique dont j'ai été témoin ce soir devant Le Brouet de la Sorcière, c'est un miracle que les humains ne soient pas tombés comme des mouches.

Storm s'épuisait tellement vite que personne ne pouvait comprendre ce qu'il faisait, parce qu'il vacillait dans la pièce. Heureusement, Ren était trop occupé pour remarquer son état d'affaiblissement, car il était concentré sur Vincent, qui était encore en train de toucher Lacey.

Revenant dans le vif du sujet, Storm poursuivit :

- C'est grâce aux efforts combinés de l'EEP que les pertes humaines ont pu être réduites le plus possible… mais hélas, c'est aussi pourquoi les morgues de la ville débordent en ce moment. Les démons essaient de rester hors de nos radars mais ne vous méprenez pas... c'est un travail très dangereux et c'est dans vos cordes !

- En effet, et la pire des choses qui pourrait arriver serait que l'on se fasse tuer douloureusement... et en permanence, convint Ren comme si c'était la meilleure chose qui pouvait arriver. À croire qu'il était vraiment mesquin !

- Oula ! Je crois que je viens d'avoir un semblant de chair de poule... essaye encore ! répondit Vincent au tac au tac sur ton des plus ennuyés.

Storm interrompit leur guerre verbale avant qu'elle ne dégénère en une première mort douloureuse pour Vincent en tant que membre officiel de l'EEP.

- Avec ton expertise au sujet des démons, de leurs caractéristiques, de leurs faiblesses, tu nous seras d'une grande aide. Et ne t'inquiètes pas... tu auras tout un arsenal d'armes et je ne parle pas juste de l'équipement classique d'un policier... nous avons tout ce qui tend à ruiner la journée d'un démon.

À ce moment même, Lacey lança un regard à Ren. La vérité, c'était qu'elle regardait leur meilleure arme... mais après ce qu'il s'était passé au Brouet de la Sorcière, elle comprit qu'il était aussi une bombe à retardement instable qui pourrait tous les tuer s'il perdait le contrôle. Et justement, cela lui rappela à quel point elle lui avait redonné ce contrôle. Elle rougit et détourna les yeux.

- Mais n'oublies pas que ta priorité sera de surveiller Chad pour qu'il soit en sécurité jusqu'à ce que Trevor sorte de sa cachette, rappela Storm à Vincent. Si tu te fais avoir par un démon, il n'aura plus de renforts jusqu'à ce que tu reviennes à la vie.

- En parlant d'armes, dit Vincent en voyant Storm lui sourire lentement. Une fois le travail de baby-sitting terminé, je te suggère de faire équipe avec moi et d'aller récupérer des objets uniques que je connais... du style, des choses que les démons ont cachées.

- Parce que tu pensais honnêtement que tu allais faire équipe avec Storm ? demanda Ren, le sourcil arqué, ressentant à nouveau le besoin accablant de déchiqueter Vincent en lambeaux.

Lacey lui envoya à nouveau un regard noir en percevant de la jalousie dans sa voix. Cet homme semblait avoir une veine possessive d'un kilomètre de long qu'il ne voulait évidemment pas partager avec Storm, ni avec elle, d'ailleurs.

- Quel radin ! l'accusa-t-elle.

Ren haussa les épaules :

- C'est effarant de voir à quel niveau est élevée l'estime que ce p'tit nouveau a pour lui-même.

Lacey roula des yeux :

- Oh ! Oublie ça, non mais t'as quel âge ? Cinq ans ?

Elle s'éloigna de Vincent et s'approcha de Ren en surveillant son visage, histoire de voir si certains signes allaient améliorer son humeur et prouveraient que sa théorie était juste.

- Je suis beaucoup plus vieux que toi, se moqua Ren avec un sourire jusqu'aux oreilles, vu que Vincent était maintenant seul.

- C'est toi qui as cassé le chauffe-eau pendant que j'étais sous la douche, s'amusa Lacey qui avait la preuve que sa proximité était l'équivalent de sa pilule contre le froid. Mais en vrai, tu es bien plus jeune que moi, niveau âge mental.

- Veux-tu que je t'emmène voir Chad ? demanda Storm en essayant de distraire Vincent et de le tenir à l'écart des ennuis. Lacey apprenait rapidement à calmer le côté obscur de Ren, mais Vincent était beaucoup plus lent à comprendre ce genre de choses.

- Est-ce qu'est vraiment prudent de les laisser tranquilles ? chuchota Vincent. Puis il éleva la voix avec audace pour attirer leur attention. Au fait... je suis presque sûr que je suis plus vieux que vous deux et que vous êtes tous les deux punis... même si je pourrais tout à fait laisser Lacey partir avec une fessée, sauf si elle accepte de bien se comporter.

Il lui fit un petit sourire suggestif en la voyant se balancer pour le regarder avec de grands yeux.

Storm tendit rapidement une main à Vincent et le téléporta hors de danger, en se rappelant l'expression du visage de Ren. Peut-être qu'il ferait un aller-retour spécialement pour lui, tant qu'il y était.

Incapable d'ignorer l'étrange éclair de lumière qui s'était éteint sur son visage, Ren cligna des yeux. Au lieu d'attraper l'idiot qu'il visait, il finit par regarder en l'air manière concentrée, observant un bout de papier qui flottait devant lui. Il l'arracha des mains avec un grognement frustré.

- Qu'est-ce que c'est ? demanda Lacey, tout à fait en paix avec le fait que Storm ait une fois de plus disparu avec Vincent.

Au moins, elle faisait confiance à Storm pour le garder en vie.

- On dirait que ton ex-partenaire soit hors de portée pour le reste de la journée, dit-il en fronçant les sourcils lorsque le morceau de papier disparut soudainement et qu'une photo de son visage déformé par la colère prenait sa place.

Ha ha ! Storm était vraiment à mourir de rire, ces derniers temps. Il fit un sourire malicieux quand le cliché se transforma en poussière et qu'il lui glissa entre les doigts.

Ren tourna la tête pour regarder Lacey et remarqua que ses yeux brillaient d'humour. Elle regardait toujours sa main à l'endroit où la photo venait d'être prise.

- Alors ? Ça t'a plu, on dirait ? s'enquit-il dans un sourire étonné. Elle lui rendait la tâche difficile pour qu'il s'accroche à sa colère. Et puis, son hochement de tête était vraiment trop mignon.

CHAPITRE 3

- Il faut que j'enlève ces vêtements, dit Lacey en jetant un coup d'œil à la robe de cocktail qu'elle portait encore.

Elle était très jolie quand elle l'avait mise pour la première fois, mais après la nuit effrayante qu'elle venait de passer, elle était sale et s'était déchirée à certains endroits où elle avait été transpercée par les pics démoniaques.

Une onde de choc d'une intense envie de sexe l'atteignit violemment et elle porta un regard effaré sur l'expression de marbre de Ren. Ça venait d'elle... ou de lui ? Elle n'avait parlé que « d'enlever ses vêtements », pas d'autre chose... et maintenant, ses pensées s'égaraient encore...

- Et bien sûr, une autre douche glacée s'impose, ajouta-t-elle, en plaçant la paume de sa main contre le resserrement des muscles de son ventre.

Elle n'était jamais timide quand il s'agissait de parler de sexe et elle n'allait pas commencer à se mordre les lèvres maintenant.

- Et cette envie d'sexe, ça vient que de moi ?

Ren en eut le souffle coupé. Il s'imagina lui enlever sa robe en un mouvement rapide, puis lui soulever son corps nu sur le bureau qui était derrière elle. Il cligna des yeux devant la franchise de sa question. Sa réponse fut un OUI retentissant. Elle savait exactement ce que Nick et Gypsy avaient fait dans le bunker, mais il ne s'était jamais rendu compte qu'elle serait également capable d'exploiter ses émotions ou ses désirs. Il espérait qu'elle n'avait reçu qu'une fraction de cette capacité ou bien elle ne tiendrait pas longtemps dans ce château. Il se fit une note mentale pour se rappeler de demander à Guy s'il pouvait lui trouver un sortilège ou une formule éventuelle qui atténuerait ces pouvoirs, mais, pour l'instant, il pourrait au moins lui dire la vérité.

- Ce château est rempli de créatures paranormales aux émotions exacerbées, lui dit-il en essayant de contrôler les siennes.

Sentir qu'elle était dans le besoin en ce moment ne l'aidait pas. De plus, cela causait un effet boomerang entre eux. Il poursuivit :

- Les paranormaux ont des émotions, tout comme les humains. La différence, c'est qu'ils ressentent chaque émotion de manière exacerbée par rapport à eux... et tu es en train de te brancher sur cette surcharge.

Il commença à se rapprocher d'elle en se sentant comme un prédateur qui traque sa proie. Il sentit un sourire satisfait essayer lui tirer les lèvres lorsqu'elle recula contre le bureau à l'endroit même d'où il l'avait imaginé la soulever.

- Leur colère pourrait rendre fou un humain... fou à tuer, dans sa folie... et leur amour, c'est ce qu'on appellerait une obsession… une dangereuse obsession, même.

Il se pencha brusquement en avant, plaçant ses mains contre le bureau de chaque côté de Lacey, comme pour la piéger sous lui. Il posa alors ses lèvres très près de son oreille :

- Et leur convoitise charnelle est tellement chaude qu'elle brûle.

Lacey ferma les yeux alors qu'elle sentait son souffle effleurer son cou. Ouais, il avait raison à propos de brûler parce qu'elle était en feu. Ses lèvres se séparèrent au fur et à mesure que sa respiration s'accélérait :

- Leur corps doit aussi être hypersensible au toucher parce que ton souffle contre mon cou est trop bon pour être près de la normale.

En guise de réponse, elle perçut un grognement à côté de son oreille. Elle trouva ce son tellement séduisant qu'elle en entendit une réponse tout au fond d'elle-même. Il était si proche d'elle... mais ne la touchait pas. C'était comme s'il avait pris le contrôle et qu'elle nageait dans un tourbillon de passion, attendant que la moindre petite vague la tire vers le bas. Elle voulait vraiment expérimenter ce délicieux petit effet secondaire. Maintenant, s'il était partant !

Elle effaça mentalement ce qu'il s'était passé au Brouet de la Sorcière, il y a moins d'une heure... puisque c'était arrivé sous la contrainte, Lacey pensait à la dernière fois où ils s'étaient touchés. C'était arrivé ici même, dans ce bureau. Elle avait cru qu'elle serait morte à l'aube et avait voulu passer les dernières heures perdues à prendre du bon temps avec lui. Ren avait été celui qui avait mis un terme à tout ça parce qu'il avait entendu ses pensées.

Grâce à lui, elle n'avait plus de menace de mort au-dessus de sa tête. Il ne pouvait donc pas lui en tenir rigueur. Si elle avait son mot à dire, il lui reprocherait rapidement autre chose, avec l'humeur dans laquelle elle était, elle espérait que l'instant serait magique et excitant en même temps.

- Puisque tu es celui qui m'as laissé me mettre accidentellement le feu, de cette manière... tu veux bien m'aider à l'éteindre la flamme ? Ou bien est-ce que je dois moi-même aller me trouver un pompier ? demanda-t-elle, en se souvenant de son dernier rejet.

Ren resserra son étau sur le bureau quand la chaleur qu'il ressentait se transforma rapidement en une colère d'enfer. Venait-elle de le menacer d'aller chercher quelqu'un d'autre pour étancher son désir ? L'image d'elle et de Vincent faisant l'amour dans un passé pas si lointain traversa sa tête comme une locomotive.

Il aurait aussi dû la mettre en garde du fait qu'il était extrêmement jaloux, mais c'était un point discutable, car il semblait être le seul à ressentir cette émotion particulière.

- Non seulement je t'apprendrai à utiliser les pouvoirs qui ont été éveillés en toi, mais aussi à contrôler ceux qui mettront les autres en danger, chuchota-t-il à voix basse avant de la prendre dans ses bras.

Lacey cligna des yeux quand Ren la rapprocha de lui. Elle nota intérieurement que le bureau s'estompait au loin. Au bout de quelques secondes, elle se retrouva dans la chambre dans laquelle elle s'était réveillée... c'est-à-dire, la sienne ! Son regard s'égara vers le lit, espérant qu'elle allait enfin obtenir ce dont elle avait secrètement envie depuis qu'elle avait rencontré Ren. Mais à la place, il lui saisit le bras et la tira loin du lit, la faisant froncer les sourcils dans sa confusion.

Poussée dans une salle de bain communicante, elle ne put étouffer un cri, choquée de se retrouver soudainement sous une douche d'eau glacée qui descendait en cascade sur le dessus de sa tête. Frissonnant, elle tendit la main et coupa l'eau en se rendant compte qu'elle était encore habillée. Elle comprenait maintenant que sa peau était sensible comme jamais elle ne l'avait été. C'était encore bien plus froid que le froid qu'elle n'avait imaginé.

- Et ça ? Quel intérêt ? demanda-t-elle en regardant Ren avec une envie de meurtre au fond des yeux.

- Leçon numéro un, grogna ce dernier en se penchant vers elle pour qu'elle comprenne, ne laisse pas la chaleur sexuelle que tu captes t'atteindre au point de coucher avec n'importe qui.

Le regard que Lacey portait sur lui ne s'atténua pas à mesure que ses dents claquaient.

- Tu as raison. Qu'est-ce qui m'a pris de te demander une chose pareille ? Je te promets que la prochaine fois, je choisirai à qui poser la question. De manière réfléchie.

Elle attendit qu'il revienne à la charge, mais fut confrontée à un silence total qui la rendit nerveuse, et le fait qu'elle ne pouvait pas voir ses yeux sous ces lunettes de soleil stupides ne l'aidait pas non plus.

Elle se demandait où était passé le désir que ressentait Ren juste quelques minutes auparavant et pourquoi il avait été remplacé par tant de rage. Cette émotion était si forte qu'elle dut lutter pour la contenir. Elle avait passé toute l'année dernière à protéger ses pensées et les émotions des personnes qui lui étaient néfastes, et maintenant, elle était presque devenue pro dans ce domaine... sauf lorsqu'elle se trouvait autour de lui. Mais elle ne savait pas pourquoi.

Et au lieu de frapper ce gros con comme elle l'aurait voulu, elle prit la porte glacée de la douche et lui claqua au visage pour ne pas avoir à le regarder. Elle retira sa robe trempée et la balança par-dessus la porte de la douche, puis elle sourit en entendait comme le bruit d'une serpillère mouillée qui heurtait quelque chose dans son élan. Elle espérait que lui aussi, il s'était pris cette douche froide en pleine figure, car il le méritait vraiment.

Regardant le verre dépoli qui était maintenant derrière elle, Lacey voulut faire quelques pas de danse lorsqu'elle vit la forme déformée du corps de Ren. Elle le vit enlever ses lunettes de soleil pour les sécher. Un petit goût de vengeance refroidit sa colère. Elle alluma l'eau chaude et gémit d'extase pendant qu'elle réchauffait sa chair glacée.

Toujours en ébullition, Ren grinça des dents face à sa réaction et au fait qu'elle venait de lui dire qu'elle demanderait l'aide de quelqu'un d'autre la prochaine fois qu'elle serait autant excitée. La jeter sous la douche froide était l'idée de son tempérament et son tempérament n'était pas toujours intelligent. Il devait réparer son erreur avant qu'elle ne tente de mettre sa menace à exécution... essayer de trouver la clé parce qu'il ne permettrait jamais à quelqu'un d'autre de la toucher d'une telle façon.

Ses lèvres se séparèrent pour l'avertir qu'elle condamnerait à mort toute personne qu'elle tenterait de séduire, mais il grinça des dents pour empêcher la formation de ces mots en colère. Elle ne le prendrait que comme un défi, de toute façon. Et c'est probablement directement vers son amant qu'elle irait courir, puisque tuer cet idiot n'aurait pas beaucoup d'importance.

Il fit courir une main à travers sa frange pour la balayer de ses yeux et commença à faire les cent pas pendant que son esprit avançait à toute allure. Il était vrai qu'il devait tester ses limites sur la part du monde qui l'entourait et qu'elle était en train de crypter. La dernière chose dont ils avaient besoin, c'était qu'elle se mette en colère parce que le démon à côté d'elle était de mauvaise humeur. Il s'entraînait à cela depuis bien plus longtemps qu'elle... et c'est lui qui lui apprendrait à gérer ça.

Son rythme ralentit alors qu'il se mit à réaliser qu'elle n'était pas la seule à avoir besoin de se familiariser avec de nouvelles choses. Pour l'amour du ciel, il n'avait même pas quitté la salle de bain pour qu'elle puisse prendre une douche en paix. Avait-il peur de la perdre de vue ? Une fois de plus, la réponse à cette question était évidente.

Il tourna lentement son regard vers le verre légèrement givré qui les séparait. Sa vue était bien trop bonne pour qu'il traîne ici.

Dans un soupir frustré, il tourna les talons et quitta la salle de bains à pas de fourmi. Il devait s'éloigner de sa nudité pour pouvoir penser clairement. Il s'arrêta au milieu de sa chambre quand il remarqua Storm, qui s'appuyait de façon décontractée contre le montant du lit avec quelques sacs à provisions à ses pieds.

- Je vais faire vite, car dans quelques minutes, elle va sortir de là le cul à l'air en te blâmant.

Storm sourit en se disant que son ami traversait une période difficile. Il lui semblait qu'aucun d'entre deux ne passait une bonne journée, mais celle de Ren était sur le point de devenir pire que la sienne.

- Alors, dépêche-toi avant que je ne te téléporte moi-même hors d'ici, déclara Ren en lui rendant son sourire, qui mourut rapidement sur ses lèvres quand il réalisa à quel point Storm savait que Lacey allait sortir nue. Il pencha la tête en voyant le sang s'accumuler dans son oreille ; puis, le Voyageur du Temps détourna les yeux et dit en lui montrant des sacs :

- Elle aura besoin de ça.

Il disparut rapidement.

Le fait de savoir que Storm échappait aux remontrances qu'il s'apprêtait à lui faire ne l'aida en rien. Et qu'avait-il fait pour autant saigner ? Il se mit à farfouiller dans les sacs pour voir quels vêtements s'y trouvaient. Cette vision lui rappela qu'elle ne portait pour le moment que de l'eau sur elle-même.

Il se retourna lentement vers la porte qui les séparait en se demandant s'il ne devait pas simplement laisser les vêtements là où ils étaient.

Les battements de cœur de Lacey battaient encore à toute vitesse alors qu'elle frottait sa peau fiévreuse avec des mouvements rapides et presque douloureux. Elle était folle de rage et, curieusement, encore très excitée… ce qui ne faisait que de l'énerver davantage. Mais putain... le fait de se frotter fort à s'en faire mal lui faisait quand même tellement de bien !

C'était la faute de Ren. Elle était certaine que c'était de son besoin sexuel à lui dont elle s'était emparée au bureau. L'envie était si forte qu'elle aurait même pu la goûter. Il n'y avait pas de doute non plus sur le fait qu'il avait été excité lorsqu'il l'avait coincée contre le bureau comme ça... l'énorme renflement dans son pantalon en était une preuve indéniable.

Comment avait-il osé lui faire la morale sur le fait de se contrôler alors qu'elle venait de le voir lui-même perdre contrôle au Brouet de la Sorcière peu de temps auparavant ? Elle ferma les yeux et se mordit la lèvre inférieure en essayant d'étouffer un gémissement quand ce petit souvenir lui envoya un éclair de chaleur au niveau des abdominaux qui alla se cogner directement contre son cœur.

Rhôôôôôôôôô ! Qu'il soit maudit ! Elle aurait tant aimé que ça marche dans les deux sens pour pouvoir lui rendre la frustration sexuelle qu'elle éprouvait. Elle s'immobilisa soudainement, stoppant net le gant de toilette mousseux pile poil sous ses seins. Après tout, peut-être que cela ne fonctionnait pas que dans un sens. S'il parvenait à prendre les émotions des autres, peut-être qu'il sentait aussi son excitation à elle ? Surtout si elle parvenait à l'amplifier de manière délibérée ! Aucune femme saine d'esprit n'était au-dessus de la masturbation si elle n'avait pas d'autres options.

Ses épaules s'affaissèrent en se demandant pourquoi elle essayait de se battre avec l'homme qui lui avait sauvé la vie il y a quelques heures à peine. Certes, il était autoritaire et pouvait être un vrai connard à certains moments, mais il n'y avait pas que ça et elle le savait très bien. Elle tendit lentement la main et alluma l'eau froide, soulevant son visage en direction du jet froid.

Ren ouvrit les yeux lorsqu'il sentit son excitation s'estomper, pour se retrouver avec sa main qui tenait déjà la poignée de porte de la salle de bains. Il savait très bien qu'il perdrait cette petite bataille de volontés avec elle si elle émergeait nue comme Storm l'avait suggéré. Il se balança et fixa les sacs de vêtements que Storm lui avait apportés.

Lacey frissonna et éteignit l'eau avant de jeter un coup d'œil à la robe humide que Storm lui avait donnée. Impossible qu'elle se soit tortillée dans ce truc. Et vu la manière dont elle voyait les choses, seulement deux possibilités pouvaient arriver si elle sortait d'ici dans ce nuage de brume : soit elle s'envoyait en l'air, soit il lui lançait des vêtements surdimensionnés.

Elle pouvait déjà imaginer son expression et se demandait pourquoi chaque fois qu'elle décidait d'être une gentille fille, le destin lui offrait l'occasion parfaite d'en être une méchante.

En sortant de la douche, elle fronça les sourcils en voyant plusieurs sacs de courses posés près de l'évier en marbre. Il ne lui fallut qu'un moment pour parcourir le contenu et en arriver à la conclusion que c'était exactement ce qu'elle aurait acheté si elle avait fait les courses elle-même.

Ses lèvres se séparèrent au moment où elle se rendit compte que quelqu'un les avait posés là pour l'empêcher d'aller courir après Ren. Elle décida de se hâter de s'habiller en se disant que si Storm voulait qu'elle s'habille, c'est qu'il en avait probablement une très bonne raison. Enfin habillée et se sentant un peu plus contrôler la situation, elle se regarda dans le miroir en voyant la porte derrière elle et ses pensées revinrent instantanément à celui qui l'attendait de l'autre côté.

Il fallait vraiment qu'elle arrête d'appuyer comme ça sur des boutons. De plus, ce n'était pas très amusant, parce que c'est lui qui remportait chaque dispute. La douche froide soudaine avait été un peu brutale, certes, mais elle n'était pas bête : elle avait senti la chaleur de sa colère dès qu'elle avait commencé à le chercher. Elle repensa à ses mots exacts :

- Puisque tu es celui qui m'as laissé me mettre accidentellement le feu, de cette manière... tu veux bien m'aider à l'éteindre la flamme ? Ou bien est-ce que je dois moi-même aller me trouver un pompier ?

Elle n'avait dit ça que parce qu'elle était en légitime défense. Après tout, c'est lui qui l'avait rejetée la première fois qu'elle avait voulu coucher avec lui. Mais en toute honnêteté... elle n'avait dit qu'une demi-vérité, parce qu'elle avait espéré qu'il accepterait d'être son pompier. Vincent avait toujours pris ses provocations au premier degré ; il les lui rendait en la provoquant à son tour. Mais elle avait bien compris que c'était parce qu'ils étaient plus des amis que de vrais amants... et ça, il fallait qu'elle s'en souvienne.

Ren lui avait donné une partie de lui-même pour lui sauver la vie et elle pouvait sentir le lien fort qui les unissait maintenant... encore plus qu'elle et Vincent ne l'ont jamais été. Elle ne voulait que Ren et elle pouvait dire qu'il la voulait aussi... sa possessivité l'avait bien montré. Elle prit une grande respiration, puis se recoiffa les cheveux avec les mains en décidant que si elle le voulait, elle n'aurait plus qu'à le séduire jusqu'à ce qu'il ne puisse plus la supporter. S'envoyant un baiser dans le miroir, elle se tourna pour se diriger vers la chambre dans laquelle se trouvait le grand lit.

Sa théorie du besoin d'être entièrement vêtue s'avéra exacte lorsqu'elle sortit de la salle de bains pour voir la chambre de Ren disparaître de son champ de vision.

CHAPITRE 4

Angelica se faufila par la porte de sa chambre et la ferma rapidement derrière elle. Glissant la serrure en place, elle s'y appuya le front en souhaitant qu'elle soit faite d'une autre matière que ce bois épais... en titane, par exemple.

Lâchant un profond soupir, elle fronça les sourcils et s'éloigna de la porte, fixant la serrure comme si c'était son seul espoir. Dans un sens, ça l'était. Cette petite serrure était la seule chose entre elle et l'envie qu'elle avait de voir Syn, maintenant qu'il n'était plus là pour la surveiller. Ou plutôt, la harceler.

En levant la main, elle se frotta la tempe droite en faisant de rapides petits cercles, tout en reconstituant le fait qu'elle venait de fuir cet homme... ou peu importe ce qu'il était... parce que maintenant, elle s'ennuyait de lui au point d'en rendre sa poitrine douloureuse.

- Je n'ai besoin de personne, se rappela-t-elle, mais ses doigts s'arrêtèrent en plein cercle. Elle secoua sa main vers le bas de sa tempe en sentant le mensonge à l'intérieur de ses propres paroles. Vu qu'elle ressentait les symptômes du sevrage, elle pourrait aussi bien nommer ce qu'il était comme... une dépendance.

En s'éloignant lentement de la porte, elle ferma les yeux, ce qui lui permit d'approfondir encore plus ses pensées. Il ne fallait pas sortir de Saint Cyr pour comprendre que Syn lui embrouillait l'esprit. Il y avait une ligne dangereuse à franchir et si elle osait le faire, il n'y aurait pas de retour en arrière.

Ils ne devraient pas être partenaires... pourquoi Storm n'avait-il pas pensé à ça ? Tout ce que Syn avait fait dans ce tunnel, c'était de se moquer d'elle. Ce n'était pas comme s'il avait vraiment besoin d'un partenaire, parce que tout ce qu'il avait eu à faire était de placer une barrière autour des sorties. Et rien de plus.

Ce souvenir revint la hanter comme un cauchemar. Dans les tunnels, sous le musée, elle avait ressenti une forte sensation de claustrophobie l'envahir alors que le plafond du tunnel grondait et se fendait. C'était très inquiétant pour elle de réaliser qu'elle se tenait debout dans sa propre tombe.

Alors que de gros rochers effrités commençaient à se briser et à lui tomber autour, elle avait vu des démons courir dans l'escalier caché afin de tenter de s'échapper dans les tunnels... et elle se trouvait en plein dans leur passage. Et c'est comme si une sorte de raz-de-marée géant composé de débris les poursuivait en avalant ceux qui n'étaient pas assez rapides pour y échapper.

Elle était restée pétrifiée de peur, comme paralysée sur place. Et puis, des bras l'encerclèrent soudainement et l'escalier s'était évanouit au loin avant de disparaître complètement. Elle se mit à frissonner de nouveau en s'enroulant les bras autour d'elle-même rien qu'en repensant à la sensation qu'elle avait ressentie lorsque le tunnel s'était effondré. Mais c'est surtout ce qu'il s'était passé juste après qui avait véritablement causé sa chute.

Lorsque son monde se stabilisa à nouveau, elle constata qu'elle se trouvait sur le toit d'un bâtiment, au lieu d'être juste dessous. Ressentant toujours une légère vibration sous ses pieds, elle tourna la tête juste à temps pour voir le musée s'effondrer dans les tunnels souterrains où elle se trouvait quelques secondes plus tôt.

Lentement, en regardant le torse chaud contre lequel elle reposait, elle avait remarqué que ses mains s'étaient glissées sous sa chemise, ce qui montrait qu'elle avait eu peur et qu'elle avait besoin de lui. À ce moment-là, tout ce qu'elle voulait, c'était s'enfouir dans ses bras robustes et rester là où elle était... c'est-à-dire, là où rien ne pouvait lui faire de mal.

Elle fit alors l'erreur de regarder le bel homme auquel elle s'accrochait. Le bout de ses cheveux noirs s'envola dans le courant ascendant de l'immeuble qui s'effondrait, mais pourtant, il semblait bizarrement tellement calme... ou du moins elle l'avait cru, jusqu'à ce qu'elle ferme les yeux face à ce regard d'améthyste qui la fixait, plein de chaleur et de puissance indomptée.

Cela lui rappela la première fois qu'elle avait eu une vision de lui... de sa beauté envoûtante. C'était dans la grotte. La nuit où le symbole était apparu sur sa paume.

Le rythme de sa respiration s'accentua lorsque son regard s'abaissa sur ses lèvres sensuelles. Réalisant qu'elle ne désirait que lui, elle fit un pas en arrière. Une fois enfin sortie de l'emprise de ses bras, elle réalisa que c'était Syn qui les avait fait tomber... et ses yeux devinrent instantanément noirs et sombres... c'était dangereux d'y toucher, elle dut réprimer un frisson.

Refoulant ce souvenir, Angelica leva sa paume de main, voyant que rien n'avait changé depuis leur première rencontre... le symbole était toujours là, et ses détails étaient toujours impeccables. Il était là depuis un certain temps, déjà. Elle vacilla intérieurement quand elle se rendit compte qu'elle n'avait jamais vraiment fait d'efforts pour l'enlever.

Syn lui avait dit qu'il le lui avait donné pour la protéger et pour une raison étrange, elle l'avait cru. Quand avait-elle commencé à lui faire autant confiance ?

Dans le passé, elle aurait remis en question chaque fait et geste d'une créature aussi puissante que lui. Mais au cours des deux dernières semaines, son naturel avait pris le pas sur la curiosité et la chaleur. Et il avait une étrange manière de se nourrir en elle.

Les membres de l'EEP la décrivaient généralement comme une solitaire qui n'était pas intéressée à se faire des amis. C'est ainsi qu'elle avait voulu que tout le monde la voie... pour qu'ils gardent leurs distances. Depuis l'apparition de Syn dans sa vie, il avait laissé cette impression s'exposer devant tous. De son côté, il commençait par l'obséder. Et cela semblait être réciproque envers lui. Et elle voulait que ça s'arrête... parce que, finalement, l'était-elle vraiment ? Et rien que de penser à tout ça, il lui semblait que la douleur qui était dans sa poitrine irradiait de plus en plus.

- Bienvenue au pays de la confusion... population numéro un, dit-elle dans le silence de la pièce.

Elle fit une grimace en voyant à quel point elle avait l'air pathétique. Elle était plus forte que ça. Elle regarda la marque de sa paume en se demandant si c'était la cause des sentiments étranges qu'elle éprouvait pour Syn... un peu comme la servitude d'un vampire. Après tout, Syn était l'ancêtre de cette race, n'est-ce pas ? Elle avait besoin d'arrêter d'ignorer ce petit détail, qui était néanmoins dangereux. Il avait déjà admis qu'il ne se souciait pas de la guerre contre les démons... alors pourquoi était-il ici ? Pour la distraire ? Pourquoi n'aidait-il qu'elle ?

- Tout a commencé avec toi, dit-elle en accusant le symbole.

Elle souleva son autre main pour venir la placer sur le dessin complexe de sa paume, dans l'intention de la traiter de la même façon qu'elle aurait traité n'importe quelle autre marque démoniaque qu'elle avait eu l'occasion d'enlever dans le passé à d'autres personnes.

Le bout de son index s'effaça de la forme de l'objet, à la recherche du moindre défaut. Un froncement de sourcils apparut discrètement sur son visage, ne voyant aucune intention sous-jacente malveillante. Se concentrant davantage sur ce symbole complexe, elle se mordit la lèvre inférieure alors qu'elle commençait à l'approfondir, jusqu'à ce qu'elle se sente submergée par des sensations bizarres. Entrouvrant la bouche, elle se mit à respirer de manière brusque. Elle se sentit étourdie un instant, puis quelque chose de bizarre s'ensuivit, comme si une force invisible tapait sur le symbole. Puis ses pouvoirs s'emparèrent. Elle fut tellement surprise qu'elle paniqua en retournant ses pouvoirs contre elle. Le symbole généra comme une sorte de coup de fouet magique autour d'elle qui lui lécha la peau avant de disparaître d'où elle venait. Elle aurait même juré que cette maudite marque venait de la « goûter ».

Syn apparut silencieusement derrière elle, après avoir senti qu'elle trafiquait le lien qui lui permettait d'accéder à son pouvoir pour se protéger. Il avait pensé à la laisser seule quelques heures, pour qu'il puisse retrouver son calme après qu'elle l'ait rejeté une fois de plus. Et pourtant, en brisant la marque de sa paume, elle l'avait convoqué ici sans le savoir, et il dut assister à cette tentative inutile de briser leur lien.

Cela fit resurgir sa colère... était-elle si anxieuse de se débarrasser de lui juste pour qu'elle puisse arrêter de se mentir à elle-même ? Après avoir cherché pendant des millénaires pour finir par la trouver, il n'était pas prêt à la laisser rompre le moindre petit lien qu'il avait réussi à re-former avec elle.

- Espèce de lâche !

Angelica se sermonna elle-même d'avoir réagi de la sorte, puis ouvrit son poing pour réessayer. Elle inspira de manière saccadée et la marque se mit instantanément à briller d'une puissance décuplée.

- Pourquoi tu n'essaies pas d'évacuer ta frustration sur celui ou celle qui l'a causée ? lui demanda Syn, juste derrière elle.

Elle sourcilla et se retourna pour épingler son harceleur dans un regard noir. Il lui fut difficile de retenir ce regard parce qu'il avait l'air beaucoup plus en colère qu'elle ne l'était.

Avant qu'elle ne comprenne son intention, il lui prit la taille avec un de ses bras et l'attira contre son corps vigoureux. Voulant garder un semblant de distance entre eux, elle lui appuya rapidement la paume contre sa poitrine. Mais, sérieusement, s'il essayait de la rendre folle, il se trompait !

- Tu as raison. Je devrais plutôt m'en prendre à toi ! pensa-t-elle bon de lui préciser. Elle s'éloigna de lui, mais faillit perdre l'équilibre parce qu'il l'avait lâchée d'un coup. Grinçant des dents, elle essaya d'enterrer cette étrange déception qui l'avait envahie à cause de ce détail.

En fermant la main autour du symbole, elle dit la première chose qui lui vint à l'esprit :

- Mais putain ? Tu m'as fait quoi, là ?

-Pourquoi ? Je te fais peur ? lui demanda Syn en s'appuyant contre son lit et en croisant ses bras sur sa poitrine.

Elle fut prise au dépourvu par sa question, qui lui fit froncer les sourcils sur ses bras croisés. Puis elle leva les yeux pour rencontrer son regard d'améthyste brillant. Ses yeux brillaient dans ce qu'elle pensait être de la colère, mais il semblait pourtant tout à fait calme.

- J'ai pas peur de toi, l'informa-t-elle hardiment

Elle fit en pas en arrière au moment où il s'éloigna du lit pour se rapprocher d'elle.

- Et moi, je n'ai rien fait pour te faire du mal, se défendit Syn en grognant doucement, sachant qu'ils avaient déjà effectué cette danse auparavant.

Elle l'avait déjà combattu dans le passé avant de finalement admettre sa défaite et cela ne l'intéressait pas de voir tout cela se répéter. Il tressaillit au fond de lui-même en se rappelant comment cette histoire s'était terminée.

- C'est toi, la raison pour laquelle je suis ici.

Angelica secoua la tête en ne voulant pas avoir la responsabilité d'être la raison de qui que ce soit pour quoi que ce soit. Elle avait placé tant de murs autour d'elle que le seul qui s'était approché d'eux était Zachary... et même, pour être honnête, c'était plutôt l'alter ego de Zach qui s'était frayé un chemin jusqu'à eux sans pitié. Elle fut attristée un moment par ce détail parce que son amitié et ses conseils lui manquaient maintenant.

Les yeux de Syn s'étrécirent en l'entendant pleurer la proximité qu'elle avait eue avec le Phénix. C'était regrettable qu'elle ait oublié le fait que Syn était un homme très possessif et qu'il ne l'avait jamais facilement partagée avec les autres. Il avait même tué pour la garder et il recommencerait certainement sans hésitation.

Il tira son pouvoir vers l'intérieur en essayant d'atteindre sa mémoire, et il se rendit compte qu'il était parvenu à la limite de ses capacités. Comment l'avait-elle réduit à cet état d'impatience si rapidement ?

- Tu n'es pas venu ici pour moi. Angelica fronça les sourcils, puis elle souligna ce qu'elle pensait être évident. Tu es venu parce que tes fils sont ici. Et d'ailleurs, j'aimerais rajouter qu'on dirait qu'ils ont le même âge que toi... un peu comme tes frères… mais pas comme tes enfants. Et maintenant tu restes là pour aider Storm à combattre les démons.

Sa voix vacilla lorsque son dos heurta le mur et ses paumes de mains la bloquèrent de chaque côté d'elle... la piégeant efficacement contre le rocher du château.

- C'est ma partenaire qui aide Storm... pas moi, grogna Syn. Je ne suis là que pour la protéger et qu'elle ne se fasse pas tuer à nouveau !

- On ne m'a jamais tuée, nia Angelica. Elle trembla quand le mur se fissura, remontant en lignes irrégulières sous ses paumes jusqu'à sa tête et ses épaules.

- Arrête ! chuchota-t-elle en respirant à peine.

Quelque chose n'allait vraiment pas chez lui, mais bizarrement, ça ne lui faisait pas peur. Non, tout à coup, elle eut le sentiment d'avoir le cœur brisé. Elle respira de manière plus ralentie, voulant être prudente en ce moment, parce qu'elle sentait que si elle ne l'était pas, l'homme puissant qui était devant elle allait exploser…

et une peur profonde risquerait de l'envahir.

- Laisse-moi te prendre dans mes bras jusqu'à ce que je me calme, lui dit Syn, juste au moment où il se pencha en avant et la traîna contre lui.

Comme Angelica ne résistait pas, Syn sentit qu'une partie du chagrin qui l'écrasait lui quittait les épaules. Elle ne se souvenait peut-être pas de sa mort, mais c'était un souvenir qu'il avait encore du mal à garder enfoui au plus profond de lui-même... sinon il risquait de devenir fou. Maintenant son emprise, il s'abaissa lentement au niveau de ses genoux, la tirant avec lui le long du mur. Il laissa une main tremblante courir sur ses cheveux sombres et soyeux, puis il pressa sa joue dans l'arc de son cou, en posant ses lèvres contre sa tempe.

Angelica cligna des yeux lorsqu'elle sentit son corps trembler contre le sien et entendit son souffle dans son oreille. C'était comme s'il luttait contre quelque chose qu'elle ne pouvait pas voir. Trouvant qu'il s'agissait là d'un bon prétexte pour s'abandonner à lui, elle se détendit lentement contre lui et le laissa faire. Elle se sentit étonnée de la chaleur et de la protection qu'elle ressentait lorsqu'il la tenait dans ses bras. Il était si grand et si fort qu'elle pouvait même sentir sa retenue quand il l'étreignait.

Comptant sur son courage pour apaiser sa curiosité, elle garda un ton calme et doux :

- Je ne comprends pas ce que j'ai fait pour attirer son attention.

- En effet... je suis sûr que tu ne comprendrais pas, admit Syn en embrassant doucement ses cheveux noirs avant de poser sa joue contre elle.

Une partie de lui ne voulait pas lui rappeler leur passé houleux... ni voir les éclairs de haine dans ses yeux pour ce qu'il avait fait. Surtout qu'il n'avait pas l'intention de lui demander pardon. Ils méritaient tous de mourir.

- Tu ne m'es pas très utile, ajouta Angelica, se sentant légèrement épuisée par toutes les poussées d'adrénaline qu'elle avait pu subir au cours de ces deux dernières heures.

Elle ne lui avait pas menti... elle n'avait pas peur de lui... pas du tout. Elle l'avait presque vu se suicider pour ramener à la vie un endroit plein d'enfants assassinés. Comment pouvait-elle vraiment le craindre alors que c'était tout ce qu'elle pouvait faire pour ne pas lui tendre la main ? Il fallait qu'elle trouve un moyen de s'éloigner de lui définitivement.

- Tu es cruelle envers moi, Angelica, chuchota Syn après avoir entendu ses pensées les plus profondes. Si tu gardes ton âme enfermée, tu sauras à quel point tu m'as rendu cruel.

Sa peur s'accrut à ses paroles et Angelica essaya de la repousser. Mais en vain. Voulait-il prendre son âme à elle aussi ? Était-ce la raison pour laquelle il la harcelait ?

- Tu n'as aucun droit sur mon âme et tu n'en auras jamais, insista-t-elle alors que son instinct de lutte s'emparait d'elle, la poussant à intensifier sa lutte.

- Et pourquoi ? grogna Syn en sentant sa santé mentale défaillir. Dois-je détruire un autre monde juste pour te le prouver ?

Les yeux d'Angelica s'élargirent et elle s'immobilisa. Que voulait-il dire par détruire un autre monde ? Elle décida de ne pas le lui demander, parce que, sérieusement, qui voudrait savoir ce genre de choses ? Elle ressentit une peur non désirée s'accrocher à elle-même après avoir repoussé les questions qui la dérangeaient dans le coin le plus sombre de son esprit.

Il sentait son souffle s'accélérer, se plaçant contre son cou dans des bouffées douces et chaleureuses. Même si cette sensation était apaisante, elle lui chauffait le sang, ce qui n'était pas bon pour sa maîtrise de lui-même. Ce monde l'avait gardé à distance assez longtemps. Il serra son emprise et courba son corps autour d'elle pour la protéger lorsque les petites ampoules du grand lustre du centre de la pièce se mirent à exploser, envoyant des étincelles qui s'éteignait peu à peu en atteignant le sol.

Angelica commença à regarder le plafond, mais Syn ne la laissa pas lever la tête. Du coup, elle resta pressée contre lui en se demandant que faire. L'aube était en train de se lever, baignant la pièce dans une légère pénombre.

- On serait pas en train de nous disputer, là ? demanda-t-elle en chuchotant.

Parce que si c'était le cas, elle savait déjà que c'est elle qui allait perdre.

- Non, grogna-t-il d'un ton dur.

Il fixa le miroir ovale de la coiffeuse qui se mit à craquer assez fort.

- Et si tu me disais ce qui ne va pas avant d'encore complètement détruire ma chambre ? lâcha Angelica.

Syn se figea lorsqu'il l'entendit dire « encore ». Se souvenait-elle enfin de choses qui ne s'étaient pas produites dans cette vie ? Ni dans ce monde, d'ailleurs ? Son âme était-elle assez forte pour enfin secouer la cage de sa prison mortelle ? Il pointa doucement sa main dans les cheveux noirs dans lesquels ses doigts étaient emmêlés pour qu'il puisse se pencher en arrière d'elle et aller chercher la vérité dans ses yeux.

- Encore ?

Sa voix tremblotait, comme hantée, même à ses

propres oreilles.

\- Quoi… demanda Angelica, confuse.

Alors ça… c'est comme s'il était partout, ce qui l'empêchait de suivre. C'était vraiment épuisant.

\- Tu m'avais dit de te dire ce qu'il n'allait pas avant que je détruise ta chambre... encore une fois, répéta-t-il en insistant sur le mot « encore ».

\- C'est bien ce que j'ai fait, chuchota Angelica en sentant des frissons glacés effleurer ses bras. Sa bouche s'entrouvrit pour le nier, mais elle avait dit « encore » et elle ne pouvait pas revenir en arrière maintenant, parce que cela ressemblait vraiment à la vérité.

Syn laissa la frustration l'abandonner et un lent sourire lui fit grimacer les lèvres. Il avait déjà détruit sa chambre plus d'une fois, et même s'il n'avait aucun moyen de savoir quel souvenir avait du mal à percer, il s'en fichait. Bon ou mauvais, il l'attendait avec impatience, ainsi que la bataille qu'ils auraient probablement dû livrer à ce sujet.

Son âme était la plus intime des âmes et lui avait déjà pardonné... c'était ce qu'il restait d'elle et il devait se forcer à se rendre.

L'attrapant en souriant devant tant de confusion, Angelica le repoussa, reconnaissante qu'il lui lâche les cheveux avant de lui faire le coup du lapin.

\- Parfait si tu aimes redécorer les chambres pendant ton temps libre... peu importe. Si tu ne pars pas et ne me laisses pas me reposer, c'est moi qui vais te redécorer !

Elle fronça les sourcils lorsqu'il disparut d'un coup, faisant résonner dans la pièce l'écho de son rire chaleureux, qu'elle entendit s'estomper au lointain. Elle ne se souvenait pas l'avoir entendu rire comme ça... ni même sourire pour de vrai. Alors pourquoi cela lui faisait mal à la poitrine, comme si elle avait à la fois récupéré et perdu quelque chose qui lui était cher ?

Se sentant soudainement épuisée, elle se mit à ramper jusqu'au lit et se hissa sur le matelas en essayant d'ignorer la sensation de tout le temps tomber en arrière. Elle vit le vague éclat de son sourire chaleureux. Ce même sourire qu'elle venait de prétendre n'avoir jamais vu. Cette vision fugace lui donna envie d'en voir plus. Fatiguée, elle ferma les yeux en s'abandonnant à ce qui l'entraînait implacablement vers le haut.

Syn réapparut sur le toit du château. Il avait remarqué ces petites nuances d'améthyste scintiller dans ses yeux sombres et avait décidé de ne pas la distraire alors qu'elle cherchait au plus profond de ses pensées. Il avait déjà vu la couleur de ses iris changer, mais seulement quand elle utilisait ses pouvoirs. C'était la seule fois qu'elle s'autorisait à ressentir l'âme puissante qu'elle avait emprisonnée au plus profond d'elle-même.

Il comprenait pourquoi elle protégeait inconsciemment son âme d'un monde où la vie et la mort des mortels pouvaient changer en un clin d'œil. C'était de l'instinct pur, mais cette crainte n'était plus acceptable. À l'instant même où elle l'avait appelé de cette grotte sombre, il lui avait envoyé son pouvoir sous la forme de cette marque qu'elle avait sur sa paume. Plus tard, il avait renforcé ce pouvoir en lui insufflant sa force vitale... même si elle n'était pas consciente de l'importance d'un tel échange.

Elle avait maintenant des capacités dont elle n'était même pas consciente et il ne l'avait pas aidée à s'en rendre compte pour des raisons purement égoïstes. Elle était déjà trop indépendante à son goût. Et même si le temps n'était plus son ennemi et que la plupart des blessures guériraient instantanément, elle était toujours en danger à cause des puissants immortels qui avaient déclaré la guerre à cette ville.

Il y avait encore une chose qu'il pouvait faire pour elle et qui aiderait à égaliser leurs chances, mais il allait devoir être patient, parce qu'il savait qu'elle n'était pas encore prête pour les effets secondaires du mélange de leur sang. Il avait déjà fait cette erreur auparavant. Ce n'était pas la même chose que lorsque leurs enfants partageaient leur sang avec leurs âmes sœurs.

Il fit glisser son regard du toit en ressentant le silence qui venait de la pièce qui se trouvait juste sous lui. En plus, il se disait que s'il la mordait maintenant, elle verrait ça comme la preuve qu'il était exactement ce qu'elle s'était convaincue qu'il était : un monstre.

Être doux avec elle la mettait en danger et il n'en fallait pas beaucoup plus pour le tenter de devenir le monstre dont elle avait besoin. Après tout... il avait déjà joué ce rôle auparavant.

CHAPITRE 5

Kriss se tenait devant l'immense baie vitrée de leur appartement, une bouteille de Heat, le fameux mélange de Kat, dans une main, et un verre de vin surdimensionné dans l'autre. Il voulait se soûler, mais son métabolisme agaçant et rapide ne lui permettait pas d'obtenir la libération qu'il désirait pour juste quelques instants fugaces. De plus en plus frustré, il serra la main autour du verre, le brisant accidentellement dans sa paume alors qu'il se rappelait qu'il n'avait pas vu Vincent depuis des lustres.

Certes, Vincent ne se souviendra pas de leur première rencontre depuis que Storm avait fait demi-tour... mais Kriss n'oubliera jamais cette expression de haine qu'il lui avait adressée. En rejetant cette haine, il s'était rebellé contre les souvenirs de son enfance, à l'époque où Vincent avait ressenti pour lui exactement les sentiments inverses.

Il n'était pas dans ce monde depuis longtemps quand Dean s'était envolé pour arrêter une horde de démons qui se dirigeaient droit sur eux. Il avait attendu, seul, caché parmi les énormes rochers au pied d'une falaise, suivant les ordres stricts de Dean qui étaient de rester tranquille et caché... parce que cet endroit était sûr. Dans cette histoire, Dean avait eu raison sur certaines choses.

Depuis des jours, Kriss n'avait pas vu d'animaux... encore moins d'humains ou de démons. C'était la première fois de sa vie qu'il se retrouvait seul. Le silence qui l'entourait ne faisait qu'alimenter le sentiment d'abandon et de peur qu'il ressentait en attendant l'amour qu'il avait reçu dans son monde natal et la chaleur et la sécurité que Dean lui y avait données.

Ce fut au milieu de la nuit que Kriss entendit un bruit de cailloux tombant de quelque part juste au-dessus de lui. Il s'était adossé contre l'un des rochers et avait levé les yeux vers la falaise où la lumière du croissant de lune l'atteignait à peine. Tout ce qu'il put voir n'était que de sombres silhouettes ressemblant à des silhouettes de démons ramper vers lui. Il était comme fasciné par la façon dont leurs yeux rouge sang brillaient lorsqu'il les voyait les observer, et par la manière dont leurs corps presque humains se tordaient de la façon la plus effrayante qui soit lorsqu'ils se mouvaient dans l'espace. Il aiguisa son regard, afin de pouvoir se rendre compte que leurs corps décharnés semblaient avoir brûlé de manière profonde, comme si elles venaient de sortir d'un feu invisible. Il pouvait même sentir la pourriture de la viande rôtie à mesure qu'ils se rapprochaient.

Il avait eu si peur qu'il avait rampé en arrière et était tombé de l'autre côté, atterrissant violemment sur un tas de petits rochers pointus qui s'élançaient du sol comme des milliers de pics. Constatant qu'il avait été blessé à plusieurs endroits, il lutta pour se relever en essayant de ne pas empirer son cas.

Au moment où l'odeur de son sang non contaminé s'envola dans la brise, il entendit leurs griffes acérées gratter les rochers. Plusieurs coups de tonnerre lui indiquèrent que certains des démons avaient tout bêtement sauté depuis leur rocher pour l'atteindre.

Et puis, le silence disparut, et fut remplacé par leurs cris troublants qui résonnaient sur les rochers, ce qui lui donna l'impression qu'il y en avait beaucoup plus qu'ils n'étaient en réalité. Passant au-delà des rochers pour s'enfuir, il ne parvint qu'à déchirer ses vêtements et à s'égratigner à plusieurs endroits avant d'atteindre un endroit plus stable pour pouvoir enfin se lever.

En faisant un tour des environs, Kriss se rendit compte qu'il était trop tard pour courir ou essayer de se cacher... il était entouré de démons et ils étaient tous bien plus grands que sa taille d'enfant. Il se tenait debout, figé sur place, alors que de longs doigts griffus venaient de derrière lui pour s'enrouler autour de son visage. Des griffes affûtées lui tranchaient l'arête du nez et les joues pendant qu'un démon le tordait en arrière, puis le secouait brusquement dans les airs comme pour le montrer à ses congénères.

Il n'avait jamais eu à se battre dans son monde et Dean ne lui avait jamais autorisé à se battre dans celui-ci. Il y eut un moment fugace où il se demanda s'il ne valait pas mieux les laisser l'engloutir, plutôt que de rester seul dans cet endroit effrayant. Cette pensée s'évanouit rapidement lorsqu'une douleur se diffusa soudainement en lui, provoquant son instinct de survie à donner un coup de pied vengeur.

Les larmes lui brouillant la vue, il gagna difficilement son premier combat à mort. Le silence régnait une fois de plus dans la zone et il jeta un coup d'œil à ce qu'il avait dans la main juste à temps pour voir sa lame de Déchu illuminée disparaître de sa prise sanglante. Sentant quelque chose peser sur son autre main, il tourna lentement la tête pour voir de quoi il s'agissait et vit des yeux démoniaques qui le fixaient d'un regard vide. Sa main était dans la bouche de la chose... agrippant sa mâchoire... il ne savait pas où était passé le reste de son corps. Il s'était accidentellement éraflé les articulations contre les dents pointues du démon lorsqu'il avait voulu arracher la main de sa bouche en agissant à la va-vite. Il parvint enfin à faire tomber sa tête au sol, qui roula loin de lui en frappant un rocher en plein œil à la fin de sa course.

Il pensa avoir entendu un rire. Mais il se dit qu'il provenait sûrement de l'intérieur de lui-même car tout semblait mort autour de lui. Incapable de supporter l'odeur rance ou la vue de ces corps mutilés, il se retourna et se mit à marcher lentement en direction des rayons de lumière qui apparaissaient sur les collines au loin.

Il ne savait pas combien de temps il avait marché, ni combien de jours il avait mis avant d'entendre un bruit de pas bizarres provenant de devant lui. Il resta là, debout en se balançant et en essayant de ne pas pleurer. En attendant de voir s'il aurait à se battre une fois de plus. C'était du sang de démon... il pouvait le sentir.

Il ne tarda pas à voir un homme monté sur un animal avancer vers lui. Des parties de son corps étaient recouvertes d'une sorte de métal tissé et il pouvait voir une longue épée attachée à son dos dont la poignée dépassait pour être à portée de main. Ne voyant pas de sang sur l'homme, il se rendit compte que c'était lui qui était couvert de sang de démon... depuis tout ce temps !

C'était sa première rencontre avec Vincent. Ils s'étaient regardés fixement alors que ce dernier approchait et Kriss fit plusieurs pas en arrière quand il glissa rapidement de l'animal imposant. Il tourna un regard effrayé en direction de l'épée.

- Ne fais confiance à personne d'autre que moi.

Le souvenir de la voix de Dean résonnait dans sa tête en guise d'avertissement et il se retourna pour s'enfuir.

- Attends... ne t'en vas pas, cria Vincent.

Le ton de sa voix rappelait Dean à Kriss, ce qui le rendit confus, et il ne sut que faire. Il en avait vraiment marre d'essayer de tout comprendre. Il jeta un œil en arrière pour s'assurer que l'homme n'avait pas sorti son épée au moment où il ne le regardait pas.

Vincent poussa un soupir de soulagement en voyant l'enfant s'arrêter. Il lui lança un regard en arrière avec un mélange de curiosité et de scepticisme. Les deux derniers villages qu'il avait traversés étaient dans un chaos sanglant et il n'avait pas trouvé de survivants jusqu'à maintenant. Même sale et couvert de sang, ce garçon semblait en bonne santé et très effrayé, ce qui l'amena à en conclure qu'il s'agissait bien d'un survivant de l'un des villages.

- Où sont tes parents ? lui demanda-t-il, laissant l'inquiétude couper sa voix dans l'espoir de gagner la confiance de l'enfant.

Où étaient ses parents ?

Cette question avait attristé Kriss. Son père n'était même pas dans cette dimension et l'avait probablement déjà oublié... Dean l'avait quitté et n'était jamais revenu. Il sentit la chaleur des larmes lui faire de nouvelles traces sur les joues. Tout ce qu'il trouva à faire pour répondre, c'était de secouer la tête lentement au moment où il se retournait pour faire face à l'homme.

- Tu es blessé ? lui demanda Vincent en venant s'agenouiller devant lui pour ne pas l'intimider à cause de sa taille, assez imposante... l'enfant ne pouvait pas avoir plus de neuf ou dix ans. Il tendit lentement une main et lui palpa la joue sale, la frottant avec le pouce pour lui essuyer les larmes.

Kriss se demanda à quoi cet humain pouvait bien penser en le regardant... il était couvert de sang et portait des vêtements qui ressemblaient à de vraies loques. Comme presque toutes ses blessures étaient déjà guéries et qu'il savait qu'il ne fallait pas dire à un humain ce qu'il s'était réellement passé, il répondit en ne mentionnant que la seule chose vraie de son histoire.

- Je suis tout seul, maintenant.

Puis il se mit à pleurer pour de bon... de bruyants gémissements mêlés au bruit de ses hoquets, poussant Vincent à le prendre dans ses bras en lui chuchotant que tout allait bien maintenant, parce qu'il allait le protéger et prendre soin de lui.

Et en effet, Vincent l'avait protégé, au point de sacrifier sa propre vie.

La douleur du verre brisé dans sa paume ramena Kriss au moment présent. Il ouvrit le poing en voyant le morceau de verre qui en sortait.

C'est ce que Dean avait trouvé quand il était sorti de la salle de bain après avoir pris sa douche. Il fronça les sourcils en voyant Kriss debout face à lui, qui tentait d'extraire un éclat de verre de sa paume. En claquant la porte derrière lui, l'autre Déchu se mit à vaciller et leurs yeux se concentrèrent sur leur reflet dans la vitre. Il n'était pas d'humeur à regarder son amant déchirer une fois de plus cette matinée de son enfance. Une fois avait été plus qu'assez.

Kriss prit une grande inspiration en essayant de soulager la douleur dans sa poitrine.

- Je n'aurais jamais pensé le revoir, Dean. Une partie de moi espérait qu'il m'aurait déjà pardonné. J'essayais juste de lui sauver la vie.

- Kriss, c'était un mortel. Tu as fait beaucoup plus que de lui sauver la vie et tu le sais très bien, dit Dean. Grâce à toi, il peut maintenant ressentir la douleur de la mort… pour l'éternité. Mais aussi, la revivre. Et s'en plaindre. L'esprit humain ne peut pas tout supporter. C'est pourquoi leur durée de vie est faite pour être courte.

- Je sais, grogna Kriss. Tu n'as jamais hésité à me le rappeler. J'ai pris une décision égoïste, mais j'étais tout seul dans un monde où les démons erraient librement, et je ne pensais pas que tu reviendrais. Tu étais parti il y a si longtemps que j'avais peur que les démons t'aient tué... je ne voulais pas le perdre, lui aussi.

Dean soupira et essaya de garder son sang-froid.

- Tu t'es inquiété pour rien : tu l'aurais su, s'il m'était arrivé quelque chose.

- Dean ! Je n'étais qu'un enfant, répondit Kriss. Tout ce que je voulais, c'était que quelqu'un s'occupe de moi ! Et que je m'occupe de cette personne en retour !

- Oooohhh ! Pôv' petit chou ! ! ! se moqua Dean, bien conscient que le prince adolescent était tombé amoureux du chevalier pendant son absence. Ce petit détail était pour lui une pilule difficile à avaler alors qu'il regardait Kriss pleurer la perte de son amour. Il serra des dents en se demandant si ce dernier n'était pas en train de redevenir obsédé par le coup de foudre de son enfance.

Kriss jeta sa bouteille de Heat à travers la pièce et

Dean se pencha légèrement d'un côté pour éviter qu'elle l'intercepte dans sa trajectoire.

- Va te faire foutre, Dean !

- Ahhh ! ! Voilà mon petit prince morveux dans toute sa splendeur !

Sans un mot de plus, Kriss se jeta sur lui, prêt à lui coller un poing au visage.

Dean était prêt à cette attaque. Il attrapa son poing d'une main, et le devant de sa chemise, de l'autre. Avec peu d'efforts, il prit l'élan de la rage du prince Déchu, qui se retrouva au sol. Plusieurs boutons sautèrent sur le plancher, lui laissant la chemise ouverte.

- Tu peux réessayer, si tu le souhaites, l'informa Dean en le regardant de plus près. Je peux faire ça toute la nuit.

Kriss s'affaissa contre le sol comme s'il abandonnait, puis il enfonça soudainement son poing dans la joue de Dean, faisant claquer sa tête sur le côté.

- De toute façon, tu peux pas comprendre ! cria Kriss en le frappant au niveau de l'estomac. Tu ne t'es jamais soucié de savoir si tu étais tout seul ou pas. Tu l'as prouvé quand tu es parti comme un voleur… c'était... quand… pas plus tard qu'hier ? Si l'ambroisie fonctionnait sur les Déchus, je te l'aurais enfoncée dans ta gorge d'égoïste et je n'aurais eu aucun remords à te tuer.

Dean atterrit sur ses pieds et dérapa en arrière sous la force du coup. Alors finalement, Kriss était toujours en colère contre lui ? Ou bien est-ce qu'il lui rejetait tout ça en pleine figure maintenant que son ex-petit ami était de retour en ville ? Sa jalousie se réveilla vite à cette idée.

- Si j'avais su que tu possédais plus que cette seule goutte de la malédiction, je te l'aurais prise juste après que tu aies damné Vincent sur cette terre pour l'éternité !

l'avertit-il alors que Kriss se relevait lentement du sol.

Ne cédant pas devant son semblant de calme une seconde fois, il était préparé à ce que Kriss le percute, ce qui les entraîna dans une chute les écrasant presque à travers la baie vitrée. Dean retourna rapidement Kriss et lui pressa le visage contre le verre épais. Il lui serra un bras autour de la gorge ; l'autre, toujours sous sa chemise ouverte, lui barrait la cage thoracique, ce qui mettait Kriss dans l'impossibilité de se débattre.

- Tu n'es qu'un enfant égoïste et tu l'as prouvé quand tu as jeté à Chad cette malédiction, il y a quelques semaines...

Le sarcasme était à son comble et c'est Dean lui envoya cette raillerie en pleine face. Leurs regards furieux se fixèrent encore dans le reflet de la vitre qui se trouvait juste face à eux.

- J'ai d'abord demandé à Chad et il a accepté... même s'il ne se souvient pas de ma question. Si je lui demandais à nouveau, sa réponse serait la même. Ça sauve des vies, mais tu as toujours regardé l'ambroisie comme si c'était une malédiction... pourquoi ?

Kriss posa là la question qu'il avait toujours voulu demander à Vincent... mais pas à Dean. Il cligna des yeux quand l'emprise de Dean se relâcha, passant d'une forte emprise à une étreinte désespérée.

Dean avait caché beaucoup de choses à Kriss à cause de son innocence. Il n'était qu'un enfant quand les Déchus avaient presque détruit la Terre... mais il était peut-être temps de partager un autre petit secret pas très joli au cas où son prince cacherait plus de sang contaminé. Il appuya ses lèvres contre le pavillon de l'oreille de l'autre Déchu et annonça d'une voix douce et rauque en se disant qu'il allait briser le cœur de son amant :

- Quand les Déchus ont réalisé qu'ils détruisaient la Terre avec leur invasion de démons, les rois et l'élite ont tenu un sommet pour décider du sort de la brèche. La plupart étaient gourmands ; ils ont insisté sur le fait qu'il n'y avait plus qu'une femelle pour cent mâles dans notre monde… c'est pourquoi la brèche a encore dût rester ouverte pendant un certain temps.

Dean sentit sa poitrine se serrer alors qu'il se souvenait de ses péchés.

- Ils ont ordonné aux plus hauts gradés de la garde royale d'enfreindre la règle sacrée et de ramener un groupe de femmes humaines à travers la brèche pour qu'elles soient remises aux scientifiques pour être étudiées.

Kriss respirait à peine en écoutant cette confession. Dans le reflet, il pouvait voir que les yeux de Dean étaient fermés et qu'il avait l'air peiné. C'est là qu'il comprit que Dean était parmi eux... peut-être même que c'est lui qui commandait.

- Comme les expériences ont eu lieu dans le sous-sol du château, on m'a souvent demandé de garder les cellules lorsque les femmes enceintes commençaient à montrer des signes de douleur. Mon devoir était de tuer tous les démons que les captifs humains mettaient au monde. J'ai massacré d'innombrables démons pendant les expériences… jusqu'à ce que les scientifiques créent accidentellement un élixir à partir du sang de ces hybrides démoniaques. Une des expériences a notamment permis à l'une des filles kidnappées de guérir de ses blessures... comme, par exemple, le fait d'être déchirée pendant son accouchement.

Il fit une pause, voulant s'arrêter, mais il se força à

continuer.

- Ambrosia… c'était le nom de la fille qui avait eu la chance de survivre à ces expériences. Je ne pouvais que la voir hurler de douleur à cause de sa torture constante de mourir et de revivre. Ses enfants étaient tous des démons... pas un seul Déchu. Je pouvais voir sa haine grandir à chaque fois qu'elle était assassinée par ses propres enfants... elle était même devenue folle depuis longtemps à cause des monstres qui se nourrissaient de son corps.

Dean ne put réfréner l'expression douloureuse de lui tordre le visage alors que ce souvenir devenait tellement net qu'il pouvait même l'entendre crier :

- Elle nous détestait pour ce qu'on lui avait fait... et elle me détestait parce que c'était moi qui l'avais volée à sa famille et à son univers.

- Elle est toujours en vie, là-bas, chuchota Kriss quand Dean fit une pause dans son récit.

- Non. Dean ouvrit les yeux pour fixer son amant. Parce que les scientifiques n'ont pas pu reproduire l'accident qui avait causé la mutation et qu'elle ne faisait que donner naissance à des démons, ils ont trouvé un moyen de condenser et de liquéfier le corps d'Ambrosia en un seul lot de l'élixir.

Il regardait Kriss qui s'étirait en fermant les yeux. Bien... au moins, il écoutait.

- Et bien… pas plus qu'une paume de gouttes de cet élixir... avec, dans chaque goutte, son pesant d'essence immortelle et une lutte incessante pour la faire revivre. Et les Déchus avaient espoir, chaque fois qu'une femelle naissait… et pourtant, il y en avait si peu… tellement peu que c'est pour cela qu'ils envoyaient tant de jeunes mâles au travers de la brèche... mentir à tous ces jeunes garçons ! Leur dire qu'ils étaient des héros envoyés pour tuer les démons !

Sentant sa colère s'accroître encore une fois, il ajouta :

- Ils n'ont jamais eu l'intention de permettre aux survivants de revenir chez eux à travers la brèche ! Ni de se battre pour une femelle déchue !

- Quand ils m'ont renvoyé à travers la brèche pour aller chercher d'autres humaines, j'avais déjà décidé de rester de ce côté. Pour aider à éradiquer les démons, au lieu de revenir. C'est là que j'ai remarqué que toi, un enfant issu de la royauté, tu étais parmi les soldats exilés.

Dean se tut en se souvenant silencieusement avoir vu Kriss plusieurs fois avant de traverser la brèche... il jouait innocemment dans le sanctuaire intérieur du parc du palais. Il avait souvent hanté ces terres juste pour apercevoir ce bel enfant, qui avait attiré son attention. Il ne permettait à personne d'enlever ce que le Destin lui avait gracieusement donné.

Kriss se retourna pour lui faire face. C'était comme s'il venait de recevoir un coup de poing dans les tripes.

Il se souvenait à peine de leur monde et Dean avait toujours évité le sujet, alors il avait cessé de poser des questions au bout d'un certain temps. Maintenant, il comprenait pourquoi. Et ça lui paraissait logique, maintenant... horriblement logique, alors que les quelques souvenirs de leur monde d'origine qu'il conservait encore lui revenaient en tête.

Dean frotta sa joue contre les cheveux soyeux du prince en voyant le regard triste et lointain qu'il avait dans les yeux. Bon sang, il n'avait pas exagéré quand il avait accusé Kriss d'avoir le cœur blessé, et c'était cruel de sa part d'avoir caressé cette blessure.

- Je n'aurais pas dû te dire la vérité... mais je suis autant désolé de ne pas te l'avoir dit plus tôt. Ce que je ne comprends pas, c'est comment un élixir si convoité ait pu se retrouver dans les mains d'un enfant... prince ou pas, d'ailleurs… et où l'avais-tu caché tout ce temps ? Je t'ai fouillé après que tu l'as donné à Vincent, mais je ne l'ai jamais trouvé et j'ai pensé que tu n'avais peut-être bu qu'une goutte. Mais pourtant, tu en as bien utilisé une goutte ? ajouta-t-il, en remarquant que Kriss avait cessé de respirer et qu'il restait immobile, comme statufié.

Kriss aspira une bouffée d'air en sentant ses genoux s'affaiblir. Il enroula ses bras autour de Dean pour éviter de lâcher prise. Mais ce dernier l'aida à doucement s'assoir entre ses jambes à même le sol et il dût le laisser faire. Finalement, c'était très bien comme ça. Il se pencha en arrière, savourant la façon dont Dean le prenait dans ses bras comme pour le protéger.

- Père parlait tout le temps de l'ambroisie, mais il la qualifiait de miracle... comme si c'était la chose la plus précieuse de notre monde, murmura-t-il en regardant Dean tout en étant plongé dans sa réflexion.

Ayant besoin de se distraire de ses flashes indésirables, Dean plaça une de ses mains sur la cuisse de son prince et sentit le muscle qui fléchissait sous sa paume… il voulait bien admettre que c'était toujours intéressant de toucher Kriss à un certain endroit juste après un argument comme celui-ci. Ça l'avait même rendu accro.

Il n'avait que quelques bons souvenirs de son père et Kriss voulait les garder, quoi qu'il arrive.

- Père m'a dit que les humains étaient des créatures fragiles, mais que si on leur donnait une seule goutte d'ambroisie, on pourrait leur sauver la vie. C'est la version édulcorée que l'on donnait aux enfants, je suppose.

- Je suppose que oui, dit Dean en passant son autre main à travers sa chemise ouverte jusqu'à pouvoir palper la zone se trouvant au niveau de son cœur… quant à lui, le sien battait de plus en plus fort, mais il n'était pas pressé... il voulait d'abord entendre le reste de l'histoire que Kriss avait commencée.

Ce dernier appuyait sa tête contre son épaule, toujours étonné de constater à quel point les des épaules des autres Déchus semblaient robustes, mais aussi à quel point le corps qui était derrière lui paraissait solide. Être près de Dean de cette manière lui avait toujours laissé l'impression de se sentir plus faible et plus exposé... comme un enfant. Si on tenait compte de leur différence d'âge, c'était exactement ce qu'il était pour Dean… même s'ils semblaient avoir le même âge.

Il leva les yeux au plafond, puis il les referma... plus il pensait à son enfance oubliée, plus les souvenirs se précisaient.

- Quand j'ai demandé à mon père si je pouvais voir ce miracle, il m'y a emmené. Il était enfermé dans une sorte de cristal bien taillé posé sur un socle, à l'intérieur d'une alcôve du palais… de loin, on aurait dit qu'il n'y avait rien à l'intérieur du cristal, mais plus je me rapprochais, plus il brillait jusqu'à devenir même presque aveuglant.

Il fit une pause et s'inclina lorsque Dean lui prit un mamelon entre les doigts pour le lui torturer un instant.

- Continue, demanda Dean, jouissant dans sa domination.

Il regardait Kriss abaisser des cils longs et épais pour tenter de cacher l'éclat de ses yeux.

- J'ai demandé à mon père si c'était un morceau de soleil et il se mit à froncer les sourcils comme s'il ne comprenait pas... comme s'il ne pouvait pas voir ce que je voyais. Mon oncle a choisi ce moment pour l'appeler. Père m'a dit de ne toucher à rien... qu'il reviendrait tout de suite.

Dean fronça les sourcils rien qu'en pensant à l'insouciance de ce roi vaniteux, car il s'agissait là d'une chose pour laquelle il aurait tué... tout en ignorant le danger qu'il faisait courir à son propre enfant.

- Laisse-moi deviner... tu as touché quelque chose ?

Tandis qu'il prononçait ces mots, la main de Dean passa de la cuisse de Kriss au léger renflement qui naissait sous son pantalon ample.

- Oui, dit Kriss d'une voix plaintive alors que la main de Dean passait sur son érection ; puis elle se reposa sur ses abdominaux inférieurs, ce qui le fit bander encore plus.

Parfois, il détestait ce pouvoir que Dean avait sur son corps, à d'autres moments, comme maintenant, par exemple, il voulait juste se noyer dans sa chaleur brûlante pour pouvoir lui faire cette confession sans que ce souvenir lui cause autant de douleur. Parce que Dean était passé maître dans l'art de soulager sa douleur... mais il était aussi passé maître dans l'art de la provoquer, si l'humeur lui convenait. Il se battit contre l'envie soudaine de gémir et fut heureux quand la voix de Dean le fit sortir de son étourdissement enflammé.

- Continue, répéta Dean.

Ce qu'il fit sur un ton essoufflé, sa respiration s'étant accélérée.

- Quand j'étais seul avec lui... le cristal s'estompait et changeait de couleur... je jure qu'il ressemblait à de petites étoiles singulières qui éclataient à l'intérieur, faisant danser et réfléchir une douce lumière sur toutes ses surfaces planes. J'étais si captivé que je n'y ai pas pensé à deux fois avant d'y toucher... c'était comme un aimant qui m'attirait.

Dean pourrait être d'accord avec le fait de ne pas y penser à deux fois avant de toucher à tout et à n'importe quoi. Il le prouva en faisant passer sa main sur le bas du membre de Kriss, puis il enroula ses doigts autour. Il fit une pause.

- Et ? souffla-t-il.

- Et à la seconde où mon doigt est entré en contact avec le cristal, il est entré en moi de la même façon que ma lame Déchue, et la pièce devint sombre. D'un coup. J'ai essayé de la faire revenir, mais rien n'y fit. J'avais si peur que je me suis retourné... puis je suis parti en courant. Je savais que mon père me détesterait s'il savait ce que je venais de faire... j'ai pris les vêtements d'un soldat pour m'habiller avec, et me suis caché dans un groupe de garçons qui quittaient le royaume. Je ne savais pas qu'ils allaient dans ce monde.

- Cela explique beaucoup de choses sur toi, siffla Dean contre son oreille en se disant que l'exil du prince aurait pu être évité, mais il était finalement reconnaissant que les choses se soient passées différemment.

Kriss respira bruyamment mais se battit pour se contrôler.

- Comme quoi ?

- Tout d'abord, à quoi pensait le Destin quand il t'a présenté à moi comme un fruit défendu ? répondit Dean en lui mordant le lobe de l'oreille. Je ne peux qu'imaginer ce que penseraient les autres Déchus s'ils pouvaient voir leur prince maintenant. Ça me rend jaloux rien que d'y penser, finit-il par dire en murmurant.

Cette fois, un gémissement s'échappa de la bouche de Kriss, qui se mit à bander encore plus lorsque les doigts agiles de Dean déboutonnèrent son jean et baissèrent la fermeture éclair. Il déglutit en levant les hanches quand la main de Dean se faufila dans son jean.

- Ils me détesteraient d'avoir pris ce qui leur appartenait, dit-il d'une voix tendue. Dean sourit contre son oreille tout en le caressant. Tu sous-estimes le rang dont tu as hérité et ton charme. Même Ambrosia t'a choisi plus que tous les autres.

- Bon sang ! Kriss se retourna contre Dean en tremblant, laissant son regard chaud retomber sur leur reflet de la baie vitrée. Une fois de plus, il maudissait le pouvoir que Dean avait sur lui, mais bon sang, qu'est-ce qu'ils avaient l'air sexy ensemble !

Le raisonnement de Dean allait dans le même sens. Il avait de la difficulté à contrôler sa respiration alors que Kriss allait bientôt jouir. Le prince déchu était en effet un être d'une pure beauté, et il était ravi de l'avoir trouvé. D'ailleurs, il ne plaisantait pas quand il avait dit que beaucoup de Déchus auraient tué pour gagner l'attention du prince... mais Dean restait très égoïste à cet égard.

Ce que Kriss ne saura jamais, c'est combien d'entre eux il avait surpris en train de harceler le jeune prince lorsqu'il avait franchi le portail pour la première fois... ni combien il en avait tué pour cette même raison.

- Tu m'appartiens, grogna Dean dans l'oreille de Kriss en ressentant sa propre satisfaction parce que cela suffit pour envoyer Kriss au septième ciel.

CHAPITRE 6

Zeke était assis sur une énorme caisse en bois déposée au niveau de la zone d'ombre, près des portes du quai de déchargement, à l'arrière du Wal-Mart, les jambes pendantes se balançant paresseusement d'avant en arrière, alors qu'il regardait les humains décharger le camion.

Il sourit aux deux hommes qui semblaient un peu nerveux, mais qui faisaient du bon travail en essayant de ne pas montrer leur stress. L'un d'eux s'appelait « Hank », et l'autre s'appelait « Poto », du moins, c'est ce qu'il en avait déduit, parce que c'est comme ça que Hank l'appelait.

Il s'amusait bien avec eux. Pendant deux bonnes heures, il avait gonflé des ballons pour les faire ensuite éclater bruyamment ; puis il avait déplacé des petites boîtes sur lesquelles ils n'ont pas arrêté de trébucher en s'accusant mutuellement de les avoir posées au sol de manière délibérée. Ces deux idiots étaient même presque convaincus que le magasin était hanté. Au début, il avait trouvé ça vraiment marrant, mais maintenant, il commençait à s'ennuyer sérieusement.

Aux yeux de tous, Zeke n'était qu'un enfant normal d'environ huit ans. Ses cheveux foncés étaient toujours décoiffés, comme s'il venait tout juste de sortir de son lit, encadrant des yeux tout aussi foncés qui se montraient bien souvent malicieux. Il avait eu le droit d'essayer tout ce que le magasin proposait, mais ce qu'il avait préféré, c'était les costumes d'Halloween ; et là, il portait une tenue de Peter Pan.

Le directeur de l'équipe de nuit du rayon vidéo avait pour habitude de passer le film de Peter Pan sur tous les téléviseurs grand écran, lorsque le magasin ouvert 24 heures sur 24 n'était pas bondé comme en pleine journée. Zeke le regardait en boucle, jusqu'à ce que le gérant de l'équipe de jour le ramène du côté des films d'Halloween, tout ça parce que le soleil se levait, et que le magasin commençait à se remplir de clients.

Ce n'était pas la nuit, avec ce film, qu'il dérangeait le gérant qui travaillait de nuit ; mais c'est plutôt la journée qu'il se rattrapait… en lui faisant des frayeurs à lui en donner des crises cardiaques à longueur de temps.

Il aimait Peter Pan et avait l'impression qu'ils avaient beaucoup de choses en commun. La seule exception était que Peter avait un gang d'enfants qui faisaient tout ce qu'il leur disait de faire. En regardant ce film, Zeke avait l'impression que les enfants humains devaient se rassembler et s'éloigner des adultes qui, eux, les empêchaient de s'amuser. Les enfants qui visitaient le magasin se faisaient constamment disputer, on leur disait même qu'ils n'avaient pas le droit de jouer.

Il fit la moue pendant un moment devant l'absence de son gang à lui, puis regarda du côté du camion. C'était le bon moment de faire peur une fois de plus à ces deux idiots. Un froncement de sourcil lui barra le front alors qu'il se concentrait sur le levier de vitesses. Ce camion n'était pas aussi gros qu'un poids lourd, mais il l'était suffisamment pour qu'il s'amuse avec. Un sourire s'afficha sur son visage lorsqu'il parvint à le court-circuiter.

Le véhicule commença à rouler en avant et son sourire s'élargit lorsqu'il se dirigea droit sur la clôture de l'arrière de la propriété, là où l'herbe poussait sur un terrain non entretenu.

- Mais… ? C'est quoi c'bordel ? ! hurla Poto qui laissa tomber la boîte qu'il tenait tout en regardant le camion s'éloigner. Mais putain, Hank, t'es vraiment trop nul ! Je croyais que t'avais garé le camion sur le parking !

- Mais, mon poto : c'est bien sur le parking, que je l'ai garé ! Sinon, comment t'expliques que pendant ces vingt dernières minutes, c'est là qu'il était ? lui répondit Hank en criant, alors qu'il essayait de garder son équilibre. Je te le dis, moi : cet endroit est hanté !

Poto courut dans le parking derrière le camion en furie ; chaque mot qui sortait de sa bouche était pire que le précédent ; pendant que Hank était coincé à l'arrière, essayant tant bien que mal de tenir le coup. Zeke se mit à rire comme Peter l'avait fait dans le film, au moment où il terrorisait les pirates... de manière retentissante et très joyeuse.

Il ne vit pas le petit groupe de démons avec qui il traînait depuis qu'il était sorti par la brèche. S'il était plus faible qu'eux, ils s'en moquaient parce qu'ils étaient tous des démons de bas niveau, comparés à ceux qui se battaient entre eux dans toute la ville... sauf Cyrus. Ils étaient sous sa protection, au début... puis une fille effrayante nommée Misery l'avait emmené, et il ne put plus jamais rentrer.

Il n'avait aucune idée de ce qu'il était arrivé aux autres ; ils avaient tout simplement commencé à disparaître par petits groupes, jusqu'à ce qu'il n'y ait plus personne. Et maintenant, il se sentait très seul… et ce n'était pas une bonne chose. Et le fait de ressentir une émotion aussi inutile était considéré comme quelque chose de honteux pour un démon, mais il ne put s'en empêcher. Peter Pan avait pleuré dans le film et personne ne s'était moqué de lui.

Peter n'était pas humain... il ne pouvait pas l'être. Et maintenant qu'il y repensait, Peter Pan était plus vieux que n'importe quel humain, parce qu'il ne vieillissait pas. Et si vous preniez le risque de l'énerver, il mutait en un véritable tueur. Aussi, il harcelait les enfants et les kidnappait... pour les emmener dans un lieu où les adultes n'avaient pas le droit d'aller. Ce qui était sûr, c'était que Peter Pan était un démon et qu'ils avaient juste oublié de le dire dans le film.

Il jeta un coup d'œil derrière lui pour scruter les zones plus sombres de l'arrière du bâtiment, pour y voir des démons de l'ombre se faufiler dans l'obscurité. Ainsi, les humains ne pouvaient pas les voir. Il ne savait pas pourquoi ils avaient choisi de se cacher dans le magasin, tout comme lui ; il était certain qu'il ne le saurait jamais. Et les démons de l'ombre étaient faits pour être contrôlés par des démons de chair et de sang, comme lui. Mais ceux-ci ne lui accorderaient pas une minute, du moins la journée, parce qu'il n'avait pas beaucoup de pouvoir.

Il serra les lèvres en pensant que c'était injuste. S'ils ne voulaient pas de lui comme maître, alors pourquoi, dans ce cas, traînaient-ils en le surveillant en permanence

? C'était comme s'ils s'étaient rassemblés là et qu'ils attendaient quelque chose… au point de le rendre paranoïaque. Pourquoi n'avaient-ils pas trouvé un démon digne d'être servi ? Ce n'était pas comme si c'était difficile de trouver un maître démon en ce moment ! Toute la ville en était remplie.

La semaine dernière, il avait décidé de se cacher dans le grand magasin et de jouer avec les enfants qui y venaient, si leurs parents leur permettaient. Le seul vrai pouvoir démoniaque qu'il avait était de faire bouger les choses et, s'il se concentrait assez fort, il pouvait se rendre invisible, mais il ne pouvait pas tenir très longtemps. Il pouvait aussi grimper aux murs et ramper sur les plafonds. Mais quel démon ne pouvait pas faire ça ?

Sur l'échelle des pouvoirs démoniaques, il se trouvait au niveau le plus bas. La plupart des démons le considéraient comme étant insignifiant... ça lui servirait à rien d'essayer de rejoindre leurs armées. Mais ça lui allait bien comme ça. Il ne voulait pas se battre. Lui, tout ce qu'il voulait, c'était jouer. S'il avait le pouvoir de construire une armée, elle serait composée d'enfants humains parce qu'ils étaient vraiment amusants. Il les emmènerait tous loin de leurs parents qui leur criaient toujours dessus en leur disant de bien se tenir.

En plus, ces adultes ne valaient pas mieux que les maîtres démons qui contrôlaient les plus faibles... ils ne valaient pas mieux, non plus, que les pirates du film. Dans sa version à lui du Pays Imaginaire, il serait le seul démon présent et ça ferait de lui le personnage le plus puissant. Et ça serait lui, le maître. Il soupira dans autant de nostalgie.

Le bruit du camion heurtant la haute clôture le sortit

de ses pensées et le fit rire. L'abruti qui essayait d'y entrer par l'avant pour l'arrêter fut entraîné dans les mauvaises herbes et l'homme qui se trouvait à l'arrière tomba lorsque le véhicule entra en collision avec une grosse bosse. Lorsque l'impact déplaça la cargaison du camion, plusieurs petites boîtes tombèrent, frappant Hank à la tête et aux épaules. Ce dernier recommença à fulminer quand il se leva et qu'il se rendit compte qu'il ne pouvait plus bouger. En baissant les yeux, il constata que son pantalon s'était retrouvé coincé sur le rebord de la clôture, et que ça l'avait troué.

- J'crois qu'ça pourra pas être pire, grogna-t-il.

Zeke se pencha un peu en avant et agita les doigts vers la clôture pour en faire sortir le fil de fer et l'accrocher à l'arrière du pantalon de l'homme pendant qu'il se décrochait de son premier accroc. Pensant qu'il était libre, Hank se leva rapidement. Cette fois, son pantalon se déchira le long de son dos, exposant un boxer rose vif. C'est à peu près au même moment que Poto arriva sur le côté du camion en s'arrêtant net.

- Rose vif ? T'es pas sérieux ?

Zeke ne put se retenir plus longtemps et se mit à rire, perdant ainsi sa concentration et sa discrétion : non seulement on pouvait le voir, mais on pouvait aussi l'entendre.

Poto se retourna pour regarder vers les portes donnant sur les quais de déchargement.

- Super, on dirait qu'on a trouvé ton fantôme ! Allez, viens avec moi, mon Fuschia ! On va le chercher !

- Salut mon p'tit gars, cria Hank en montrant du doigt le jeune garçon aux cheveux foncés vêtu du costume de Peter Pan.

Tout en approchant, il tourna son pouce par-dessus

son épaule en direction du camion et poursuivit :

- C'est toi qui as fait ça ?

Zeke jeta un coup d'œil au camion qui était maintenant à l'arrêt et haussa les épaules :

- Oh, j'en sais rien. Peut-être que ton Poto a raison et que tu ne l'avais pas garé sur le parking.

Son grand sourire racontait cependant une histoire différente.

- Putain d'morveux, vas ! marmonna Hank. Attends que j'te mette la main d'ssus.

- Où sont ses parents ? souffla Poto tout en suivant Hank, sans savoir ce qu'il ferait une fois qu'il aurait attrapé le gamin.

Zeke ricana encore plus fort et courut plus loin dans l'entrepôt en sachant très bien que les deux benêts le pourchassaient. Il rigolait tout en courant, pensant que c'était ce que Peter Pan devait ressentir lorsqu'il était poursuivi par des pirates. Utilisant ses pouvoirs, il fit tomber des objets des étagères et les balança sur eux, histoire de les ralentir un peu. Il frissonna en remarquant les démons de l'ombre lui passer sous le nez, puis la zone vers laquelle il se dirigeait s'épaissit de ténèbres.

Entendant des bruits de se rapprocher de lui, il frotta dans son élan une de ses mains contre une grande étagère de rangement. Celle-ci commença à se balancer dangereusement d'avant en arrière avant de tomber sur l'allée étroite, bloquant ainsi l'accès aux deux hommes, qui l'avaient presque rattrapé.

En entendant le bruit sourd de l'effondrement, Zeke se retourna et lança à Hank un sourire effrayant. Puis il se désagrégea lentement afin de devenir complètement invisible. Il se mit à rire franchement quand Hank recommença à paniquer au sujet des fantômes et Poto proclama haut et fort qu'il démissionnait sur le champ.

Mais Zeke ne leur prêtait plus attention... et pourtant, qu'est-ce que c'était amusant ! Il soupira joyeusement avant de froncer les sourcils dans les ténèbres qui l'entouraient.

Les démons de l'ombre préparaient quelque chose. Regardant autour de lui avec prudence, il remarqua qu'ils l'encerclaient complètement et que leur présence rendait son environnement encore plus sombre, à l'exception de la zone qui était à sa gauche, dans laquelle des costumes d'Halloween étaient rangés. Les démons de l'ombre étaient concentrés sur lui et il se redressa en ouvrant grand les yeux.

- Qu'est-ce que vous voulez me montrer ? leur demanda-t-il en chuchotant.

Comme si c'était elle qui lui répondait, l'obscurité s'étendit encore plus, rétrécissant encore plus la zone de lumière.

Quelque chose de chaud se mit à ramper lentement sur la peau de Zeke... quelque chose qui lui faisait penser à de la puissance. Cette sensation l'effraya, ce qui le fit reculer un peu dans sa confusion. Les démons de l'ombre étaient maintenant derrière lui ; ils le poussaient en avant. Il glissa avec hésitation au-delà des étagères et se dirigea vers de grandes tiges qui étaient suspendues au plafond, et qui contenaient tous des costumes comme prêts à sortir sur le sol. Sous ces vêtements suspendus, un mince ruban de lumière bleue provenant du mur de brique qui entourait l'immense bâtiment s'étendait. L'obscurité des démons l'encerclait, créant comme un spot lumineux.

Il se pencha vers le bas pour ramper sous les costumes. Il découvrit qu'il y avait effectivement un petit trou venant de l'extérieur du mur, et qu'un morceau de lumière bleue à l'aspect pointu en sortait. Faisant appel à son don de vision acérée dont tous les démons étaient dotés, il concentra son regard jusqu'à ce qu'il puisse voir une écriture ancienne gravée à l'intérieur de cet éclat lumineux. Des petits symboles pulsaient dans cette lumière d'un bleu électrique. Son souffle s'arrêta dans sa poitrine lorsqu'il l'attrapa ; tout ce qu'il voulait faire, c'était de la toucher.

Il aspira fortement quand le bout aiguisé de la puissance incandescente se coupa dans son doigt et se liquéfia instantanément, absorbée dans la noirceur de son sang. Il trébucha en arrière, contre le mur et tomba sur les fesses, comme si une ruée d'énergie lui avait tiré dessus. Elle se mit à battre au même rythme que ses battements de cœur avant de faire un écho autour de lui dans une onde de choc énorme. Le goût du pouvoir, celui qui l'avait attiré vers lui, n'était rien, comparé à la quantité de celui qui rayonnait maintenant tout autour de lui.

Il resta un moment assis là, fixant son index, se demandant ce qu'il venait de se passer. Il le rapprocha de son visage en essayant de voir où l'objet lumineux était allé, mais il n'était plus là, tout simplement. Quelque chose se frotta contre lui et il leva les yeux en direction de l'armée de démons de l'ombre qui l'entourait en le fixant... en l'attendant, surtout.

Non seulement il les voyait nettement mieux, mais il pouvait même les sentir, comme s'ils faisaient partie intégrante de son esprit et de son corps. C'est alors qu'il se rendit compte que la seule fois où il avait ressenti ce genre de pouvoir, c'était lorsqu'un maître démon était à proximité et que cette sensation l'avait averti de courir et de se cacher. Mais cette fois, c'était différent : le pouvoir venait de l'intérieur de son corps à lui. Impossible de courir et de se cacher de lui-même.

- Alors, maint'nant ? Vous êtes à moi, c'est ça ? demanda-t-il, émerveillé par sa propre voix.

Les démons de l'ombre répondirent en approchant encore plus, le caressant presque avec leur toucher noir et froid. Il pouvait entendre leur réponse, même s'ils n'avaient ni voix ni corps. Un sourire commença à s'esquisser sur son visage d'ange et il tendit la main pour toucher l'un d'entre eux. Il n'était plus seul maintenant.

Reprenant lentement ses esprits, il perçut le rire d'un enfant qui venait de quelque part au-delà des réserves aux notes musquées. L'éclat de lumière avait exaucé son unique souhait : celui de devenir le vrai Peter Pan et le maître de son propre terrain de jeu. Il se retourna et courut à travers l'entrepôt aussi vite qu'il put, mais il dérapa au moment où il voulut s'arrêter devant les portes battantes et tomba. Se sentant trahi, il leva les yeux vers la petite fenêtre rectangulaire et tenta de léviter. Ça fonctionna tellement bien qu'il se cogna la tête contre le plafond. Il le regarda d'un air furieux en redescendant lentement au niveau de la petite fenêtre, mais il dut se rendre invisible parce qu'il remarqua un Poto qui semblait bien malheureux et qui faisait tout pour rentrer chez lui.

Glissant par les portes de l'entrepôt, Zeke plana jusqu'à se retrouver derrière l'homme agité et lui frôla le cou du bout d'un ongle. Poto se retourna d'un coup, surprenant Zeke dans son élan. Il se mit à voler à reculons, puis il prit appui contre le mur situé de l'autre côté de l'homme, situé dans le couloir niché entre la réserve et l'intérieur même du magasin.

Puis il étouffa un rire lorsque Poto se mit à tourner sur lui-même à plusieurs reprises avant de se frapper une main à l'arrière du cou et de se le frotter fortement. Si l'apparence pouvait tuer, Poto serait un homme très dangereux.

Ce dernier tenta de gommer la sensation effrayante qu'il ressentait, mais ce ne fut pas chose facile parce que le couloir semblait devenir de plus en plus sombre. Il releva la capuche de son sweat-shirt sur sa tête pour se protéger le cou, puis il s'enfonça profondément une main dans une poche, afin de pouvoir saisir le cutter qui y était caché. Finir sa journée de travail trois heures avant l'heure sans prévenir sa direction ne pouvait que mener au licenciement, mais pour l'instant, il s'en fichait royalement. Il avait toujours été du genre à suivre son instinct, et celui-ci lui criait de se tirer d'ici immédiatement.

Zeke suivit l'homme dans le magasin avec l'intention de lui faire peur une dernière fois, mais son attention s'égara lorsqu'il vit deux enfants, un garçon et une fille. Ils avaient tous les deux l'air de s'ennuyer. Il chercha leurs parents du regard et remarqua une femme juste de l'autre côté d'un présentoir. Elle marmonnait quelque chose à propos du coût élevé des fournitures scolaires, et ne fit pas attention au fait qu'elle avait traîné les pieds dans un tas de vêtements.

Zeke se calma en approchant du coin de l'étagère des habits, juste devant les enfants, s'assurant d'être bien visible.

- Coucou, dit-il, un sourire espiègle aux lèvres.

- Coucou, dit la petite fille, avec un sourire timide. Tu es Peter Pan ?

- Oui, répondit Zeke en souriant encore plus.

Le garçon pencha la tête d'un côté et donna un coup de coude à sa sœur dans le bras.

- Peter Pan n'existe pas, imbécile ! C'est juste un déguisement.

Zeke jeta un autre regard vers leur mère, juste pour s'assurer qu'elle ne les regardait pas : elle fronçait maintenant les sourcils avec un téléphone portable à l'oreille et s'éloignait davantage.

- Je suis le vrai Peter Pan et je peux le prouver. Vous voulez voir quelque chose de cool ? demanda-t-il, comme si c'était la meilleure chose au monde à faire.

- Ouais !

Les deux enfants hochèrent la tête en même temps.

- Regardez plutôt ça ! dit Zeke qui se souleva à environ un mètre du sol. Il y resta quelques secondes avant de se rendre invisible.

Il n'avait pas vraiment le temps de tester ses autres pouvoirs qu'il avait pu acquérir, mais il n'en fallait pas beaucoup pour retenir l'attention des enfants humains. Il voulait son propre gang, et peut-être même que la fille pouvait devenir Wendy ? Les filles étaient censées être plus intelligentes que les garçons, alors il devait faire plus d'efforts pour s'en faire sa Wendy.

- Mais ? Il est où ? demanda-t-elle.

Zeke réapparut juste devant elle, le doigt sur les lèvres.

- Chut, chuchota-t-il. C'est un secret. Si je partage mon pouvoir avec vous, rejoindrez-vous mon gang ? Vous ne vous ennuierez plus jamais.

- C'est d'accord, carillonnèrent les enfants en chuchotant fortement tout en hochant rapidement la tête.

Zeke leur sourit lentement et tourna la tête pour regarder leur mère : un homme grincheux était maintenant à côté d'elle. Il se frottait la tempe et elle s'agitait, ayant peur d'être en retard pour le dîner. Zeke n'eut aucun remords à disparaître une fois de plus.

Les adultes n'étaient guère plus calmes quand il se glissa derrière eux et qu'il attrapa des biberons posés sur l'étagère qui était à côté de lui. La raison pour laquelle les deux parents se trouvaient au rayon « bébés » alors qu'ils avaient deux enfants qu'ils ignoraient le dépassait complètement. Etouffant un rire, il leur balança les biberons, les frappant à l'arrière de la tête, en espérant qu'ils s'enfuiraient, tout simplement. Il était ravi d'entendre le frère et la sœur rire, mais il fronça les sourcils en voyant leurs parents se retourner et commencer à leur crier dessus pour leur demander de bien se comporter ; l'homme les menaça même de leur donner une fessée.

Zeke regarda leurs lèvres se tordre en grognements tout en regardant leurs enfants sans se soucier de savoir ce que ces derniers pensaient, ni même de voir si leurs yeux se remplissaient de larmes ou non. Il n'avait jamais connu ses propres parents, mais il avait le sentiment qu'il n'avait pas manqué grand-chose. Prenant deux hochets, il flotta en l'air jusqu'à ce qu'il soit à leur hauteur et face à leurs visages pourvus d'une expression hideuse. Puis il apparût d'un coup et les leur jeta en pleine figure.

- Laissez-les tranquilles ! grogna-t-il, ignorant que ses yeux brillaient de tous feux avec ce pouvoir nouvellement découvert.

Les deux adultes crièrent de surprise et d'effroi, s'éloignant du garçon aux yeux rouge sang en lévitation. Zeke fit un bond en avant et saisit d'autres articles sur les étagères pour les jeter sur les parents... et pour les séparer de leurs enfants.

Pendant ce temps, le frère et la sœur gardaient les yeux rivés sur la façon dont leurs parents se faisaient "tabasser" par Peter Pan. Ni l'un ni l'autre ne pouvait voir son regard rouge sang, ni la façon dont ses dents s'étaient soudainement allongées et effilées. Non, cette illusion effrayante n'était que pour ceux qu'il voulait fuir.

Une fois les parents hors de vue, Zeke laissa son expression revenir à la normale avant de se tourner de nouveau vers son frère et sa sœur. Leur prenant les mains, il les attira rapidement dans la réserve, dans le coin le plus sombre, pour que personne ne les trouve.

Il savait qu'ils ne pouvaient pas voir les démons de l'ombre qui les attendaient là, mais il avait besoin des démons, s'il voulait faire des enfants les siens, pour toujours.

- Nous allons avoir tellement d'ennuis !. dit le garçon, inquiet, en regardant au-delà de Peter Pan, s'attendant à voir son père se mettre en colère contre eux d'une seconde à l'autre. Puisque c'était lui était le grand frère, c'est lui qui serait puni ! Il jeta un regard sur sa sœur et soupira en voyant qu'elle n'avait pas l'air effrayée du tout.

- Peter nous protégera ! dit-elle en croyant sincèrement qu'un des personnages de son conte de fées préféré était venu pour elle. Je suis Sarah, et voici mon frère Bobby.

Zeke sourit en décidant qu'elle serait parfaite pour être sa Wendy à lui.

- Es-tu prête à rester ici avec moi et à oublier tes parents ?

- On peut jouer avec les jouets qui sont ici ? demanda Bobby en se souvenant de la façon dont son père les avait avertis qu'ils auraient des ennuis s'ils touchaient quoi que ce soit pendant qu'ils étaient dans le magasin.

- Vous pouvez jouer avec tout ce que vous voulez et vous pouvez manger tous les bonbons, aussi ! répondit Zeke, conscient qu'il s'agissait là du point faible de ces enfants.

- Et des fées ? Il y en aura, aussi ? demanda Sarah, les yeux brillants et regardant autour d'elle pour voir si elle ne voyait pas la fée Clochette.

Ne voyant rien d'autre que de l'obscurité, elle commença à froncer les sourcils.

- Bien sûr, dit Zek en se disant que les démons de l'ombre étaient bien mieux que de simples fées. Tout ce que tu as à faire, c'est de fermer les yeux un instant pendant que je te donne le pouvoir de les voir.

Le frère et la sœur se réjouirent de cette perspective et, comme des sous-fifres obéissants, ils fermèrent les yeux et attendirent la poussière de fée.

Zeke regarda les démons de l'ombre glisser sans douleur dans les corps des enfants au travers leurs lèvres écartées. Il ne pensa à rien de plus quand ils ouvrent des yeux plus sombres que la pleine nuit en leur souriant méchamment. Ils avaient oublié leurs parents et c'est ce qu'il avait voulu par-dessus tout.

- Allons trouver d'autres enfants perdus et débarrassons le magasin des horribles pirates qui se font passer pour des adultes, suggéra-t-il en leur rendant un sourire heureux. C'est notre Pays Imaginaire, et ils n'ont rien à y faire.

CHAPITRE 7

Profondément sous terre, sous la brique et le béton du Wal-Mart que Zeke considérait comme son terrain de jeu, une autre paire de méchants yeux s'ouvrit avec précaution et anticipation. D'épaisses fentes noires allongées dotées d'iris jaunis regardaient en direction du plafond de terre bas de la petite tanière que la créature partageait avec une multitude de serpents.

La longue langue fourchue de Lilith sortit pour goûter l'air et attrapa la saveur du pouvoir du cristal qui s'écoulait jusqu'au puits de mine oublié dans lequel elle avait choisi de dormir. Le cristal tant convoité était un pouvoir que le démon connaissait bien parce qu'elle en avait déjà une partie en sa possession. Elle avait utilisé cet étrange pouvoir cristallin pour repousser ou tuer d'autres démons qui avaient tenté de la contrôler. Grâce au pouvoir de ce cristal, elle n'était plus un sous-fifre. Maintenant, elle était un maître démon avec une bonne petite armée de bêtes d'ombre.

Et pourtant, indépendamment des capacités accrues

que le cristal lui donnait, il ne parvenait pas à la protéger de l'invasion soudaine des prédateurs démoniaques et de leurs ennemis surnaturels qui erraient au-dessus de sa tanière. Cette nouvelle guerre l'avait amenée là où elle était, c'est-à-dire à nouveau dans le monde des faibles, car ses adversaires étaient des êtres très puissants.

Le morceau de cristal qu'elle avait en sa possession n'était qu'un petit éclat de lumière. Cependant, elle avait entendu dire qu'il était possible de combiner les pouvoirs de plusieurs morceaux de cristal… et c'était ce dont elle avait besoin. D'ailleurs, il y en avait quelque part là-haut, dans le monde surpeuplé des hommes... elle pouvait même en goûter la saveur. Si elle était assez rusée pour tuer le démon qui le possédait, elle pourrait alors le lui prendre afin d'unir son pouvoir à celui qu'elle avait déjà. Enfin, elle ferait partie de la domination de la ville au lieu de se cacher dessous.

Soulevant une main sèche, Lilith regarda l'ombre de son bras s'allonger et prendre la forme d'un serpent dont la queue y restait liée. Certains maîtres contrôlaient les démons de l'ombre, mais elle préférait les bêtes de l'ombre parce que celles-ci étaient plus destructrices et parce qu'elles ne se révoltaient jamais pour un maître plus fort, contrairement aux démons de l'ombre, connus pour agir ainsi.

La bête de l'ombre se tordit le corps et leva la tête avant de se retourner pour la regarder avec des yeux rouge foncé. Lilith siffla une fois, sa longue langue fourchue glissant à nouveau avant de laisser la bête se séparer d'elle pour s'enfuir à travers la terre jusqu'au monde d'en haut. Elle partait enquêter sur le démon qui avait le cristal qu'elle souhaitait.

Sa tanière de serpents n'avait pas été perturbée et la

construction récente d'une grande grotte bétonnée juste au-dessus ne fit que de la fortifier. Lorsque la brèche s'était ouverte, elle avait tout fait pour rester discrète afin de ne pas se faire repérer et de permettre aux démons d'aller de partout dans le monde des humains.

Ses sous-fifres l'avaient tenue informée de leur guerre : elle attendit simplement qu'ils s'entretuent, les démons étant connus pour agir de la sorte. Jusqu'à maintenant, elle avait survécu en se cachant, mais maintenant... maintenant, elle pouvait sentir le pouvoir d'un autre morceau de ce cristal… et c'en était trop pour elle : elle ne pouvait résister.

Si elle voulait avoir la chance de devenir plus forte, elle allait devoir s'exposer pendant quelques temps. Une fois qu'elle aurait le cristal à portée de main, elle pourrait alors se nourrir d'un certain nombre d'humains et de leurs âmes. Puis elle se cacherait à nouveau pour attendre que la guerre des démons fasse des ravages.

Des crocs reptiliens acérés se mirent à briller dans l'obscurité et ses yeux devinrent opaques ; elle choisit ce moment pour prendre le même point de vue que le serpent de l'ombre : la bête avait atteint la surface et regardait à l'intérieur du bâtiment situé juste au-dessus. Elle lui donna un ordre silencieux et cette dernière commença à se faufiler dans un magasin en évitant les humains et en ne se concentrant que sur l'aura démoniaque. Puis, sa forme devint lourde et corporelle ; elle se déplaça de nouveau dans l'obscurité, ce qu'un humble démon de l'ombre ne pourrait jamais faire sans posséder un corps humain lui servant d'hôte.

La bête prit son temps et traqua plusieurs démons de l'ombre pour voir ce qu'ils faisaient et à qui ils obéissaient. Lorsqu'elle vit qu'il possédait des enfants, elle fut comme impressionnée... puis elle réalisa qu'aucune goutte de sang n'avait coulé.

En voyant cela à travers les yeux de son animal maléfique, Lilith gloussa malicieusement. Ces enfants n'avaient pas été tués... juste blessés par le simple fait d'avoir été possédés. Ce maître démoniaque n'était pas une menace, mais juste un enfant utilisant le pouvoir du cristal pour satisfaire un caprice. Ce démon n'avait aucune idée de la véritable puissance qui était à sa disposition et elle mangerait son âme en récompense de sa naïveté.

Elle sentait que d'autres démons commençaient à s'approcher et savait qu'ils étaient attirés par le même pouvoir qu'elle. Elle devrait se dépêcher avant que l'un d'eux ne la devance. Sinon, ce démon insensé serait tué par ces chasseurs qui n'auraient jamais pensé à venir prendre un tel pouvoir dans les mains d'un enfant faible. Et là, elle n'aurait aucune chance.

- Viens, cria Lilith dans l'obscurité en étendant ses bras.

Les ombres de ses mains longilignes aux doigts oblongs commencèrent à se glisser vers l'extérieur sous la forme de bêtes de l'ombre qui se mirent à ramper le long des murs, creusant leurs têtes en forme de diamants à travers la terre et la pierre pendant leur voyage vers la surface. Le jaune de ses yeux brillait d'un vert méchant et elle sifflait. Il était temps d'utiliser son pouvoir volé pour voler encore plus.

Capable de prendre la forme de son animal homologue, Lilith s'enroula le corps pour qu'il retrouve une forme de serpent ; puis elle se servi de ses muscles puissants pour se pousser à travers la première couche de poussière en creusant longtemps pour remonter à la surface. De la terre, des racines mortes et des rochers se mirent à pleuvoir autour d'elle, mais ils ne ralentirent pas son ascension. Son long corps serpentin traversa facilement la terre jusqu'à ce qu'elle entre en contact avec quelque chose de plat et de dur.

Les écailles qui avaient commencé à s'éparpiller sur sa peau en pleine mue se mirent à frissonner au contact de la terre froide, manquant déjà la chaleur de la petite tanière que Lilith avait abandonnée dans sa quête. À l'aide de ses longues griffes, elle glissa le long du fond de la surface plane en cherchant une ouverture. N'en trouvant pas, elle cria de rage mais ce n'était pas un son qui explosa de sa bouche : un essaim de bêtes sombres et lugubres sortit de son âme noire, ce qui ne fit qu'entasser encore plus de saleté autour d'elle. Cette masse de matière sombre s'éleva contre le béton jusqu'à ce qu'il se fissure.

*****

Hank s'appuya contre l'un des grands poteaux qui soutenaient le toit de l'entrepôt et glissa jusqu'au sol pour sa pause. C'était son endroit préféré pour se cacher et heureusement, personne ne l'avait encore trouvé. Seules quelques araignées et d'occasionnels rongeurs avaient l'audace de venir s'y réfugier. Ces lieux étaient réservés aux machines cassées et aux plantes du rayon « jardinerie » qui n'avaient pas été vendues à temps. C'était l'endroit parfait pour ce qu'il avait en tête et là, il allait vraiment en profiter.

Cette journée était vraiment une journée de merde. Il était tout d'abord arrivé en retard parce qu'il avait trop bu la veille, lors de l'enterrement de vie de garçon de son frère. Et bien évidemment, comme il avait dormi tard dans la matinée, il avait raté le mariage sur la plage, au lever du soleil. C'était l'appel de son frère, furieux, qui l'avait réveillé. Ce dernier n'avait pas beaucoup apprécié le fait d'avoir choisi un garçon d'honneur trop ivre pour sortir de son lit le jour de son mariage.

Et puis, son karma ne l'avait pas non plus aidé, parce qu'il s'était pointé au travail pour devoir faire face à ce satané gamin et à ses farces. Pour couronner cette merveilleuse journée, son poto s'était levé et avait démissionné, le laissant seul pour finir de décharger les camions.

Après en avoir pris plein la figure et après une longue série de chutes sur des tas de boîtes de marchandise assez chères, il avait fini par se convaincre que le fait d'avoir vu le gamin s'évaporer dans les airs n'était qu'un effet de la drogue et de l'alcool qu'il avait consommés la veille. Il avait alors essayé d'appeler la direction pour demander qu'on lui envoie quelqu'un l'aider au service des expéditions, mais on lui avait refusé, en prétextant que des clients ne s'en sortaient pas avec leurs enfants.

- Rhô mais quelle merde ! grommela Hank, qui sortit un paquet de cigarettes de la poche de sa chemise. Il sourit en l'ouvrant et en sortit un sachet de sandwiches roulés ainsi qu'un paquet de papier à rouler. Mais j'ai trouvé un moyen d'arranger tout ça.

Il ne prit pas la peine de s'assurer que personne n'était autour de lui et profita de sa pause, même si cela allait le tuer. De la manière dont il voyait les choses, il la méritait, après tout ce qu'il venait de vivre dans cette putain de journée. Et puis, vu l'odeur qui régnait dans cette zone de l'entrepôt, personne ne remarquerait quoi que ce soit. Et même si c'était le cas, il dirait simplement qu'il a vu un sconse traverser l'entrepôt et disparaître dans le fouillis des machines.

Il sourit en regardant l'herbe qui était dans le sac en plastique transparent et réalisa qu'il ne mentirait pas parce qu'il contemplait en ce moment même le sconse le plus génial qu'il n'ait jamais vu.

S'assurant de ne pas en faire tomber de partout, il termina enfin de se rouler son joint et s'en coinça le bout entre les lèvres. Il avait certainement franchi la première étape pour que le reste de son service soit beaucoup plus agréable. En repêchant son briquet au fond de sa poche, il en alluma le bout et respira profondément avant de s'appuyer contre le poteau et d'expirer avec bonheur.

En quelques minutes, il se sentit plus détendu et ne se soucia plus du fait que sa journée avait vraiment été pourrie.

Puis il se mit à tressaillir après avoir entendu un grincement suivi d'un claquement provenant des environs. Il frotta doucement le bout du joint à moitié fumé sur le béton et remit le reste dans le paquet de cigarettes avant de se lever lentement. Il soupira, espérant sérieusement que personne ne l'avait pris en flag'.

Entendant un nouveau claquement venant de la même direction, il fronça les sourcils en se demandant ce que cela pouvait bien être. Glissant le paquet de cigarettes dans sa poche, il se fraya un chemin dans le labyrinthe de marchandises cassées et de végétaux en décomposition à la recherche de ce bruit étrange. Il s'arrêta net lorsqu'il remarqua un endroit fissuré sur le béton du sol.

- Eh bien, c'est nouveau, ça… marmonna-t-il en lui-même tout en se grattant la nuque en fronçant les sourcils. La maintenance va adorer !

Le béton épais était incliné en l'air comme si quelque chose avait essayé de le traverser. Hank secoua la tête en se rappelant qu'il était en Californie et que des trucs bizarres comme ça faisaient partie des choses « normales ». Et il est vrai qu'en plus de tout ça, il y avait eu récemment des tremblements de terre dans la région, donc il n'y avait pas vraiment de quoi s'inquiéter.

Décidant d'ignorer tout ça, il fit abstraction de tous ces détails et se dirigea vers son endroit préféré pour pouvoir finir sa pause.

Son rythme faiblit quand il entendit le béton grincer et se mettre à craquer une fois de plus. Il se retourna juste à temps pour voir le sol se courber encore plus. Le béton sembla se détendre avant de se relever soudainement avec une nouvelle fissure.

En fermant les yeux, il crut voir quelque chose bouger dans la fissure et fit un pas de plus, mais il trébucha en arrière quand une bande de serpents noirs commença à sortir de la fissure comme dans une scène de film d'horreur. Il sentit un frisson d'avertissement remonter le long de sa colonne vertébrale et lui poignarder la nuque lorsque les serpents se dispersèrent, se mêlant aux ombres des étagères.

Il fit un tour complet sur lui-même pour les voir presque disparaître de sa vue dans l'obscurité, à l'exception de quelques mouvement rapides qui se trouvaient au niveau des zones éclairées.

- Et merde, chuchota Hank, se demandant ce que son colocataire avait bien pu mettre dans l'herbe qu'il venait de fumer.

De toute manière, il allait certainement en obtenir

plus parce qu'il n'avait pas fait ce genre d'expérience depuis sa dernière année de lycée. Mais sérieusement... si tout cela était vrai, il serait déjà couvert de morsures de serpent.

En retournant vers le trou qui était dans le sol, il se pencha sans peur pour essayer de voir dans l'obscurité qui régnait en dessous. Ne voyant rien d'autre que de la noirceur, il s'agenouilla à côté en plaçant ses paumes près du bord endommagé et baissa la tête près de l'ouverture.

Il faillit perdre l'équilibre lorsque le sol céda sous sa paume droite, faisant tomber le paquet de cigarettes de sa poche, entraînant la moitié d'un joint qu'il venait de fumer avec quelques cigarettes.

- Merde et re-merde, se plaignit-il en rêvant d'avoir une lampe torche pour pouvoir estimer la profondeur du trou. Il fallait qu'il sorte ce qui venait de tomber dedans avant d'appeler la maintenance. Plaçant une main de chaque côté de l'ouverture béante, il se pencha encore plus pour essayer de voir où le joint avait atterri.

Ses lèvres se séparèrent en un cri silencieux lorsqu'une main hideuse et longue se leva de l'obscurité et le saisit par les cheveux. Il s'y agrippa et essaya de l'arracher fougueusement, mais il tomba en avant quand celle-ci l'entraîna plus loin. Le cri terrifié d'Hank fut brusquement interrompu et le silence s'installa à nouveau dans l'entrepôt.

*****

Décidant de court-circuiter le temps pour le bien de son ami, Storm sortit Vincent de la distorsion temporelle en se dématérialisant avec lui sur le parking du commissariat au moment du coucher du soleil. Sauver

Vincent de Ren était une habitude dont il ne se lassait jamais.

Vincent regarda autour du parking, remarquant qu'il y avait plus de SUV noirs avec des gyrophares que de voitures de police traditionnelles. Il fronça les sourcils lorsqu'il remarqua également les ombres s'allonger de plus en plus et il leva les yeux.

- Je crois que ton horloge est un peu décalée, fit-il remarquer.

Storm sourit. Il avait toujours été un grand fan du sens de l'humour de Vincent.

- Normalement, je ne prive pas les gens de leur précieux temps sur terre, mais je me suis dit que ça ne te dérangerait pas de faire une « avance rapide », car le temps ne signifie pas la même chose pour toi, ni pour moi. Tu es aussi humain que Chad, et il est rentré chez lui pour dormir la majeure partie de la journée.

- Bien vu ! Tu as tout à fait raison... ça ne me dérange pas du tout de faire une « avance rapide ».

Vincent fit un petit sourire à Storm avant de remarquer que le Voyageur du Temps ne se dirigeait pas vers les portes pour le présenter aux autres. Une fois qu'on avait vécu suffisamment longtemps, on ne pouvait s'empêcher d'être un expert pour lire dans les pensées des autres, et si Storm voulait gagner du temps, c'était pour une raison bien précise.

- Qu'est-ce qui te préoccupe ?
- J'ai un service à te demander.

Storm fronça les sourcils, sachant qu'il devait arrêter cette petite catastrophe avant qu'elle ne se produise :

- Je sais que d'habitude tu ne dis pas aux gens que tu ne peux pas mourir parce qu'ils pourraient te tuer pour voir si c'est vrai. Il sourit en sachant qu'il avait raison sur toute la ligne. Mais en ce qui concerne Chad, tu pourrais ressentir le besoin de lui révéler ton petit secret puisqu'il a récemment défié la mort... ne le fais pas.

- Je suppose que je l'ai déjà fait dans un futur qui n'arrivera jamais maintenant ?

Vincent se mit à réfléchir à voix haute en se frottant le menton et en réfléchissant à ce que ça ferait de parler de l'avenir de cette manière :

- Tu réalises que tu pourrais faire un massacre... c'est ça ?

Storm lutta contre l'envie de se frotter la tempe. Il avait oublié à quel point Vincent était rapide pour assimiler les choses. La vérité, c'est qu'il savait que quelque chose de grave allait se produire ce soir, mais il n'en avait qu'un petit aperçu. Il n'avait pas rassemblé toutes les pièces du puzzle avant d'avoir essayé de téléporter un démon très malveillant hors du Wal-Mart ; mais sans succès... et il avait aussi essayé de téléporter Tasuki... mais en vain.

Il soupçonnait que cela avait quelque chose à voir avec les gardiens et le cristal qu'ils recherchaient. S'il n'était pas autorisé à les aider, alors le mieux qu'il pouvait faire était de rassembler d'autres personnes qui, elles, le pouvaient.

- Il m'est interdit d'en parler... j'ai tendance à saigner quand j'oublie cette règle douloureuse, expliqua Storm en haussant les épaules. C'est pourquoi je ne fais que te donner des conseils. Chad n'a pas besoin de le savoir et tu es déjà supérieur à lui, ainsi qu'à beaucoup d'autres personnes de l'EEP. Ne dis ton secret à personne... s'ils ont besoin de le savoir, alors ils en seront conscients à un moment ou un autre.

- Donc, l'EEP a un système de classement, sourcilla

Vincent en comparant mentalement les similitudes entre les démons et les gentils. Qu'est-ce qui me fait monter aussi haut dans ce classement, alors que je fais partie de l'EEP depuis moins d'une heure ?

- En ce qui concerne les flics, tu as été l'un des premiers enregistrés... un chevalier, en quelque sorte. Et tu as passé beaucoup de temps à pourchasser les démons, soit en les tuant, soit en étant tué par eux. Storm essaya de ne pas rire en regardant Vincent s'adosser lentement à la voiture qui se trouvait garée derrière lui. Tu es aussi beaucoup plus âgé que la plupart des gens de l'EEP, et avec ce genre d'âge, vient la connaissance.

- En tous cas, il a un très beau cul pour quelqu'un d'aussi âgé, ronronna Evey en faisant presque sursauter Vincent qui se retourna aussitôt.

- C'est quoi c'bordel ? demanda Vincent en regardant à l'intérieur du beau véhicule sur lequel il s'était appuyé sans y voir personne.

- Vincent, c'est Evey, lui dit Storm en tapotant le capot de la voiture. C'est elle qui vous accompagnera, toi et Chad, pour vos interventions. Tu peux la considérer comme votre chauffeur, mais aussi comme une partenaire très serviable.

Vincent sourit à cette voiture à la voix sexy. Il avait vu plusieurs épisodes de K 2000 dans les années 80 et se demandait ce que Kitt penserait d'elle.

- Ravi de te rencontrer, dit-il en passant les doigts sur le capot. Son sourire s'élargit lorsqu'elle ronronna et il en ressentit la vibration.

- Oh, non mais quel vilain ! lui dit Evey. Tricheur !

- Oh, je kiffe complètement ! répondit Vincent.

Puis il lança un regard en direction de Storm en se demandant si le Voyageur du Temps avait téléporté la voiture depuis le futur.

- Tu n'as toujours pas trouvé Trevor, accusa doucement Evey, l'air déçu.

Storm fit courir une main apaisante sur son capot lisse, sachant qu'elle aimait être touchée.

- Pas encore, ma chérie... mais ne t'inquiète pas, on y travaille encore.

- Alors, comme ça, Vincent va être l'associé permanent de Chad ? demanda Evey avec curiosité.

- Non, dit Storm pour la rassurer. Trevor ne se cachera pas éternellement. Donne-lui un peu plus de temps. Il ne vous a pas abandonné. En attendant, j'ai besoin de vous deux pour surveiller Chad à la place de Trevor.

- J'adore Chad et son homme à tout faire. Lui, au moins, il sait comment on traite une fille, déclara Evey, qui mit doucement en marche la chanson *Human Touch,* de Rick Springfield.

- Alors, quand vais-je rencontrer Chad ? demanda Vincent qui aimait l'idée de pouvoir bénéficier d'une « voiture féminine » dotée d'un sens de l'humour subtil.

- Tout de suite, répondit Storm en se dirigeant vers la porte de l'immeuble.

Vincent se mit en marche derrière lui, faisant courir ses doigts sur le capot d'Evey une dernière fois tant qu'il le pouvait.

- Ooh, j'ai hâte de t'emmener faire un tour sur ma banquette arrière, dit Evey, assez fort pour qu'ils l'entendent tous, ce qui fit rire Vincent.

Au sein du commissariat, Chad était à son bureau, occupé à lire un des rapports qu'il avait pris dans la pile des "conneries à traiter". Il dut cependant admettre qu'il se passait des choses très étranges dans la ville et ses environs. Le dossier qu'il tenait en main était un rapport sur un couple de diablotins de moins d'un mètre de haut qui s'était introduit par la fenêtre ouverte d'une petite fille et qui avait volé ce tout qu'il se trouvait à l'intérieur de sa maison de poupée avant de glousser et de replonger par la fenêtre. C'était bizarre. On aurait pu jurer que toute cette histoire était directement sortie de l'imagination de l'enfant ; or, dans cette histoire, c'est la mère qui était le témoin de la scène... et non l'enfant.

Mais les diablotins étaient le dernier de leurs soucis. Chad se concentrait plus sur les appels reçus des rares personnes honnêtes qui vivaient dans les bidonvilles : elles auraient vu des sans-abris être traînés dans les égouts. C'est ce genre de dossiers qui finissaient sur son bureau, et la pile s'agrandissait de jour en jour. Normalement, ce genre de bizarreries auraient été données à Trevor... mais le détective du de l'EEP était introuvable. Dans un profond soupir, il ferma le dossier en décidant que les diablotins devaient être pris en charge par la meute de loups déjà surchargée. Au moins, ces derniers pouvaient renifler la piste et trouver où ces petits bougres s'installaient.

- Hé Chad ! cria une voix.

Chad leva les yeux et sourit à Micah alors que des loups-garous s'approchaient.

- Quoi de neuf ? demanda-t-il en pensant que le détective semblait ne pas pouvoir décider s'il devait se mettre à rire ou à prendre quelque chose au sérieux. Il connaissait bien ce sentiment.

- As-tu tenu compte des appels destinés au 911 ? lui demanda Micah en secouant la tête.

- Te dire que je m'en suis occupé serait un mensonge, répondit honnêtement Chad en se massant les tempes, sachant que son interlocuteur n'allait probablement pas aimer sa réponse. Pourquoi ?

- Nous avons en ce moment un tas d'appels venant du Super Wal-Mart qui se situe à quelques kilomètres de ton ancien appartement. On dirait qu'on a des démons accros au shopping, soupira Micah, en souhaitant que ce soit aussi drôle que ça en avait l'air.

L'expression de Chad s'assombrit et il se leva.

- Y a-t-il des blessés ?

- Pas encore... mais les personnes qui appellent disent qu'un groupe de jeunes enfants, dont certains sont masqués comme pour Halloween, font des ravages dans le magasin, envers les employés comme les clients, l'informa Micah. Certaines personnes affirment même que les enfants sont possédés et que l'un d'entre eux peut voler.

- Des démons ? s'enquit Chad en grimaçant à l'image qui apparut à l'écran de son mental.

Micah haussa les épaules :

- Tout ce que nous savons, c'est qu'il s'agit juste d'une bande d'enfants qui auraient mangé beaucoup trop de bonbons pour Halloween, et des adultes qui ont dû un peu trop abuser de l'alcool. Tu veux aller y faire un tour pour voir ce qu'il s'y passe ?

Chad hocha la tête et se leva, sortant son téléphone portable tout en se dirigeant vers le bureau.

- Ouais. Mais laisse-moi appeler Kane puisque le Love Bites est plus proche et qu'il peut arriver plus vite que nous... histoire qu'il aille voir ce qu'il s'y passe, lui aussi.

- Attendez ! dit Boris depuis la porte de son bureau. J'envoie d'autres voitures pour vous soutenir, juste au cas où.

- Comment il fait pour être toujours au courant ? demanda Chad dans un murmure.

- Mes oreilles de loup, dit Boris avec un sourire effronté, qui semblait tout simplement effrayant sur son visage normalement renfrogné. Nous entendons tout.

Chad ne put contrôler son sourire en imaginant Boris coiffé d'oreilles de loup géantes.

Ce dernier pointa un doigt sur lui, son air renfrogné de retour :

- Non !

La porte du bureau se referma en claquant et Micah renifla en riant :

- Tu as pensé à la même chose que moi, hein ?

- Ouais, admit Chad en se frottant les yeux pour essayer de se débarrasser de cette image idiote.

- Ahhhh, Chad ! Tu es la personne que j'ai besoin de voir !

Chad lança un œil par-dessus son épaule et trouva Storm avec quelqu'un qu'il ne reconnaissait pas.

- Quoi d'neuf Storm ? On allait justement...

- ... faire un saut au Wal-Mart.

Micah termina la phrase à sa place en lui donnant un coup de coude sur le côté.

Storm fit un signe de tête :

- Oui, je sais. C'est pourquoi je vais être bref et concis. Chad, je te présente Vincent. Comme Trevor a disparu, Vincent va être ton partenaire de manière temporaire.

Chad fit une pause dans un léger froncement de sourcils.

- Et moi qui pensait que ma partenaire du moment était Evey...

- J'ai déjà eu le plaisir de la rencontrer sur le parking,

l'informa Vincent en arquant un sourcil. Elle a dit qu'elle aimait beaucoup ton homme à tout faire.

- C'est la voiture de Trevor mais je la conduis depuis qu'il a décidé de ne plus s'en occuper.

Chad sourit, se rappelant combien Evey avait apprécié le fait qu'il l'ait lavée sans porter de chemise :

- Je suis content que Ren l'ait fabriquée... Evey rend supportable le fait d'être coincé dans la circulation.

- C'est Ren qui l'a fabriquée ? questionna Vincent, en se demandant si c'était le même Ren qui se comportait de manière si possessive envers Lacey et qui, selon lui, était un vrai connard. Eh bien, sache qu'elle aime bien mon postérieur et que ça ne la dérangerait pas que je la conduise.

Personne ne pouvait deviner que ce qu'il venait de dire avait un double sens à l'attention de Ren, mais il aurait juré que les sourcils de Storm venaient de monter d'un cran.

- Elle doit beaucoup t'aimer alors, dit Chad dans un sourire. Elle essaie toujours de convaincre Storm de monter sur sa banquette arrière.

- Elle doit profiter de sa voix sexy, c'est ça ? demanda Vincent en remuant les sourcils.

- Tu n'en as même pas idée, répondit Chad, d'un mouvement de tête vaincu.

Il refusa de dire à quiconque qu'elle l'avait déjà convaincu de faire une sieste sur la banquette : elle avait même teinté ses vitres tout en avançant avec un fond de musique apaisante.

Micah s'était déjà désintéressé de leur conversation et était parti avant eux pour appeler son complice préféré, Titus.

Dans le bâtiment juste en face, dans les locaux du

détective, Titus avait plaqué Jade contre le mur de la salle d'interrogatoire au moment même où Micah l'avait appelé. Ce qui avait commencé par une dispute s'était transformé en un concours de flagrant délit sexuel qui était maintenant interrompu. Et comme il ne voulait pas s'embêter à répondre au téléphone pour pouvoir laisser à Jade une opportunité de s'échapper, il avait commencé à la déshabiller... il mit le téléphone sur le haut-parleur.

- Que veux-tu, Micah ? demanda Titus qui avait reconnu son appelant.

Jade roula les yeux devant les manières de Titus, si douces lorsqu'il était au téléphone. Elle avait essayé de le convaincre que la prophétie de Storm s'était déjà produite, pour qu'il abandonne son excuse de baby-sitting. Elle avait passé sa journée à être excitée comme tout en termes de libido et elle avait sérieusement besoin de faire une pause, avant de perdre son combat contre toute sa bonne volonté et de lui sauter dessus comme elle l'avait fait la dernière fois.

- Nous venons de recevoir un tas d'appels du Super Wal-Mart et des témoignages de petits monstres en liberté, déclara Micah, se demandant ce qui avait bien pu se glisser dans le cul de l'Alpha ; puis il fronça les sourcils en réalisant que Titus était probablement encore avec Jade. On dirait que les démons ont décidé d'aller faire du shopping, alors on va aller voir.

- Je te rejoins ! dit Titus sèchement et raccrocha sans quitter Jade des yeux.

Elle avait essayé de s'éloigner de lui toute la journée et il n'allait pas la laisser faire une fois de plus. Alors, soit elle devait essayer de s'enfuir d'elle-même pour tenter de sauver Sonia d'un mafieux soi-disant possédé par un démon, soit elle irait trouver quelqu'un d'autre avec qui faire l'amour.

- Dis-moi, Jade ? Tu préfères quoi ? Venir avec moi pour m'épauler si besoin, ou bien tu veux que je te mette en cellule jusqu'à mon retour ? se moqua Titus tout en réfléchissant à une troisième option. Ou bien… je pourrais tout simplement te menotter à moi… pour que tu sois en sécurité tout le temps.

- Oh non, pas ça, dit Jade en le poussant hors de son espace personnel. Je ne vais pas rater ces démons qui courent de partout au Wal-Mart juste parce que tu crois que je suis excitée et que je m'ennuie. On dirait que c'est toi qui as toutes ces pensées perverses. Des menottes... et puis quoi, encore ?

Elle se glissa devant lui et l'entendit grogner alors qu'elle avait déjà atteint la porte. Elle sourit en la poussant, sachant qu'il le suivrait. Eh bien, au moins, elle répondait à sa question sur ce qu'elle avait prévu de faire.

Titus grogna encore en sortant en trombe du bâtiment pour la suivre.

CHAPITRE 8

Michael se rappelait avoir pensé, il n'y a pas si longtemps, que cette grande maison semblait déserte. Et finalement, il était bien content lorsqu'il vit ses proches arriver : ils avaient pensé qu'il aurait besoin de baby-sitters pendant qu'Aurora était partie séjourner quelques jours chez son frère Skye. Il ne ressentait pas non plus l'envie de boire du sang de démon, en ce moment. Mais ça, personne n'avait besoin de le savoir.

Kane posa sa main sur la table et retourna ses cartes, riant méchamment avec sa visière verte qui scintillait dans la lumière.

- Gagné !

- Oh putain ! grogna Damon en lui lançant ses cartes. Pourquoi est-ce que je perds toujours contre toi ?

- Parce que je suis doué, se vanta Kane en tirant tout l'argent qui se trouvait au milieu de la table vers lui.

Il savait que lire dans l'esprit de son frère était une forme de tricherie, mais il aimait la théorie selon laquelle on ne triche que si on se fait prendre.

- Hum… excusez-moi, marmonna Alicia, mais je ne sais pas si ma main est bonne ou non.

Kane s'arrêta et tourna lentement son visage vers elle.

- Pourquoi, qu'est-ce tu as ?

- Heum, commença Alicia avec une petite voix, j'ai un tas de cœurs... un dix, un valet, une dame, un roi, et un as.

Au fur et à mesure qu'elle nommait ses cartes, elle les posa sur la table, face en l'air, puis elle fit un sourire tellement dément que même la petite fille de Misery ressemblait à un ange.

- J-ai-ga-gné !

Kane ne put que fixer avec horreur la quinte flush royale qu'Alicia venait de sortir de son chapeau et eut subitement envie de pleurer en la voyant commencer à rassembler les quelques centaines de dollars étalés sur la table. Michael et Damon se mirent à rire et Tabatha fronça simplement les sourcils en se tournant vers son compagnon.

- Ne sois pas un mauvais perdant, le réprimanda-t-elle en travaillant sur elle pour ne pas rire.

Le téléphone de Kane sonna, faisant presque soupirer de soulagement le Dieu Solaire aux cheveux de platine. Il se leva juste au moment où Alicia saisissait le jeu et se mit à traîner des pieds. Un froncement de sourcils apparut sur son visage lorsqu'il vit que c'était Chad :

- Hé ! Comment va mon flic préféré, ce soir ? lui demanda-t-il.

- Hé ! dit Chad. Écoute, il y a de l'activité au Wal-Mart qui se trouve à quelques pâtés de maison de chez toi. Et ça pourrait bien être des démons. Pourrais-tu y passer, histoire de voir de quoi il en retourne et de nous mettre au courant quand on y arrivera ?

Kane haussa les épaules :

- Pas de problème... je m'ennuyais à prendre l'argent de tout le monde, ici.

- Arrête de mentir ! s'exclama Michael. Tu perds la tête et tu as juste besoin d'une excuse pour arrêter de jouer.

- Des démons au Wal-Mart, dit Kane à son frère, comme s'il s'ennuyait à attendre que de la peinture sèche.

Tous ceux qui étaient autour de la table le regardait comme s'il était fou.

- Tu viens de dire quoi ? demanda Alicia en haussant les sourcils.

- Des démons... au... Wal... Mart, répéta très lentement Kane.

- Ça pourrait s'avérer intéressant, déclara Damon en se frottant les mains. J'avais besoin de sortir un moment, de toute façon.

- On y va, dit Kane à Chad, puis il raccrocha brusquement.

Tabatha fit un clin d'œil à Alicia :

- Eh bien, je suppose qu'une excursion shopping de minuit est à l'ordre du jour.

- Ça tombe bien, j'ai de quoi payer ! dit Alicia, qui se leva en fourrant l'argent dans ses poches.

- Oh bien sûr... grogna Kane. Tu as bien raison d'en rajouter une couche...

*****

Kane, Michael et Damon contemplaient le chaos qui les entourait à l'intérieur du magasin. Les gens criaient dans les allées, essayant d'échapper à ce qui semblait être des enfants possédés par des démons, qui couraient partout comme s'ils faisaient une reconstitution des *Gremlins*.

Le rayon « épicerie » était totalement saccagé... des pots de cornichons, de gelée et de miel étaient renversés sur le sol. Des sacs de farine semblaient avoir explosé de partout. Le rayon des vêtements était transformé en gros tas de marchandises déchirées, comme déchiquetés. Certains ressemblaient à des tentes de fortune faisant penser à celles que les enfants construisaient à partir de quelques chaises et d'un drap.

Ils pouvaient voir que cette destruction englobait au moins ces deux rayons, mais à en entendre les cris, le chaos était partout dans le magasin.

Alicia et Tabatha se tenaient à quelques mètres derrière eux, regardant autour d'elles pour essayer de savoir par où commencer. Aucune des deux ne pouvait comprendre pourquoi un groupe de démons voulait faire ça... ça n'avait aucun sens.

- On commence par où ? demanda Alicia les yeux écarquillés.

- Je suggère qu'on aille un peu de partout, dit Storm, juste à côté d'elle.

Alicia ne put contrôler un hoquet effrayé quand le bel homme apparut soudainement, venu de nulle part. Elle cligna des yeux lorsqu'il disparut tout aussi vite, laissant un Damon tout aussi surpris dans son champ de vision.

- Il a raison, dit Michael en haussant les épaules. Si nous nous dispersons, nous allons forcément tomber sur quelque chose qui nous donnera un indice sur ce qui a déclenché ce désordre.

- KANE, ATTENTION ! cria Tabatha.

Kane tourna la tête et ses yeux s'élargirent au moment où un sac de farine à moitié vide le frappa en plein visage. Michael et Damon le regardèrent avec un amusement à peine contenu et il se mit à éternuer en envoyant de la farine de partout. Il ouvrit les yeux et se tourna du côté d'où provenait un rire tonitruant. En se secouant, il envoya encore plus de farine en l'air, créant un nuage de poussière. Et puis, sans adresser un mot à personne, il se mit à marcher en direction du rayon des épices tel un homme en mission.

- Olala, murmura Alicia. Je pense que quelqu'un va s'en prendre plein la figure.

- Eh bien, tout cela est manifestement lié aux démons. Il serait donc plus judicieux pour nous de voir ce que nous pouvons faire pour faire sortir d'ici les clients qui sont là, suggéra Tabatha en plongeant son regard dans celui de Damon. Mettons-nous deux par deux et, comme mon partenaire habituel est parti là-bas - elle jeta un œil dans la direction dans laquelle Kane était parti, puis elle se retourna vers Damon - c'est Alicia qui vient avec moi.

- Tu ne peux pas me prendre ma partenaire, argumenta Damon. Puis il remarqua la façon dont le sourire d'Alicia s'évanouit en le regardant d'un air sombre. Bien... mais fais attention. Il fut instantanément récompensé par un baiser rapide sur la joue de la part des deux filles, puis elles disparurent dans le magasin.

Michael ne put s'empêcher de rire parce que Damon les regardait comme s'il luttait contre l'envie de les poursuivre et de reprendre la liberté qu'il venait de donner à Alicia.

- Bon, bein… il ne reste plus que nous, dit Damon

qui voulait en finir avec cet enfer et retrouver sa compagne. Puisque les démons ont décidé de posséder des enfants... je dirais qu'il y a de fortes chances que le problème ait commencé au rayon des jouets.

Un petit rire retentit à leur gauche et ils virent un petit garçon déguisé en Batman courir vers Storm avec une boîte d'œufs dans les mains, prêt à la leur lancer. Storm tendit la main pour toucher le petit démon avec son petit doigt juste entre les yeux, ce qui le fit s'arrêter en plein élan. Il y eut une petite étincelle au moment où il regarda Michael, puis le petit Batman lâcha les œufs et s'enfuit en criant.

- Je dois apprendre comment il fait ça ! s'exclama Damon en fronçant les sourcils en voyant Storm se désagréger.

Les yeux de Michael s'élargirent lorsqu'il vit deux enfants sortir en courant du rayon des glaces couverts d'une substance crémeuse en hurlant comme s'ils étaient poursuivis par les chiens de l'Enfer : deux énormes monticules de glace fondante volaient derrière eux.

Kane réapparut au bout de l'allée avec un sourire jusqu'aux oreilles, puis stoppa net sur le sol glissant.

- Où en est-on ? demanda Damon en arrivant vers aux. Hein, Kane ? C'est pas tout nouveau pour toi, ça ?

Le téléphone de Kane s'éteignit et il mit le haut-parleur :

- Alors, Chad ?

- On est sur le parking. Quel est le verdict ? demanda Chad.

- Des mini-démons de partout... de vraies petites calamités, confirma Kane. Les démons de l'ombre possèdent un groupe d'enfants qui sont en train de détruire le magasin tout en terrorisant les humains...

certains ont déjà évacué les lieux, mais beaucoup d'entre eux sont soit à la recherche de leurs enfants disparus, soit piégés… ou bien assez fous pour rester là et assister au spectacle.

- Eh bien… nous avions vraiment besoin de tout ça, se plaignit Chad. Merci Kane, nous arrivons et d'autres renforts sont en route.

Kane éteignit le téléphone et le rangea.

- Tu sais, finalement, on se passerait bien de cette musique d'Halloween qu'ils nous passent en boucle, dans ce magasin…

- C'est un peu flippant en effet, admit Michael. Et te voir aussi blanc qu'un fantôme ne nous aide pas, non plus.

Cette observation fut accueillie par le bout du doigt de Kane lui tamponnant de la glace sur les lèvres et le bout du nez.

- Oui, c'est flippant, en effet, observa Damon qui disparut dans l'une des allées pour éviter que Kane ne lui fasse la même chose... ou pire.

Michael sortit sa langue pour goûter la glace et fit une grimace.

- Beurk, de la framboise !

- Je peux y ajouter du chocolat, si tu veux, proposa Kane dans un sourire malicieux.

- Tu es vraiment cruel, Kane, murmura Michael, avant de lui saisir le devant de la chemise pour s'essuyer le visage avec.

*****

Alicia et Tabatha parcouraient les allées et se retrouvèrent au rayon « pharmacie », juste à côté des médicaments pour l'hypertension.

- Je connais un tas de mères qui vont en avoir besoin demain matin, déclara Alicia en montrant du doigt les boîtes d'aspirine, disposée à l'opposé.

- Et moi, je suis sûre que la plupart d'entre elles se trouvent au rayon des vêtements pour hommes, à la recherche de la ceinture parfaite ! sourit Tabatha.

- Ne me touche pas, petit voyou ! cria une voix de femme depuis l'allée suivante.

Les jeunes femmes se précipitèrent dans sa direction et dérapèrent presque dans le coin, pensant qu'elles allaient devoir sauver quelqu'un, mais elles s'arrêtèrent net en reconnaissant Madame Tully.

Alicia s'était couvert la bouche pour étouffer un rire lorsqu'elle la vit saisir par les épaules un des enfants possédés pour le forcer à se retourner jusqu'à ce qu'il soit face à elle, puis elle lui donna un coup de pied rapide au derrière pour l'envoyer valdinguer un peu plus loin. Le petit fut éjecté sur plusieurs mètres, puis il jeta un regard par-dessus ses épaules pour fixer cette femme âgée aux yeux noirs et à la lèvre inférieure tremblante.

- Tu n'es qu'une vieille femme très méchante ! s'écria la petite fille avant de s'éloigner.

- Et toi, apprends à respecter les aînés ! s'exclama Madame Tully.

Entendant des ricanements, elle soupira en voyant Alicia et Tabatha, qui essayaient tant bien que mal de ne pas rire.

- Ça vous a plu, hein ?

- C'était tout simplement génial, dit Alicia en hochant la tête avec un sourire éclatant.

- Tout va bien pour vous, Madame Tully ? demanda Tabatha avec respect.

Madame Tully leur fit signe de la main :

- Tout va bien... j'ai déjà eu ma dose, avec ces petits monstres.

- Vous devriez plutôt partir d'ici, dit Alicia sur un ton sérieux. Il y a un bon paquet d'enfants possédés de partout dans ce magasin.

Un bruit évoquant celui d'une sonnette de vélo capta leur attention ; elles s'éloignèrent prudemment du rayon. Madame Tully souleva son sac à main et le balança à la même petite fille aux yeux noirs qui venait de s'enfuir. Cette fois-ci, l'enfant fut la plus rapide - le démon de l'ombre qui avait pris possession de son corps lui ayant rajouté de la vitesse en plus alors qu'elle pédalait sur son vélo.

- De toute manière, je venais tout juste de finir mes courses, dit Madame Tully, bien consciente que ces enfants pouvaient être très dangereux si celui ou celle qui contrôlait les démons de l'ombre le souhaitait. Elle se leva et toucha la petite pochette accrochée à son cou et qui la protégeait de toute forme de possession. Elle regarda Alicia et Tabatha en se disant qu'elles étaient elles aussi protégées, mais d'une autre manière, et qu'elles s'étaient parfaitement adaptées à la situation.

- Allez, les filles, faites bien attention à vous... et n'oubliez pas d'appeler une vieille dame que je connais bien de temps en temps, ajouta-t-elle en leur jetant un regard enjoué.

- Bien, madame, dit Alicia en la saluant tandis que Tabatha acquiesçait.

- Oh mon Dieu ! dit Madame Tully en grimaçant. J'espère que ces petits coquins me laisseront tranquille suffisamment longtemps pour que je puisse partir et retourner à mes patients.

Les deux jeunes femmes la regardèrent se précipiter dans l'allée large qui partait en direction de l'avant du magasin avec plus de rapidité qu'elles ne l'auraient pensé.

- Tu ne penses pas qu'on devrait l'accompagner ? demanda Tabatha avec inquiétude.

Alicia, qui connaissait Madame Tully depuis fort longtemps, répondit en souriant :

- Je m'inquiéterais plus pour l'enfant qui sera assez bête pour se mettre en travers de son chemin... qu'il soit possédé ou non.

Tabatha regarda encore un moment la vieille dame qui s'éloignait à toute vitesse, tentant de percevoir ce qu'Alicia voyait en elle. Elle fronça les sourcils et demanda à Kane s'il pouvait lui apprendre à dire si quelqu'un était humain ou non. Jusqu'à présent, tout ce qu'il lui avait appris, c'était à être bonne au lit... et ça, c'est tout ce qu'elle avait pu apprendre toute seule !

Un nouveau mouvement d'agitation attira l'attention d'Alicia, qui baissa les yeux et se mit à hurler en bondissant derrière Tabatha :

- Rhôôôôôôô putain !

- Qu'est qu'il y a ? demanda Tabatha, maintenant en alerte. Elle pouvait sentir Alicia frissonner de peur, carrément collée à elle.

- C'est juste que... les serpents, ce sont pas mes copains ! répondit Alicia avec un regard horrifié.

- T'as vu un serpent ? Ici ? s'enquit Tabatha, incrédule. Elle baissa elle aussi le regard, examinant le sol avec précaution. Où ça ?

- Il est sorti de là-dessous, dit Alicia en empoignant Tabatha et en lui montrant les étagères de droite. Il est allé là-bas, ajouta-t-elle en montrant celles qui étaient plus à gauche. Il est allé si vite que je n'ai presque pas pu le voir. Mon Dieu, il était énorme et si grand, et... il a glissé sur mon pied !

Elles se figèrent en entendant la sonnette de vélo. Elles levèrent les yeux juste à temps pour voir la petite fille qui s'était battue avec Madame Tully qui passait au bout de l'allée dans laquelle elles se trouvaient. Elle avait exactement le même aspect, à une différence près : un énorme serpent noir était enroulé autour de son petit corps d'enfant et le sourire qu'elle affichait était plus qu'effrayant.

*****

Damon était enfin parvenu au magasin et roula des yeux quand il arriva au rayon des déguisements. Comme de partout, cette zone était un vrai chaos. Des morceaux de déguisements étaient éparpillés dans tous les coins, et il manquait des masques sur certains ensembles. Des paquets vides censés contenir des épées et des pistolets en plastique et d'autres accessoires d'Halloween étaient dispersés de partout. Il remarqua même qu'une boîte de dents de vampire était carrément vide.

- Brrrrr… on dirait qu'un ventilateur est en train de courir quelque part, par ici, marmonnait-il, en donnant un coup de pied dans la boîte en direction de son frère Michael. Peut-être qu'on devrait aller casser des balais pour aller planter des pieux dans les cœurs. Il se frotta la poitrine rien qu'en pensant à cette sensation.

- Oui… ou bien, tu peux juste trouver un balai et voler avec, dit Michael, en plaçant un grand chapeau de sorcière pointu sur la tête de Damon.

Il sourit quand son frère l'envoya voler dans l'allée.

Quelque chose glissa le long de l'étagère du haut située à côté de lui, et Damon tourna la tête pour regarder de quoi il s'agissait. Il lui semblait avoir vu comme une longue ombre noire, puis il fut distrait par une grande trompette de clown, qui fut soudainement actionnée droit devant lui.

Il fixa l'enfant qui se tenait face à lui, vêtu d'une perruque de clown aux couleurs vives et d'une tunique d'au moins dix tailles trop grande pour lui... ou elle ? Et ça, Damon ne pouvait pas le savoir, parce que l'enfant était maquillé. Et pourtant, l'expression sombre affichée sur son visage ne l'empêchait pas de l'ennuyer, parce qu'il soufflait toujours et encore dans sa putain de trompette.

Michael secoua la tête en voyant Damon avancer :

- Attends... voyons ce que le démon de l'ombre prépare.

L'enfant leur fit un sourire hystérique avant de se mettre à courir dans l'allée, puis il appuya sur tous les boutons de tout ce qui faisait du bruit. Des bruits résonnèrent en écho, mêlés à des rires de sorcière et à toutes sortes de cris aigus.

Damon croisa les bras sur sa poitrine et se renfrogna en regardant l'enfant, qui était soudainement de retour et qui lui souriait à nouveau. Ce n'était pas comme s'il pouvait faire sortir le démon de l'ombre de ce morveux, mais en même temps, il n'allait pas non plus rester là et le regarder.

Le clown qui klaxonnait avec sa trompette hurla de peur lorsque les jouets environnants explosèrent soudainement. Damon prit grand plaisir à faire exploser la trompette dans la main de l'enfant qui était possédé par le démon, le faisant tomber en arrière directement sur les fesses.

- Ha, ha ! éructa Damon en souriant lentement à l'enfant, qui s'asseyait tout en secouant la tête.

Sa perruque était de travers et son maquillage était une parodie du clown que Damon pensait qu'il était.

- Ça y est, tu as fini ? lui demanda-t-il. Ou bien, il faut que je te casse la figure, à toi aussi ?

Le démon lui lança des yeux noirs et lui balança ce qu'il lui restait de sa trompette en plein visage. Celui-ci s'était déplacé tellement vite que l'enfant ne l'avait même pas vu.

- Ch't'ai eu ! s'exclama Damon alors que ses doigts se recroquevillaient dans le tissu froissé du cou du garçon.

Le petit corps l'attaqua pour tenter de s'échapper. Damon se leva en tenant l'enfant à distance. Il arqua un sourcil tandis que le petit lui donnait un coup de pied et lui lançait ses petits poings.

- Peter Pan t'aura pour çaaaaaaa ! s'écria l'enfant d'une voix visiblement assombrie par le démon qui l'habitait.

Décidant de jouer un peu, il lui montra ses crocs en sifflant violemment.

- Ah oui ? Dis à ton petit Peter de venir me voir.

- Tu prévois de vider tous ces enfants de leur sang ? demanda Michael, qui était juste derrière lui.

- C'est très tentant, en effet, grogna Damon qui continuait de secouer le garçon par le col.

Michael sourit :

- Ok, voyons si papa te tue comme il l'a fait avec moi.

Damon soupira fortement et roula les yeux avant de jeter l'enfant possédé sur Michael, dont les yeux s'élargirent de façon comique, juste au moment où l'enfant enroula ses bras et ses jambes autour de sa tête.

- C'est pas très gentil, grogna Michael, qui mit le jeune enfant debout sur ses pieds, après l'avoir arraché de son visage.

Se battre contre des enfants ne l'intéressait pas, parce que tout ce qu'il se passait là n'était pas de leur faute. Il ignora l'enfant qui le martelait d'un coup de pied dans le tibia juste avant de prendre la fuite.

- Mais tu peux pas faire ça au Wal-Mart Damon.

- Ne pas faire quoi ? Balancer des démons en l'air ? lui demanda Damon.

- Non. Casser tout ce qui se présente à ta vue, rectifia Michael.

Son frère haussa les épaules :

- Ce putain d'morveux m'agaçait.

- HELLO, LES PETITS BOUTS D'CHOUS PERTURBÉS !

Michael et Damon grimacèrent en reconnaissant la voix de Kane. Des cris aigus firent encore écho.

- Kane ! s'exclama Damon.

Michael fit un signe de tête :

- Kane ! C'est toi !

- On l'ignore ? lui demanda Damon.

- Tout à fait, lui confirma Michael. C'est à lui de jouer… avec eux… c'est son tour…

Le bras de Damon s'écarta brusquement, passant à moins d'un centimètre du visage de Michael, pour venir arracher quelque chose se trouvant sur l'étagère. Michael se pencha légèrement en arrière en voyant Damon traîner un serpent qui se tortillait sous ses yeux, et il put distinguer les yeux de l'animal en colère, qui ressemblaient à des fentes rouge sang.

- Si c'était un serpent, il t'aurait déjà mordu, lui indiqua Damon d'un air sérieux.

- C't'une blague... c'est ça ? s'enquit Michael en regardant son frère, qui était décidément vraiment hilarant, avant de se concentrer à nouveau sur le serpent. Mais... ça semble un peu déplacé... hein ? T'es pas d'accord avec moi ?

Damon resserra sa prise autour de la gorge du serpent et le rapprocha de lui.

- Je suis presque sûr que le Wal-Mart ne vend pas de serpents aux yeux rouges... ni aucun type, de serpent d'ailleurs. Il lui tourna la tête de sorte que lui et le serpent se regardent droit dans les yeux et le fixa. Donc la question est... tu es un démon, ou bien tu es juste passé par là par hasard, et tu as été possédé comme tous ces enfants ?

- S'il te répond... je vote pour qu'on le tue, dit Michael d'un signe de tête ferme.

- Et moi je dis qu'on lui torde le cou, de toute façon, dit Damon en souriant.

Le serpent se mit immédiatement à se tortiller et à s'enrouler en essayant de lui échapper. À son grand dam, la chair froide et tout à fait réelle s'évapora de sa main, ne laissant voir que son ombre. Celle-ci lui glissa entre les doigts et heurta le sol d'un bruit sourd, puisqu'elle s'était matérialisée.

- Tiens, c'est nouveau ! fit Michael.

Cette fois, le serpent n'eut pas l'occasion de refaire la même chose bizarre avec son ombre, car il s'était heurté à la jambe de Damon pour y planter ses crocs venimeux, histoire de se venger de cet homme, qui l'avait pris au piège dans ses mains. Juste avant qu'il n'atteigne sa cible, la bête de l'ombre lui fit faire un bond en l'air et un frisson le traversa, puis il se retrouva au sol.

Damon le piétina, histoire de couronner le tout. Il cligna des yeux lorsque sa victime s'écrasa sous sa botte dans un bruit qui ressemblait beaucoup à celui du verre cassé.

CHAPITRE 9

Le trench-coat tournoya autour de Shinbe dans un courant d'air ascendant, alors qu'il atterrissait sur le toit de l'immeuble du Wal-Mart. Il avait senti que le pouvoir nouvellement éveillé du talisman de cristal et que le sortilège de reconnaissance de situation locale qu'il venait de prononcer l'avaient conduit à cet endroit. Le gardien ferma ses yeux d'améthyste lorsqu'il sentit l'aura attirante de non pas un, mais de deux talismans dans les murs situés en dessous de lui. Un froncement de sourcils s'installa sur son visage lorsqu'il prit conscience du nombre d'âmes entourant les deux morceaux de cristaux sacrés... il semblait y avoir tellement d'humains, avec une bonne partie d'enfants. C'était un problème, puisque tout le bâtiment grouillait maintenant d'entités maléfiques.

- Ce n'est pas un endroit sûr pour combattre des démons, se dit Shinbe en regardant le parking bondé de véhicules.

Il fronça les sourcils devant le groupe de créatures

non-humaines qui se tenaient soudainement devant le magasin. Parmi elles, il avait remarqué des Dieux du Soleil. C'était parfait : ils seraient capables de gérer les démons, et l'EEP ne serait probablement pas loin pour les aider à évacuer les humains du magasin. Il leur donnerait le temps nécessaire pour le faire. Et puis, peu importe de ce qu'ils allaient faire aux démons : le cristal ne serait pas endommagé... car il était immortel.

Les gardiens avaient pris soin de garder secret le cristal brisé aux équipes d'enquêtes paranormales car, même si l'EEP était considérée comme une alliée, il y avait de nombreux démons à l'intérieur de l'organisation qui n'avaient pas besoin d'être tentés de les distraire.

Une chose qui semblait jouer en leur faveur était le fait que les éclats de cristal étaient extrêmement difficiles à trouver, et que la plupart des démons ne savaient même pas ce qu'ils cherchaient. En fait, un démon devait en toucher un pour comprendre.

Heureusement, le peu de démons qui avaient compris qu'il s'agissait d'une source d'énergie étaient sûrs qu'ils le possédaient eux-mêmes. Ces démons étaient assez intelligents pour ne pas partager leur secret avec d'autres démons, de peur qu'on ne le leur prenne.

Shinbe leva son regard d'améthyste vers le ciel, sachant qu'il était le seul à pouvoir voir la barrière bleue fluorescente qui enveloppait toute la ville sous un dôme transparent. Comme c'était lui qui avait mis en place ce sortilège, il était le seul à pouvoir sentir les forces vitales qui en traversaient les murs. Ses yeux s'assombrirent doucement lorsqu'il sentit leur prêtresse caresser sa barrière avant de la franchir. Il ressentait le désir d'aller vers elle mais il se réfréna, refusant de laisser les talismans nouvellement trouvés entre les mains des démons qui se trouvaient juste en dessous de lui.

Il devait attendre que l'EEP ait fini sa mission, puis il s'installerait tout simplement pour collecter les talismans. Cela ne signifiait pas qu'il allait devoir patienter pendant tout ce temps. Il leur donnerait un coup de main à leur insu afin d'accélérer les choses.

Les anneaux situés à l'extrémité de sa canne tremblèrent légèrement lorsqu'il la souleva, puis il en claqua l'autre bout en la descendant d'un coup sec contre le sol. Ses lèvres se mirent à bouger en silence et la canne se teignit d'une lueur d'améthyste qui lui était familière. Il la relâcha et recula avant d'appuyer sur la paume de ses mains comme pour prier. La canne resta droite tandis que la magie de l'améthyste qui en émanait se mit à tourner comme les pales d'un ventilateur. La canne lui tourbillonnait autour, créant un autre cercle de lumière. Des écrits anciens remplirent le bord extérieur du cercle et illuminèrent l'obscurité.

Shinbe s'approcha rapidement de sa canne et la fit redescendre du le toit. Ses lèvres bougeaient encore : il chuchotait une incantation. Puis, la lumière tomba soudainement sur la surface du toit et il la repoussa avec les pieds vers l'extérieur afin qu'elle puisse recouvrir tout le bâtiment et emprisonner les démons en son intérieur, tout comme les morceaux du talisman. Ainsi, aucun démon ne quitterait l'immeuble cette nuit-là.

Prenant une profonde inspiration tout en hochant la tête, Shinbe s'avança une fois de plus sur le bord du toit et regarda le parking d'un air satisfait. Sans hésiter, il descendit du bord de l'immeuble. Se posant sur le sol avec la grâce d'un gardien, il regarda avec curiosité l'arrivée des autres membres de l'EEP et nota que Tasuki était parmi ceux qui entraient dans le bâtiment.

Les hurlements des sirènes lui firent tourner la tête et il vit une ambulance arriver, suivie d'un camion de pompiers et de plusieurs voitures de police. Il fallait s'attendre à ce que la police s'occupe vraiment de tout, ces jours-ci. En voyant l'ambulance s'arrêter devant le magasin, Shinbe sourit en décidant que s'il devait attendre, au moins, il ne s'ennuierait pas.

*****

Chad s'arrêta entre les portes d'entrée suffisamment à temps pour voir deux petits enfants glisser au sol sur le ventre comme s'ils étaient sur un toboggan aquatique. Avec, en prime, les cris qui allaient avec.

- HELLO, LES PETITS BOUTS D'CHOUS PERTURBÉS !

- Kane ! s'écria Chad, qui savait que le Dieu Solaire pouvait l'entendre. Arrête de terroriser les enfants !

- Ils ne te jettent pas de nourriture, alors tais-toi ! lui répondit Kane. Ils veulent jouer, alors je joue avec eux !

Chad fronça les sourcils quand Kane arriva couvert d'un mélange de quelque chose qu'il était incapable d'identifier.

Vincent inclina la tête d'un côté avec une expression amusée tandis que Micah rigolait franchement d'un rire qui n'était pas du tout discret. Ce qui rendait la chose encore plus amusante, c'était le fait que Kane avait une cuisse de dinde entièrement cuite dans une main et qu'il la tenait au-dessus de sa tête comme une hache de guerre tout en poursuivant un enfant.

- Très bien, dans ce cas, marmonna Chad avec un sourcil levé.

- Quand je pense que c'est l'un de vos Dieux du

Soleil… déclara Vincent.

En fait, c'est Chad lui avait parlé de ces frères lorsqu'ils étaient en route. Il reconnut le nom de Kane comme étant l'un d'entre eux mais sérieusement... c'était loin de ce qu'il avait imaginé !

- Et oui… j'en ai bien peur, répondit Chad en souhaitant que Kane se comporte bien. Mais tu t'habitueras à Kane. Il a beaucoup de moments comme celui-ci. Mais il ne faut surtout pas l'énerver.

Le visage de Chad devint blanc comme un linge lorsque deux loups lui passèrent devant et entrèrent dans le magasin... suivis par une bande de flics en uniforme.

- Et puis merde, dit-il comme pour se plaindre de leur logique plus qu'incohérente. Il y a encore des gens dans le magasin qui pleurent à chaudes larmes. La dernière chose qu'ils ont besoin de voir, ce sont des loups sauvages surdimensionnés à rajouter à leur liste de monstres.

- Quelqu'un a vu ma grand-mère ? questionna Tasuki, en balayant le magasin du regard tout en pensant qu'il n'aimait pas ce qu'il voyait.

Micah se retourna vers lui en fronçant les sourcils.

- Tu veux dire que Madame Tully est quelque part, ici ?

- Sa voiture est sur le parking, l'informa Tasuki qui commençait à paniquer.

- Calme-toi Tasuki ! Je suis là ! cria Madame Tully en sortant de la voie réservée aux caisses automatiques.

Tasuki crut qu'il allait s'évanouir, mais il était vraiment soulagé.

- Que fais-tu au Wal-Mart à la nuit tombée ? Tu ne sais pas que ce n'est pas sûr dans une ville normale... et encore moins dans celle-ci ?

- Je viens toujours ici à cette heure-ci, dit Madame Tully à son petit-fils hyperprotecteur, sur un ton qui disait qu'elle ne voulait pas qu'il se fâche. C'est le seul moment où je peux me déplacer librement sans jouer aux auto-tamponneuses avec mon caddie.

- D'accord, Grand-Mère mais… Tasuki ferma sa bouche en voyant le regard qu'elle lui lançait.

Puis elle fronça les sourcils.

- Toi, jeune homme, il faut que tu contrôles tous ces gamins infectés par des démons. Avant qu'ils ne blessent quelqu'un. J'en ai déjà eu assez de deux : une petite fille, et un petit polisson qui se prend pour Spiderman.

Micah sourit à nouveau :

- On va vous les chercher, Madame Tully.

- Et Micah… continua-t-elle, en s'approchant de lui et en lui donnant la réplique. Je n'ai pas posé les yeux sur toi depuis que tu as été secouru et que tu as failli mourir sous ma garde. Je suppose qu'il n'y a pas eu d'effets secondaires ?

Micah lui sourit doucement :

- Je suis comme neuf.

Ils se figèrent tous lorsqu'un enfant aux yeux noirs d'environ six ans se glissa de derrière la caisse automatique pour s'arrêter directement derrière Madame Tully. Ce n'est pas l'enfant qui avait semé la confusion chez tout le monde, mais le fait qu'il avait une ombre noire en forme d'énorme serpent enroulée autour de son petit corps.

Tasuki réagit soudainement en poussant sa grand-mère hors du chemin, juste au moment même où le serpent se redressait dans un mouvement de frappe. Il cria de douleur lorsque ce qu'il croyait n'être que des crocs fantômes se matérialisa de manière réelle et lui trancha la cuisse. Instinctivement, il attrapa l'autre extrémité du serpent pour l'écarter de lui, tressaillant lorsque ses dents furent arrachées de sa chair dans ce mouvement bref.

- Tasuki ! hurla Madame Tully en sursautant lorsqu'elle vit du sang couler au niveau de sa jambe, à travers son pantalon.

Elle tenta de s'interposer entre Tasuki et l'enfant, mais son petit-fils la dégagea rapidement de cette situation en la faisant bouger comme un bouclier humain.

- Sors-la d'ici, Micah ! implora Tasuki tout en jetant un regard furieux sur l'enfant possédé par un démon qui lui renvoyait des yeux noirs sans émotion.

- Ce regard noir indique une possession démoniaque, chuchota Vincent avec confiance, tout en fixant le contour du serpent qui se glissait vers l'enfant. C'est un démon de l'ombre qui est à l'intérieur de cet enfant. Les démons de l'ombre ne sont que les extensions sanglantes de quelque chose de beaucoup plus fort qu'eux. Mais il y a une grande différence entre les démons de l'ombre et les bêtes de l'ombre. Ajouter une bête à ce joli mélange, ce serait vraiment exagéré.

Chad eut un coup de froid et fit un petit pas en arrière quand il vit les yeux marron de Tasuki devenir améthyste... presque comme ceux des Dieux du Soleil, sauf que là, la teinte était plus sombre.

Le serpent siffla et s'enroula autour d'une des jambes de l'enfant, comme s'il se tordait de douleur. Le petit commença à s'éloigner de Tasuki, jusqu'à ce qu'il se retourne finalement pour se mettre à courir dans la direction opposée, tellement vite qu'il en renversa le porte-bonbons au passage.

- Tu viens de faire quoi, là ? lui demanda Chad, qui pensait que Tasuki était un humain.

Tasuki le regarda avec une expression confuse avant de hausser les épaules.

- Je n'ai rien fait d'autre que de le fixer. En fait, j'attendais qu'il attaque à nouveau.

Vincent arqua un sourcil et secoua la tête. L'homme n'avait aucune idée de ce qu'il venait de se passer. En fait, lui non plus, mais c'était intéressant à voir.

- Tu devrais plutôt sortir et poser ton cul dans une ambulance pour te faire examiner, suggéra Chad en essayant de faire attention à la situation dans tout son ensemble. Au rythme où il avançait, il savait qu'il ne comprendrait jamais qui était humain et qui ne l'était pas, de toute façon.

Tasuki regarda sa jambe et hocha la tête en voyant le sang.

- Bonne idée.

Il se rappela soudain les autres vies où il était mort à cause des démons qui avaient pris le dessus sur lui. Pour ce qu'il en savait, ce serpent de l'ombre était tout aussi venimeux qu'un vrai, tout au plus. Se perdant dans ses propres pensées, il se dirigea vers le SAMU, qui l'attendait déjà.

- Quelqu'un à une idée de ce que c'était ? s'enquit Micah en se grattant le menton tout en fixant son nouvel ami qui était également son partenaire. Ces derniers temps, il avait vu Tasuki faire des choses bizarres... pour un humain, du moins.

En guise de réponse, Madame Tully secoua la tête. Puis elle suivit silencieusement son unique petit-fils hors du magasin, laissant son esprit dériver dans le passé. Ce qui était bizarre au sujet de Tasuki avait commencé lorsque son premier amour, Kyoko, avait quitté Los Angeles avec son frère et son grand-père au milieu de la nuit. Tasuki l'avait très mal pris.

Peu de temps après, elle recevait un paquet de la part de Monsieur Hogo accompagné d'un mot l'avertissant que son contenu devait rester confidentiel et qu'il ne lui était adressé qu'à elle-même, exclusivement à elle-même. Le contenu de ce paquet l'avait fortement troublée, mais en même temps, Tasuki lui avait montré des signes qui donnaient raison à l'avertissement de Monsieur Hogo.

Le simple fait qu'elle ait vu son petit-fils guérir aussi vite que n'importe quel métamorphe était la seule raison pour laquelle elle ne paniquait pas juste pour une simple morsure de serpent, par exemple. Tasuki avait refusé de quitter l'immense maison dans laquelle il avait grandi et elle comprenait pourquoi : il attendait que Kyoko revienne à lui.

Tasuki soupira fortement lorsque sa grand-mère le rattrapa et qu'elle le conduisit à l'arrière de l'une des trois ambulances qui l'attendaient.

- Je t'assure, Grand-Mère... je vais bien.

- Arrêtes de me parler sur ce ton ! s'exclama Madame Tully, en montrant du doigt le matelas qui se trouvait à l'intérieur de l'un des véhicules. Si tu ne veux pas que je t'enlève ton pantalon ici au milieu de ce parking pour que je puisse regarder ta blessure de plus près, je te conseille de vite monter et de poser ton derrière sur ce brancard pour qu'un ambulancier puisse l'examiner lui-même.

- C'est un très bon conseil. Une voix douce les interrompit. Grimpe donc et laisse-moi décider de l'état de cette blessure.

Tasuki tourna lentement la tête vers cette voix qui lui était familière et cligna des yeux dans sa surprise.

- Mais c'est toi ? !

Madame Tully les observa attentivement, curieuse de trouver des similitudes entre Tasuki et l'auxiliaire médical aux yeux d'améthyste. Lorsque l'homme se pencha pour saisir la main de Tasuki afin de l'aider à monter à l'arrière de l'ambulance, elle aurait juré avoir vu l'étincelle d'une étrange lumière s'allonger entre leurs doigts juste avant qu'ils se touchent... et elle trouva ce détail assez intéressant...

Tasuki s'arrêta au niveau de la porte de l'ambulance et regarda sa grand-mère en se disant qu'il ne pourrait jamais parler librement avec elle parce qu'elle le dominait en permanence.

- Bon, d'accord. Je promets de rester et de m'occuper de toi, mais d'abord, sors d'ici, s'il te plaît, et rentre chez toi où tu seras bien plus en sécurité qu'ici, lui dit-il d'une voix douce. Il savait très bien à quel point elle pouvait être têtue. En ce moment, il y a beaucoup de gens ici qui pourraient venir faire un bilan de santé dans ta clinique un peu plus tard, laissa-t-il entendre.

Il avait pensé à cet argument pour la faire rentrer chez elle, vu qu'elle était le médecin principal de la meute de loups qui se trouvaient dans ce magasin pour tenter de maîtriser les démons.

Madame Tully se retourna pour partir. Elle hésita un instant et lança un regard en arrière à l'attention de son petit-fils :

- Tasuki, je te remercie de m'avoir sauvée de cette situation. Mais fais attention... la prochaine vie peut attendre son tour. Puis elle se retourna pour s'éloigner.

- Heuuuuuuu... tu lui as dit quelque chose, ou quoi ?

s'enquit Shinbe avec curiosité en se redressant et en se retournant pour regarder sa réincarnation.

- Non, rien du tout, répondit Tasuki en fronçant les sourcils. Puis il sauta sur le brancard, pour lui exposer sa jambe blessée. Je pense qu'elle ne saigne déjà plus.

Shinbe tourna la tête et posa les yeux directement sur sa jambe.

Tasuki fut secoué brutalement lorsque le tissu de son pantalon se déchira soudainement et qu'il s'écarta, exposant les deux plaies ouvertes à vif : une longue entaille partait de chacune d'elles.

- Tu essaies de me faire peur ? s'inquiéta Tasuki un peu plus fort qu'il ne l'avait prévu. En voyant Shinbe lui sourire, il soupira et lui demanda : qu'est-ce que tu fous ici, de toute façon ? Tu n'es pas censé être en train de courir après des morceaux de cristal ?

Il plaça inconsciemment sa paume sur ses côtes, juste là où un morceau de ce même cristal était entré en lui la nuit où Kyoko l'avait brisé.

Shinbe tira le rideau pour empêcher quiconque de regarder par les portes ouvertes avant de s'approcher de la jambe de Tasuki.

- C'est à cause de moi que la situation n'a pas encore été rétablie, au Wal-Mart. Il aplatit sa paume quelques centimètres au-dessus de la blessure. J'ai mis en place une barrière autour du magasin. Les démons ne peuvent pas la franchir. En fait, les enfants possédés ne sont pas le vrai problème. Ce sont les victimes qu'il nous faut éliminer. L'essence du cristal vient de l'intérieur de ce magasin et c'est la raison pour laquelle je suis ici.

Tasuki ne prêtait pas attention à ce que Shinbe disait, trop occupé à observer les gouttes de sang qui coulaient de sa jambe et de ses vêtements qui planaient dans les airs. Il fronça les sourcils lorsqu'une poche de sang propre s'éleva et qu'elle aspira littéralement tout le sang par son tube en caoutchouc.

- Tu comptes faire quoi, avec tout ça ? lui demanda-t-il avec suspicion, le regard fixé sur la poche de sang. Il oublia sa question lorsqu'un kit de couture flotta dans l'ambulance pour venir droit sur lui. Il se déchira tout seule.

- Les points de suture se dissoudront d'eux-mêmes une fois mis en place dans les chairs, expliqua calmement Shinbe, alors que l'aiguille courbée se dirigeait déjà vers la blessure.

- Tu ne vas pas anesthésier… demanda Tasuki d'une voix aiguë. Question inutile car au moment même où il terminait la phrase, le fil qui flottait librement en l'air quelques secondes plus tôt en était déjà au dernier point.

- … et la réponse est oui, lui dit Shinbe alors que le tout tombait dans la poubelle à déchets toxiques.

- Oui, pourquoi, demanda Tasuki qui savait pourtant très bien qu'il ne s'agissait pas du fait que sa blessure ait été anesthésiée ou non.

- Oui, j'essaie de te faire peur, répliqua Shinbe qui le fixa droit dans les yeux. Tu dois faire attention, sinon tu vas te faire tuer avant d'avoir eu la chance de la voir.

- Kyoko ? Tasuki faillit tomber du brancard en essayant de se relever. Elle est là ?

Shinbe lui saisit l'épaule pour le stopper dans son élan pour sortir de l'ambulance.

- Ralentis, Roméo. Oui, elle est ici... à Los Angeles. Mais pas au Wal-Mart.

- Comment tu le sais ? s'enquit Tasuki qui sentait son cœur battre de façon incontrôlable.

- La barrière autour de la ville... c'est la mienne, et

je l'ai sentie la toucher, dit Shinbe, avec un sourire rêveur, un peu comme s'il avait senti Kyoko le toucher, lui, mais pas sa barrière.

Tasuki se figea un instant.

- C'était il y a longtemps ?

Shinbe fit semblant de regarder une montre qu'il n'avait pas sur son poignet. Il revint vers Tasuki avec un large sourire :

- C'était il y a une bonne vingtaine de minutes.

- Où ? À quel niveau de la barrière, je voulais dire ? insista Tasuki qui voulait la rencontrer à mi-chemin.

Shinbe lâcha de l'épaule de Tasuki et se retourna pour saisir sa canne posée sur le petit banc se trouvant derrière lui.

- Tout ce que je peux te dire, c'est que j'ai senti son pouvoir caresser le mien. La commissure de ses lèvres se radoucit, laissant derrière elle un sourire serein.

Il sentit un léger soubresaut au moment où Tasuki sauta hors du véhicule pour s'en aller. Il secoua la tête. Cela ne le dérangeait pas de donner au garçon une longueur d'avance sur les autres gardiens, parce qu'il en aurait besoin. Puis il soupira longuement en sortant de l'ambulance et fit un signe de tête au premier ambulancier qui retournait à son poste. Ayant besoin d'une distraction pendant qu'il attendait, Shinbe laissa son esprit dériver à travers les vies qu'il avait partagées avec Kyoko.

Un souvenir le hantait plus que d'autres, ce qui lui fit resserrer son emprise sur sa canne. Le repoussant, il décida de se concentrer sur un autre qui lui était plus agréable. Son esprit s'apaisa pendant un moment. Ce souvenir était si frais qu'il lui était difficile de croire que cela ne s'était pas produit dans cette vie.

Il avait secrètement regardé Kyoko se baigner dans des sources chaudes. Au bout d'un moment, un démon s'est jeté sur elle pour l'attaquer. Il se trouva blessé parce qu'il était sorti de sa cachette, pour venir à son aide. Mais finalement, cela en avait valu la peine. Il laissa ce souvenir revenir à la vie dans son esprit... le bloquant du monde actuel le temps d'un instant.

La main appuyée du côté de sa blessure, il se concentra sur Kyoko, la regardant courir en silence pour aller récupérer la serviette qu'elle avait jetée hâtivement avant de lui venir en aide. Son regard se promena sur son corps, et il en oublia complètement sa douleur.

- Elle a dû oublier qu'elle était toujours en sous-vêtements... se dit Shinbe. Eh bien, je ne vais pas le lui rappeler...

Il essaya d'afficher un air calme lorsqu'il la vit revenir avec sa serviette.

Elle s'assit à côté de lui en tirant sur son trench-coat pour essayer de voir sa blessure.

- Shinbe, tu penses que tu peux t'en débarrasser ? Elle pointa du doigt l'endroit du vêtement sous lequel se trouvai la blessure. J'aimerais voir d'où vient tout ce sang.

Sa voix semblait saccadée et douce à ses oreilles, presque séduisante. Il était tellement perplexe de voir à quel point elle tenait à lui qu'il en oublia de se faire des idées sur pourquoi elle lui avait demandé de se déshabiller.

Il enleva donc son manteau en forme de robe et défit sa chemise bleu glacé. Elle tomba de ses épaules et glissa le long de ses bras pour l'entourer d'un parterre bleu, exposant à Kyoko sa poitrine et les muscles abdominaux, tout comme l'entaille qui était sur sa hanche.

Il se pencha et dégagea de quelques centimètres un pan de son pantalon ample, afin qu'elle puisse mieux voir la blessure, mais il laissa son bras sur ses genoux pour lui cacher la preuve de son érection naissante.

Kyoko déglutit en essayant de rester concentrée sur la blessure et non sur le reste de son corps. Plaçant une main sur lui pour ne pas perdre son équilibre, elle posa une serviette blanche sur sa blessure, qui devint instantanément rouge cramoisi. Elle sentit ses muscles se durcir sous sa paume, ce qui lui envoya de la chaleur dans le bras. Ses yeux émeraudes s'élevèrent pour se plonger dans son regard d'améthyste. Il remarqua que ses joues rougissaient au fur et à mesure qu'elle le touchait, et s'émerveilla lorsque leurs regards se croisèrent, en ressentant de la chaleur là où sa main le touchait doucement.

- Tout va bien, Kyoko ?

Elle hocha lentement la tête, puis baissa les yeux sur la serviette, l'enlevant doucement pour voir comment avait évolué le flux du saignement. Voyant qu'il était minime, voire inexistant, elle partit nettoyer la serviette sous l'eau froide pour pouvoir nettoyer le reste du sang qui avait coulé sur Shinbe, qui baissa les yeux en se disant :

- Pas étonnant que le saignement ait cessé : tout le sang est parti alimenter un autre organe...

Puis il soupira en tentant de se débarrasser au plus vite de cette pensée, tandis que Kyoko était déjà revenue. Agenouillée juste au-dessus de lui, elle lui donnait une autre vue de ses seins sous son soutien-gorge. Ses yeux d'améthyste se concentrèrent à nouveau sur elle. Il se disait qu'il fallait qu'elle s'habille s'il voulait garder sa dignité.

Kyoko essuyait lentement le sang de sa peau en s'assurant de le faire le plus doucement possible, quand elle l'entendit prononcer son nom d'une voix rauque et tendue. Elle s'arrêta et leva le visage à la hauteur du sien. Se penchant vers lui, elle ne se retrouva qu'à quelques centimètres de son visage. Ses yeux brillaient et elle le trouva bizarrement bien plus grand. Son regard s'abaissa lentement jusqu'à ses lèvres. Aucun d'entre eux ne disait un mot.

Shinbe regarda ses lèvres se séparer. Il se déplaça afin de fermer la distance qui les séparait. Il frôla ses lèvres sur les siennes dans un baiser léger comme une plume... un peu comme le calme avant la tempête... son souffle se réchauffa sur sa joue.

Et puis, un grondement de rouge et de noir s'abattit sur lui, lui provoquant une douleur qui traversa la blessure que ses pouvoirs de gardien avaient à peine commencé à guérir. Il fut tiré en arrière et plaqué au sol par un Toya très enragé, qui se tenait maintenant au-dessus de lui en pointant l'une de ses doubles lames directement sur la gorge.

- Qu'est-ce que tu crois faire ? Hein ? Embrasser Kyoko ? Espèce de salaud ! hurla ce dernier en tremblant de rage. La vue de Shinbe embrassant Kyoko resta gravée dans sa rétine. Je l'ai laissée à tes soins et tu décides de la molester, exulta-t-il, furieux.

Les yeux améthyste de Shinbe s'assombrirent jusqu'à devenir d'un profond violet. Kyoko se glissa rapidement entre eux, le dos tourné à Shinbe, comme pour le protéger. Jetant un regard furieux sur Toya, elle exigea :

- Ne t'avise pas de faire ça ! Elle jeta ses mains en l'air dans un geste de protection. Ce n'est pas ce que tu penses, Toya.

Toya baissa son poignard dans un grognement :

- Ah oui, alors pourquoi tu es à moitié nue ?

Son regard argenté s'abaissa sur elle pour lui faire comprendre.

C'est à ce moment-là que son monde s'effondra sur elle, et elle sut que les dieux se moquaient d'elle. Elle se figea dans sa mortification. C'est là qu'elle sentit la brise fraîche sur sa peau nue, et en même temps, elle ressentait les yeux de Toya chauffer sa peau tout aussi rapidement. En ramenant les bras de côté, son regard chercha ses vêtements ; elle les vit posés sur un rocher non loin d'eux.

En fixant Toya du regard, elle siffla :

- On m'a attaquée et Shinbe m'a sauvé la vie. Je l'aidais parce qu'il était blessé en me protégeant, et alors ? Je l'ai embrassé, la belle affaire, c'était un remerciement !

Elle essaya de se frayer un chemin entre eux pour aller trouver ses vêtements, mais elle changea d'avis lorsque Toya pointa à nouveau son poignard sur la gorge de Shinbe.

- Tu lui as demandé un baiser en récompense ? Tout ça pour l'avoir sauvée ? Sale pervers ! grogna-t-il, encore plus furieux contre le gardien. Puis, d'un coup sec, il saisit le bras de Kyoko pour la tirer derrière lui et la mettre hors de la vue de son frère.

Les yeux de Shinbe brillèrent de colère face à la façon dont Toya traitait Kyoko.

- Toya, range ton arme ! ses mots furent glaçants alors qu'il se levait en frottant son pantalon, sa poitrine encore nue. Étant le plus grand des deux, il dominait Toya de façon menaçante et se préparait à lui rentrer dedans. Après tout, personne ne l'avait jamais traité de lâche, jusqu'à maintenant.

Il sortit lentement de ce souvenir vivace, ne ressentant plus la colère causée par le tempérament de Toya qui les avait surpris en train de s'embrasser. Ce baiser n'avait été qu'un prélude innocent à des choses bien plus agréables que Toya n'avait pas eu la moindre chance d'arrêter.

CHAPITRE 10

- On devrait faire comme Scooby-Doo et nous séparer, conseilla Micah, après avoir chassé des ombres et des bruits bizarres dans les allées sans fin.

Chad était d'accord pour suivre cette option :

- C'est une bonne idée. Je vais prendre Vincent avec moi, et toi, tu pourras faire un tour dans le magasin puisque tu peux te déplacer beaucoup plus vite que nous, les humains.

Il sourit pour faire savoir à son ami qu'il n'avait pas vraiment l'avantage de la vitesse contre lui. Le couguar lui fit un signe de tête et se dirigea vers le rayon des produits frais... espérant pouvoir apercevoir Kane en train de tabasser quelques mini-monstrettes. Il secoua la tête et soupira fortement.

- Il doit y avoir un meilleur moyen pour faire ça, remarqua Chad tandis que Vincent et lui continuaient de marcher. Jusqu'à présent, nous n'avons rien accompli.

- Et toi, depuis combien de temps es-tu flic ? demanda Vincent, maintenant qu'ils étaient enfin seuls.

Il était curieux de la résurrection de Chad car jusqu'à maintenant, il n'avait pas encore rencontré d'autres humains qui étaient revenus d'entre les morts sans qu'un démon ne leur tire les ficelles comme une marionnette.

- Depuis que je suis sorti du lycée, répondit Chad, avec un soupçon de fierté dans la voix. Après la mort de mes parents, c'est tout ce que j'ai toujours voulu être. J'ai décidé que c'était la meilleure façon de m'occuper de ma petite sœur, Envy. J'ai pu l'élever et lui donner une vie normale. Nous avons grandi ensemble, puis elle a trouvé un emploi au Moon Dance. Et je n'échangerai pour rien au monde ces deux derniers mois de chaos.

- Pourquoi ? Vincent était vraiment curieux. Qu'est-ce que ce Moon Dance a à voir avec ça ?

Chad sourit :

- Tu n'es pas vraiment un fan des boîtes de nuit, hein ?

- Disons que je suis nouveau dans cette ville, répondit Vincent d'un mouvement de lèvres.

- Le Moon Dance est une boîte de nuit appartenant aux jaguars-garous du coin... et Envy est maintenant en couple avec l'un des propriétaires. C'est pourquoi j'ai été admis à l'EEP. J'en sais beaucoup trop pour un humain, mais comme je l'ai dit, je n'ai pas de regrets. On a rencontré beaucoup de gens formidables ces derniers temps, même s'il serait un peu exagéré de les qualifier de "gens".

Chad haussa les épaules et poursuivit :

- Ce qui est sûr, c'est que ma vie est beaucoup moins ennuyeuse qu'avant. L'un de mes meilleurs amis est un métamorphe très puissant et ça, je ne l'ai pas su pendant des années. Nous sommes humains, mais ils nous donnent tous l'impression de faire partie d'un ensemble.

- On dirait que l'EEP prend sous son aile ceux qui sont égarés… je suppose que c'est bien mieux que d'être le larbin d'un démon, dit Vincent d'un léger hochement de tête.

- Pourtant, tu as travaillé pour les démons, remarqua Chad en faisant une grimace, alors qu'il séparait des vêtements rangés sur un support arrondi afin de pouvoir voir ce qu'il y avait en son centre.

- Oui, c'est vrai, enchaîna Vincent. Ils m'ont surpris en train d'essayer de leur voler un jouet et comme je n'avais rien de mieux à faire à ce moment-là, je suis resté et j'ai suivi leurs ordres.

- En d'autres termes, c'est parce que tu es resté avec eux que tu dois vivre, conclut Chad, pour qui le « côté flic » permettait aisément de lire entre les lignes.

Vincent réprima son envie de rire face à cette idée reçue de la part de son partenaire, vu qu'il était déjà mort à plusieurs reprises pour les démons. À la place, il se contenta de hausser les épaules.

- En fait, certains pourraient voir les choses sous cet angle, mais la vérité, c'est que j'étais déjà accro au vol de bibelots paranormaux de valeur et peu m'importait de savoir que le propriétaire ou l'acheteur soit un milliardaire ou un seigneur démoniaque avide de pouvoir.

- Hum ! Ça m'a l'air plutôt dangereux, dit Chad de manière sarcastique.

- Mais pas du tout ! C'était surtout très amusant, répondit Vincent dans un grand sourire.

Chad le regarda :

- Sérieux ?

Le sourire de Vincent s'élargi :

- Très rarement.

- Ahhhh ! D'accord ! dit Chad. Je commençais à me demander si tu étais aussi fou que nous !

- Alors, quelle est la suite de ton histoire ? lui demanda Vincent.

- Heu…. Laquelle ? s'enquit Chad en fronçant les sourcils.

Vincent lui adressa un regard interrogateur :

- Eh bien, il me semble un peu étrange qu'il n'y ait rien de vraiment spécial chez toi. Et pourtant tu es presque le plus haut gradé d'une force de police pleine de créatures métamorphes tous plus forts, plus rapides et beaucoup moins mortels que toi... sans vouloir t'offenser, bien sûr. Certes, tu es un bon flic mais tu es humain, comme tu me l'as dit.

- J'ai été tué et ramené à la vie, marmonna Chad, qui souhaitait de pouvoir oublier ce petit détail.

Vincent stoppa net en faisant comme si Storm ne lui en avait pas parlé auparavant :

- Qu'entends-tu par "ramené à la vie" ?

- Quelqu'un, ou quelque chose, m'a tué alors que j'étais chez moi. Deux de mes amis métamorphes m'ont ressuscité, expliqua Chad, avec un sourire coupable. Le problème, c'est que personne ne sait vraiment ce qu'il m'arrivera le jour où je mourrais… à nouveau. Même les métamorphes de l'EEP n'en sont pas sûrs, mais Storm semble penser qu'il y a une petite chance pour que je ne meurs pas.

- Mais c'est horrible, tout ça ! grogna Vincent en pensant vraiment ses paroles.

- Mais en soi, qu'est-ce qu'il y a de si horrible, de revenir à la vie ? s'enquit Chad en haussant les épaules. En fait, je suis sûr que ça serait la meilleure chose qu'il puisse m'arriver.

Vincent le regarda d'un air sombre.

- Et si tu commençais à te dire que tu pourrais vivre plus longtemps que tous ceux à qui tu tiens ?

Chad hocha la tête :

- Ouais… c'est l'inconvénient que cela pourrait présenter. Mais l'avantage, c'est que je pourrai sauver plus de gens.

Sans hésiter un instant, Chad sortit son pistolet et tira sur une ombre élancée projetée au sol par l'enfant aux yeux noirs qui tentait de se faufiler entre eux. Cette ombre avait la forme d'un serpent et il aurait pu jurer qu'il avait des yeux rouge sang avec des fentes noires à la place des pupilles.

Le petit garçon lui grogna dessus comme un animal coincé avant de disparaître à nouveau dans le rayon des vêtements, traînant l'ombre effrayante derrière lui. Chad savait que les enfants étaient incapables de s'aider eux-mêmes et ne voulait pas vraiment les blesser, du moins, dans la mesure du possible. Il espérait que la meute de loups accordait la même considération aux petits.

- Ces putains d'démons savent que nous ne pouvons pas les combattre comme ça, siffla-t-il en rangeant son arme. Utiliser des enfants pour faire leur sale boulot est plus que suffisant pour m'énerver.

- Je sais que ce n'est pas le même enfant que tout à l'heure, mais je croise les doigts pour dire que c'est le même serpent et qu'il ne fait que de jouer aux chaises musicales avec les enfants. Ça craindrait vraiment s'il y avait plus d'une seule bête de l'ombre dans ce magasin, déclara Vincent qui savait très bien que les démons qui se servaient des bêtes comme armes avaient normalement un tempérament vicieux.

- Ce serpent était plus long et plus épais que celui

qui a mordu Tasuki, dit Chad sans remords. Et pourtant… j'aurais préféré l'inverse. On ferait mieux de rester là où c'est mieux éclairé, afin de pouvoir au moins les voir venir. Pour ma part, je ne veux pas mourir et tester la théorie de Storm.

- Donc, tu n'aurais aucun problème, si tu devais vivre éternellement, insista Vincent qui avait déjà fait des tas de cauchemars à ce sujet. Et si la peste venait et anéantissait toute vie humaine et te laissait seul ? J'pense bien que tu n'avais pas encore réfléchi à tout ça.

- Ecoute, tout ce que je veux faire, c'est aider les gens... comme un chevalier de l'histoire d'un héros ! admis Chad, avec une expression mièvre. Bon, pas nécessairement un héros… mais certainement quelqu'un qui protège les faibles, comme ces enfants, par exemple. Je suis ici pour les aider parce que je suis encore en vie. C'est aussi simple que ça.

Vincent secoua la tête en se disant que Chad ne comprendrait jamais les monstres qui leur tournaient autour... c'est-à-dire, des créatures maléfiques aux petits visages innocents et aux yeux larmoyants, qui passent pour des êtres faibles pour qu'un héros vienne les sauver, mais dont le but est de transformer leur héros en monstre.

- Parfois, ceux qui ont l'air faibles peuvent être aussi très dangereux, dit Vincent, qui fit ainsi entendre son discours silencieux.

- Je suis bien d'accord, admit Chad. C'est juste que, ces dernières semaines, on a rencontré tout un tas de démon qui sont l'incarnation vivante de ce que tu viens de dire.

- Tu comprends donc quel sont les dangers présentés pour celui qui tente de jouer le héros, dit Vincent à voix haute.

Chad secoua la tête :

- Je n'ai jamais dit le contraire. Les humains sont également connus pour faire la même chose, et la plupart des flics ont tendance à apprendre cette leçon très rapidement... à la dure. Des larmes et une frimousse toute mignonne ne signifient pas qu'ils sont innocents.

- Je vais te donner un petit conseil, mon pote, dit Vincent en se souvenant de l'avertissement de Storm. Ne va pas dire à tout le monde que tu as déjà été mort : un idiot pourrait te tuer juste pour voir si tu vas te réveiller ou pas.

En entendant ce conseil, Chad regarda Vincent en fronçant les sourcils, et, pendant une fraction de seconde, il se sentit nerveux parce qu'il ne le connaissait pas depuis assez longtemps pour lui faire entièrement confiance.

Les pas de Vincent chancelèrent lorsqu'il vit un enfant se glisser derrière Chad avec un horrible masque rappelant un film, dont le personnage principal était une poupée nommée Chucky, si sa mémoire était bonne. Ce qui ajoutait une tournure encore plus malsaine à la réputation de ce film, c'était l'ombre serpentine qui s'enroulait autour de son corps et le long de l'un de ses bras, qui serrait le manche d'un grand couteau de boucher. Vincent pencha la tête d'un côté en se demandant si le rire chuchoté était vraiment réel ou si c'était tout simplement son imagination qui lui jouait des tours. Il en alla même jusqu'à penser une demi-fraction de seconde qu'il pourrait laisser mourir son partenaire, juste pour voir s'ils avaient la même malédiction. Après tout, même s'il n'avait pas été là, le destin aurait tout de même fait que Chad aurait été blessé. Et lui, qui était-il pour se mettre en travers de son destin ?

Pourtant, Vincent haussa les épaules, parce qu'il savait très bien qu'il ne pouvait tout simplement pas le faire. Car il n'était pas un tueur d'innocents, mais un chevalier de cœur. Comme le policier qui était à ses côtés. Chad avait raison : les chevaliers d'antan étaient la version actuelle de la police.

Il chercha du regard son nouveau partenaire au moment même où le serpent resserrait son emprise sur le bras de l'enfant et le forçait à plonger le couteau vers l'avant dans un coup mortel.

Chad se sentit secoué en arrière et entendit Vincent siffler de douleur. Il baissa les yeux pour voir le couteau de boucher lui sortir de l'estomac et un clone de Chucky le regardait fixement avec des trous noirs sans fond à la place des yeux.

- Mon maître mangera ton âme, dit le petit, d'une voix obsédante et sinistre, qui trahissait son sexe, parce que c'était une petite fille.

- Mais pu-taiiiiinnnnn… d'où ça vient, ça ? demanda Chad, ignorant le frisson instantané causé par cette petite fille qui semblait totalement vide de tout.

Passant en mode policier, Chad tira au niveau du sol, espérant ainsi pouvoir faire reculer le petit monstre. Mais le serpent plongea pour enrouler une plus grande partie de son corps sur le bras de l'enfant, puis il fit claquer plusieurs fois ses crocs aiguisés.

- Aucune idée, grogna Vincent tout en retirant le couteau de sa chair en un coup de poing rapide et en jetant un regard furieux sur l'imitateur de Chucky. Mais j'ai toujours détesté ce satané film.

- Pareil pour moi, dit Chad, en gardant un œil sur le gamin et son dangereux animal de compagnie.

De là où il était, il pouvait voir l'éclaboussure de

sang sur le sol que Vincent avait causée en extirpant le couteau de ses tripes. Il fallait qu'il l'emmène au plus vite dans une ambulance. Mais d'abord, il devait mettre fin à cette impasse.

- Mais putain ! Pourquoi ne possèdent-ils que des enfants ? grogna encore Vincent. Il me faut un ennemi que je puisse combattre.

Dans sa frustration, Chad serra les dents :

- Tu vois, c'est comme ça. Les démons utilisent des enfants pour qu'on ne se défende pas. Un adulte, on pourrait le frapper en pleine face sans se sentir mal après l'avoir attaqué... mais un enfant ? C'est ça, les vrais esprits maléfiques.

Vincent expira lentement en se disant que Chad avait raison. Il était en effet plus difficile de faire du mal à un enfant qu'à un adulte... mais cela ne l'empêchait pas non plus de vouloir prendre la petite fille sur ses genoux.

- Stop ! Plus personne ne bouge ! cria une voix.

Chad et Vincent levèrent le regard pour trouver de qui venait cette mise en garde.

Un agent de sécurité du Wal-Mart, qui avait l'air d'avoir déjà été passé au crible, se tenait là avec son pistolet dans les deux mains. Il le pointait directement sur l'enfant masqué. Sa chemise et sa joue gauche étaient maculées de sang frais et il tremblait de rage.

- Je te tiens maintenant, petite garce ! hurla-t-il.

- Ne faites pas ça, s'exclama Chad en essayant de se positionner entre l'agent armé et l'enfant possédé. À ce moment-là, ils étaient tous deux aussi dangereux. Vous ne comprenez pas ce qu'il se passe. Ce n'est qu'une petite fille.

Le garde secoua la tête, les lèvres devenant subitement fines :

- Ce n'est pas une fille... c'est un monstre. Je l'ai vu poignarder une femme au rayon vidéo avec le même couteau que votre ami vient de sortir de son ventre.

Cette fois, le rire sinistre n'était pas dans l'imagination de Vincent. L'enfant aux yeux noirs savait exactement ce qu'il faisait lorsqu'il s'avança pour récupérer son arme ensanglantée à l'endroit où Vincent l'avait jetée sur le sol. Ce mouvement soudain provoqua un effet domino qui, honnêtement, se produisit trop vite pour que Vincent puisse s'arrêter.

Chad plongea sur l'enfant juste au moment où l'agent de sécurité a ouvert le feu. Il grommela lorsqu'une douleur brûlante lui traversa le dos, puis une pluie de sang explosa de sa poitrine pour maculer le masque d'Halloween que portait l'enfant. Ses yeux diaboliques se tournèrent vers lui... si creux et insensibles... jusqu'à ce qu'un autre coup de feu retentisse et que l'enfant se jette dans ses bras... et que Chad s'effondre par terre.

La dernière chose qu'il vit, ce furent ces grands yeux qui clignotaient entre le noir et la plus belle nuance de vert qu'il n'avait jamais vue. Il n'eut aucun regret.

Vincent se colla contre l'étagère qui était derrière lui lorsque la petite fille blessée ouvrit la bouche pour crier, mais aucun son n'en sortit : elle se mit à vomir de la fumée noire. Cette noirceur inquiétante tourbillonna en une spirale ronde qui se dirigea droit vers lui. La masse s'arrêta, planant pendant un moment à seulement quelques centimètres de son visage. Il la regarda avec défi dans le noir, puis le démon de l'ombre le rejeta pour s'envoler dans l'allée, dans une collision frontale avec l'agent de sécurité, complètement paniqué. Les yeux de l'homme roulèrent jusqu'à l'arrière de sa tête et il s'évanouit juste à temps, tombant comme une pierre. Le nuage noir lui passa par-dessus, puis tourna dans un coin, hors de la vue de tous.

Vincent se frotta le visage, détestant le fait que le démon ait été si près de lui. Se dirigeant vers l'homme qui avait eu la chance - d'une certaine manière - de s'évanouir, il se pencha sur lui pour lui prendre son arme, la mettant dans la ceinture de son pantalon au cas où ce dingo déciderait de se réveiller en sursaut. Tout en se retournant, il plaça une main sur sa blessure qui saignait et revint en boitant à l'endroit où Chad et l'enfant se trouvaient. Il fit doucement rouler Chad sur le côté pour pouvoir les voir tous les deux.

- Et merde, siffla Vincent sans prendre la peine de vérifier les battements de cœur de Chad parce qu'il savait qu'il n'y en aurait pas.

Tournant son regard vers l'enfant, il sentit sa poitrine se serrer. Le masque avait dû s'éjecter d'un côté lorsque Chad était intervenu, laissant l'innocence du visage enfantin à moitié exposée à sa vue. Il pouvait voir la poitrine de l'enfant monter et descendre.

- Bien soupira-t-il d'un signe de tête. C'est bien, ça, au moins... continue comme ça, petite biquette !

Prenant le talkie-walkie de Chad, il appuya sur le bouton :

- Il y a un enfant en bas, devant les vestiaires des femmes... abattu par un des gardes de sécurité du Wal-Mart... besoin d'aide urgente.

Sans mot dire, Vincent prit le corps de Chad dans ses bras, ignorant la douleur qui s'était accumulée juste sous son nombril : sa blessure allait guérir. Il avait besoin de mettre son co-équipier hors de la vue de tous... c'est-à-dire avant que quelqu'un remarque sa mort... y compris les autres flics.

En serrant les dents, il se dirigea à l'arrière du magasin. Puis il passa une des portes lui permettant d'accéder à un intérieur plus sombre, cherchant un endroit pour cacher le mort à l'abri des regards indiscrets. Il n'était pas stupide, et c'est pourquoi Storm l'avait mis en équipe avec ce flic pour la nuit. Mais si Storm avait su que cela allait arriver, pourquoi n'a-t-il rien fait pour tout arrêter ? Tout ce qu'il aurait dû faire était de garder Chad au poste de police. Il cligna des yeux en réalisant qu'il n'était qu'un hypocrite : ne venait-il pas de se disputer avec Chad au sujet de l'inutilité de sauver des gens ?

Se frayant un chemin dans le labyrinthe des longues étagères où étaient entreposés les stocks de tout ce que l'on pouvait trouver dans l'établissement, Vincent trouva finalement ce qu'il cherchait. Étalant des serviettes sur le sol, il s'agenouilla et y posa doucement Chad. Il savait que ce dernier ne ressentait plus ce genre de détails, mais cela ne réfrénait pas le souvenir qui le hantait, et du nombre de fois où il s'était réveillé de la mort en souhaitant que quelqu'un ait au moins traîné son cadavre hors de la pluie.

Il se releva lentement, puis regarda fixement la longue ampoule brillante suspendue au plafond juste au-dessus d'eux, comme s'il s'agissait d'un projecteur maudit. Il saisit le manche d'un balai qui était appuyé contre un support et le poussa en l'air pour casser cet objet gênant, afin de plonger les lieux dans l'ombre.

Se frottant les yeux avec ses doigts, il poussa un soupir de fatigue et se glissa à côté du flic et attendit.

- Eh bien, Chad, chuchota Vincent tout en s'appuyant contre le mur de béton. Tu as eu ce que tu voulais et tu as joué au héros. Si tu reviens d'entre les morts, tu es complètement foutu. Mais si tu ne le fais pas...

Il désapprouva ce concept, ayant pour une fois des sentiments mitigés. Storm l'avait mis avec Chad pour une bonne raison et il espérait avoir raison sur laquelle... même si cela signifiait que Chad était complètement foutu.

*****

Damon était juste quelques mètres derrière Michael alors qu'ils finissaient de fouiller le rayon des animaux de compagnie. Il fut soulagé lorsqu'il constata que les aquariums n'avaient pas été détruits. De la nourriture pour animaux se collait au-dessous de leurs chaussures déjà mouillées. Il travaillait sur lui pour ne pas perdre son sang-froid, pensant que les poissons apprécieraient que leurs gîtes ne soient pas démolis.

Le fait qu'ils aient entendu des coups de feu il y a peu de temps ne l'avait pas aidé non plus... il ne pouvait qu'imaginer ce qu'il venait de passer.

Il entendait des flics qui juraient dans le rayon d'à côté, où le shampoing et l'après-shampoing étaient vendus. Cet endroit ressemblait maintenant à une belle piste glissante, car des flacons de produit capillaires avaient été renversés par terre.

- Humm ! C'est dégoûtant à souhait, grogna Damon en frappant le talon de sa botte contre le béton afin de tenter d'y déloger un peu de crasse.

- On voit que tu ne vas pas souvent dans les bars des pays occidentaux, déclara Michael en souriant. Les boissons renversées et les cacahuètes tombées au sol font exactement le même crissement quand on pose un pied dessus.

Et comme pour le prouver, il fit un pas de plus et sourit en entendant le bruit sous ses pas.

Damon le regarda fixement :

- Ce n'est pas parce que je suis resté à l'étranger pendant longtemps que je ne sais pas ce qu'est un bar dans un pays occidental, mais puisque tu aimes tant ce bruit... et bien, voilà.

Il baissa le regard pour pouvoir mieux observer le chaos qui régnait : des croquettes pour chien jonchaient le sol. Puis il s'éleva en l'air et se mit à faire toute une symphonie de bruits de craquements, alors que les croquettes se brisaient en petits morceaux.

- Voui mais là, tu aggraves la situation, fit remarquer Michael, alors qu'un mince nuage de poussière commençait à planer dans l'air.

Leur plaisanterie prit fin lorsque Michael entendit quelque chose qui le stoppa net. Un des loups-garous s'approchait d'eux, et, même si et le volume de sa radio n'était pas au maximum, il était tout de même suffisamment fort pour sa sensibilité auditive : un enfant avait été abattu. Que le ciel vienne en aide à ces démons si Kane l'apprenait...

- Excuse-moi, chuchota Michael en laissant Damon debout là, en train de brasser l'air du nuage poussiéreux qu'il venait de créer.

En quelques secondes, Michael était à genoux près du petit corps de l'enfant. Le sang s'écoulait tout autour du petit, ce qui le fit grogner de colère. Il tendit la main et retira doucement le masque asymétrique qui couvrait la pâleur de ses joues et ses jolies boucles blondes. Sa poitrine se serra de douleur... cette petite fille était la véritable essence de l'innocence et le mal n'avait pas le droit de la toucher. Il sentit le sol commencer à trembler sous lui tout en réalisant malgré lui qu'il en était la cause.

Refoulant sa colère et ignorant tant bien que mal le bruit du magasin, il écouta attentivement son petit cœur qui luttait pour continuer à battre. Comme la petite fille saignait, il lui déchira rapidement le col de chemise et trouva la blessure de la balle juste en dessous de sa clavicule droite. Il lança un regard par-dessus son épaule sur l'agent de sécurité inconscient, maudissant en silence la stupidité de certains humains avant de se concentrer à nouveau sur l'enfant mourante. Ses lèvres étaient déjà bleues parce qu'elle perdait du sang, mais heureusement, la balle avait traversé tout son corps. Laissant une main au-dessus de la blessure de la balle, Michael ignora le fait que deux autres humains avaient déjà saigné ici et se concentra sur la guérison de la blessure de l'enfant en premier. Il s'occuperait des autres plus tard.

Il ressentit un sentiment de calme s'emparer de lui alors que son don guérisseur le gagnait. L'extrémité de ses cheveux se soulevèrent et se balancèrent autour de son visage alors que de de la chair neuve se formait peu à peu en guérissant la blessure de l'intérieur. Une peau sans défaut apparut enfin, effaçant toute trace de l'enfant sur lequel on venait de tirer. Il sourit doucement quand des yeux vert brillant s'ouvrirent et le regardèrent avec émerveillement.

- Tu peux lui effacer ce mauvais moment de sa mémoire, avant que je la ramène chez elle ? demanda calmement Storm, subitement debout derrière le Dieu Solaire.

Michael fit un signe de tête et toucha la tempe de la jeune fille, regardant les yeux brillants se fermer dans un sommeil paisible.

- Quelqu'un d'autre est blessé... au moins deux autres humains. Je peux le sentir : il y a au moins deux types de sangs différents, ici.

- Ne t'inquiète pas... les héros de cette petite ont déjà été pris en charge. Elle a maintenant trois héros, grâce à toi.

Storm sourit doucement, avant de s'évaporer avec la petite fille.

Michael se leva lentement et se retourna au moment où le garde de sécurité s'assit et secoua la tête en gémissant. Il regarda l'homme se mettre debout et prendre son étui vide. En avançant, Michael lutta contre l'envie de le frapper d'un bon coup de poing. À la place, il lui tapa sur le front. Puis il décida de ne plus se soucier de lui en le regardant retomber comme une pierre sur le sol.

CHAPITRE 11

Kane gronda contre l'adolescente qui tentait de le poignarder avec une brochette de kebab. Il tendit une main et l'attrapa par le poignet pour maintenir cette arme de fortune à une distance sûre. D'après ce qu'il avait remarqué jusqu'alors, il semblait que les démons de l'ombre s'en prenaient aux enfants de moins de douze ans, et ça l'inquiétait.

Il se creusa la cervelle pour savoir quelle catégorie de démons étaient connus pour s'en prendre aux enfants, parce qu'il y en avait beaucoup, et parce que tous avaient une personnalité différente ; de ce fait, la catégorie avait probablement peu d'importance.

Cependant, cette jeune fille comptait parmi les plus étranges. Elle avait en effet quelque chose que la plupart des autres enfants qu'il avait déjà rencontrés n'avaient pas : un animal de compagnie. Il semblait que ceux sur qui les serpents s'enroulaient ne voulaient pas jouer... et il ne parlait évidemment pas de jeux de société !

Il tendit l'autre main pour tenter le serpent de le

mordre. Dès qu'il arriva vers lui pour le frapper, il l'attrapa et le rata lorsque son corps se transforma en ombre. Il n'eut même pas le temps de broncher. Puis, la chose repris une forme corporelle en moins d'une seconde, et finit par enfoncer ses crocs aiguisés comme des rasoirs dans sa paume. Le côté obscur de Kane fit surface pendant un moment alors qu'il fixait le serpent en se demandant lequel d'entre eux serait le meilleur vampire.

En enroulant sa main autour de la tête du serpent, il l'arracha à l'enfant et le jeta à terre, puis il cligna des yeux lorsqu'il s'effondra en poussière. Il leva la main et observa les deux petites blessures perforantes sur sa paume qui cicatrisaient peu à peu... ce qui voulait dire que son sang était toxique pour eux, et non l'inverse, ce qui était une bonne chose, après tout.

- Mais d'où viennent tous ces enfants ? demanda Micah qui cherchait à comprendre pourquoi autant de parents emmenaient leurs enfants au Wal-Mart plutôt que de les coucher. Il est neuf heures. C'est pas l'heure de les coucher, tous ces p'tits ?

Kane sourit :

- Dis donc ! Tu n'étais pas le petit chouchou, toi ? Il serra la main de la fille et l'éleva quand elle se débattit et essaya de le mordre. Au moins, elle ne voulait plus le transformer en kebab... intéressant. Moi, si j'avais des enfants, l'heure du coucher serait celle où ils s'endorment. Je sais de source sûre que le pire moment de la journée d'un enfant est l'heure du coucher... donc le mien n'en aura pas.

- Tu n'aimais pas l'heure du coucher... c'est ça, hein ? se moqua Micah en fronçant les sourcils parce qu'il venait tout juste de réaliser que le moment de la journée qu'il préférait le moins était l'heure du coucher.

- Ahah ! Je n'ai rien à ajouter, enchaîna Kane, qui avait entendu les pensées intimes du couguar haut et fort. Mais j'admets qu'il serait bon de voir les trublions de ce Wal-Mart endormis une bonne fois pour toute pour la nuit. Il tapota légèrement le milieu du front de la jeune fille avant de l'attraper et de la faire descendre doucement sur le sol. Ahhh ! C'est bien mieux comme ça.

Micah fit un pas en arrière quand la bouche de la fille s'ouvrit et que de la fumée noire lumineuse commença à sortir et à s'enrouler autour d'elle.

- C'est quoi ce bordel ? s'exclama-t-il en trébuchant encore quelques pas en arrière parce que la fumée noire s'était rapprochée de lui d'un peu trop près à son goût.

- Alors... ces bestioles n'aiment pas quand leurs hôtes s'endorment ! fit remarquer Kane en regardant le nuage en colère, qui dérivait sur le sol pour disparaître dans un coin... encore une fois, c'était intéressant. Plus il jouait avec les enfants, plus il apprenait d'eux ; il en avait toujours été ainsi, d'ailleurs.

- Et maint'nant ? demanda Micah, en réprimant un frisson. Il ne pouvait s'empêcher d'être désolé pour la fille depuis qu'il avait vu ce qu'elle avait en elle. Elle est partie où ?

Kane sourit :

- Suivons-la et allons voir… d'accord ?

- J'avais bien peur que tu me dises ça, grogna Micah en grimaçant.

Les deux hommes suivirent la chose et sortirent dans une allée plus imposante qui s'étendait presque d'un bout à l'autre du magasin.

- Non, mais… C't'une blague ? dit Micah dans un

soupir fatigué regardant la scène qui se déroulait sous leurs yeux.

Kane soupira avec lui.

- Au moins, maintenant on sait où certains des parents disparus sont partis.

Il y avait au bout de l'allée une grande cage d'environ trois mètres de haut qui était pleine de ballons de volley-ball, de foot et de basket. Aussi, un certain nombre d'adultes avaient réussi à grimper par-dessus le grillage : et ils étaient là, à nager au beau milieu de ces ballons. Par contre, on ne pouvait pas dire si c'était un piège ou non, car la cage était entourée d'un groupe d'enfants possédés.

D'une certaine manière, Kane en fut impressionné. Non seulement ils étaient protégés par du fil de fer... mais ils utilisaient aussi les ballons remplis d'air pour se protéger des enfants qui se réjouissaient de taper la cage ou de toucher les adultes avec des manches à balai, des cannes à pêche et des tringles à rideaux... ou n'importe quoi d'autre.

Certes, ils ne faisaient pas vraiment de mal aux adultes, ce qui prouvait que celui qui contrôlait les démons de l'ombre qui les possédaient n'était pas si mauvais. Kane fronça les sourcils quand il remarqua qu'un autre serpent s'était glissé le long du fil et avait disparu dans la masse des ballons. Il avait l'impression que les serpents et les démons de l'ombre ne jouaient pas le même jeu.

On pouvait entendre certains des adultes supplier de sortir de la cage, tandis que d'autres étaient sérieusement énervés et essayaient d'arracher les armes aux enfants. Ce qui était étrange, c'était ce que les enfants leur scandaient en retour en chantant de leurs voix presque démoniaques :

- Laissez-nous sortir de ce magasin et vous pourrez sortir de cette cage !

- Je ne savais pas que les enfants étaient piégés dans le magasin, dit Micah en faisant comme s'il posait une question, puis ses yeux s'élargirent. Oh attendez ! J'ai compris ! Les enfants ne sont pas piégés ici... ce sont les démons qu'ils hébergent ! Il hocha la tête, comme si cela avait un sens, même si ce n'était qu'une hypothèse. Mais comment un démon pourrait-il se retrouver piégé dans un endroit comme le Wal-Mart ?

Kane fronça les sourcils quand un des hommes se poussa soudainement en avant, saisissant le grillage tellement fort qu'il s'en coupa les doigts jusqu'à ce que des gouttes de sang viennent couler sur les fils d'acier. Les yeux de l'homme devinrent rouge sang et il grogna violemment contre les enfants :

- Vous n'êtes rien d'autre que de la nourriture piégée que notre maître doit avaler, siffla sa voix effrayante, faisant reculer certains des autres adultes.

Deux des enfants, qui venaient de se retrouver face à face de l'adulte enragé, sautèrent en arrière, ce qui provoqua un écart dans la foule, et ; de ce fait, Kane put apercevoir le serpent, qui était maintenant enroulé autour de l'homme. Il le mordit juste sous le menton.

- Micah, dit soudain Kane. Peux-tu aller trouver Michael et Damon ? Dis-leur de commencer à endormir les enfants… le plus vite possible !

- Pourquoi ? Et toi, tu vas faire quoi ? s'enquit Micah en essayant de cacher le fait que l'explosion soudaine de Kane l'avait fait tressaillir.

- Disons qu'il m'a suffi d'endormir cette petite fille pour que le démon de l'ombre qui était en elle soit relâché librement... Michael et Damon ont le même don. S'ils parviennent à endormir les enfants, alors les démons de l'ombre les laisseront tranquilles. Le plus tôt nous contrôlerons ces enfants innocents, le plus vite nous les sortirons du magasin, et le mieux ce sera, expliqua Kane, qui avait tout détaillé en voyant la situation dans son ensemble.

- Que vas-tu faire quand le magasin sera rempli de démons de l'ombre flottant librement dans les airs ? demanda Micah qui se disait que faire sortir les démons des enfants était une bonne idée, mais qu'il s'agissait d'une tâche infinie.

- Ce ne sont pas les démons de l'ombre, notre problème, lui dit Kane, avec une expression sombre. Il observait l'homme au serpent plier le fil de manière suffisante pour passer sa main à travers la cage et faire tomber un enfant au sol.

- Assurez-vous que les loups fassent sortir tout le monde, y compris les enfants qu'ils trouveront endormis. Toute personne qu'ils croiseront et sur laquelle un serpent sera attaché devra être dirigée vers un de mes frères ou moi... d'accord ?

- C'est d'accord, dit Micah, heureux de constater qu'ils aient enfin pu trouver un plan qui semble tenir la route.

Kane attendit que Micah ait disparu dans l'une des allées avant de s'atteler à la tâche. Ce qu'il n'avait pas dit à Micah, c'était qu'il n'y avait pas qu'un seul maître démon dans ce magasin, mais deux. Et ceux-ci, sur l'échelle du mal, se trouvaient aux extrémités opposées de l'échelle. D'une certaine manière, cela allait faciliter les choses, car il ne faudrait en éliminer qu'un seul... c'est-à-dire, le plus dangereux des deux. La mauvaise nouvelle, c'est qu'il lui fallait le trouver avant de pouvoir agir.

Il descendit l'allée centrale en direction du groupe d'enfants, ses bottes noires cliquetant sur le sol dur. Le trench-coat qu'il portait semblait planer autour de lui comme quelque chose de vivant et ses cheveux de platine brillaient dans les lumières du plafond.

La nourriture qui était sur ses vêtements commençait à sécher sur sa chemise et son jean noir, ce qui lui donnait une impression bizarre et assez inconfortable. Cela suffisait, maintenant. Il avait fini de jouer avec les enfants. Il était temps de les sauver.

Alors qu'il se rapprochait de la masse formée par les gens rassemblés, le garçon qui se trouvait le plus près de lui se retourna soudain en le fixant intensément d'un regard noir. Kane inclina la tête sur le côté et fronça les sourcils en se demandant ce qu'il pensait faire avec le Swiffer qu'il tenait à la main. Le jeune homme se mit soudain à crier tout en s'approchant de lui, comme dans une scène de sa Majesté des mouches. Puis il lui lança la lavette.

Kane tendit la main et saisit le manche du balai sur lequel cette dernière était censée se positionner. Il regarda l'enfant un instant, puis il lui dit

- Je pense que tu ne l'utilises pas correctement. Et je ne suis pas la bonne personne, parce que je n'ai pas besoin que l'on me nettoie, moi.

Il tapa le garçon sur le front et le regarda fermer lentement les yeux en s'effondrant sur le sol dans un sommeil profond. Le démon de l'ombre qui se trouvait à l'intérieur de l'enfant jaillit rapidement hors de sa bouche pour tenter de s'éloigner du pouvoir qu'il avait ressenti lorsque l'homme avait touché le front de son jeune hôte. Ses efforts furent cependant vains, car il fut arraché des airs par une bête de l'ombre qui s'était frayé un chemin jusqu'à la cage.

Kane fronça les sourcils lorsque le serpent se mit à aspirer dans sa gueule le démon de l'ombre, qui était plus faible que lui, un peu comme on inhalerait la fumée d'une cigarette. Puis il se retourna et enfonça ses crocs dans la joue d'une femme d'âge moyen qui était restée cachée dans la cage. Au bout d'à peine quelques secondes, ses yeux devinrent couleur pourpre et elle se retourna elle aussi contre les enfants possédés avec l'intention de leur faire du mal.

C'était bien une guerre entre deux maîtres démons qui se déroulait dans ce magasin, et il n'était pas difficile de dire lequel des deux allait perdre le combat. Et c'était bien dommage pour Kane, d'ailleurs, parce qu'il avait pour habitude d'encourager les outsiders. Il sourit et roula des épaules avant de se retourner vers un groupe d'enfants qui étaient plus en danger qu'ils ne semblaient le réaliser.

- Vous voulez jouer avec moi ?

*****

Micah se précipita dans les rayons pour localiser les officiers dispersés dans le magasin afin de leur donner le message de Kane. Il ne lui fallut pas longtemps pour réaliser que la plupart d'entre eux avaient déjà reçu les instructions grâce à leurs dons de communication.

Il s'arrêta lorsqu'il se retrouva à l'avant du magasin et se demanda où Chad avait disparu, car il ne l'avait pas vu depuis un moment. Il fronça les sourcils en pensant que si quelque chose s'était mal passé, Chad les aurait avertis grâce au même moyen de communication que les autres... du moins, normalement...

Ses yeux s'étrécirent et il fit un tour sur lui-même avant de partir à la recherche du flic disparu qui était maintenant un jaguar – c'est à dire de la même famille que les cougars. Ses instincts de chat ne le trompaient quasiment jamais et là, il avait un très mauvais pressentiment.

- Micah ! Par ici !

Il s'arrêta lorsqu'il vit Titus et Jade entrer par les portes principales du bâtiment.

- Content d'vous voir, dit-il en se dirigeant vers eux. Kane a trouvé un moyen de sortir les démons de l'ombre du corps des enfants... en les endormant ! Il sourit. Tout ce qu'il veut que l'on fasse, c'est qu'on les rassemble pour les faire sortir d'ici afin qu'il puisse s'occuper du vrai problème : les démons qui leur ont volé leurs corps.

- Alors, on ferait mieux de commencer à les rassembler dès maintenant, dit Jade avec détermination. Ils venaient de croiser plusieurs jeunes enfants réunis avec leurs parents sur le parking, et cela lui avait presque brisé le cœur. Soyez gentils avec eux, ajouta-t-elle en se souvenant de la mère qui avait éclaté en sanglots lorsque son fils lui avait été rendu boiteux et insensible.

- En tous cas, moi, je serai gentil avec toi, lui grogna à l'oreille l'un des nouveaux flics de la meute de loups, qui l'avait déjà bien reniflée et qui s'était faufilé derrière elle.

Sans se retourner, Jade leva la matraque qu'elle avait prise dans le Hummer et le frappa sur le front. Le gros flic tomba en arrière dans un grognement douloureux. Puis il se sentit soulagé lorsque Titus lui palpa le front et se mit à gémir de satisfaction.

- Je crois que je vais tous les tuer, les loups de ta

meute ! grogna Jade à Titus, qui fixait le loup qui ne s'était pas encore relevé :

- Je n'sais pas... pourtant, une partie de moi est d'accord pour te laisser faire.

- Tu les tuera plus tard, dit Micah. On a un magasin plein d'enfants à sauver.

Jade fit un signe de tête avant d'user de son pouvoir de vitesse surnaturelle pour disparaître sans un mot dans le magasin, laissant un juron échapper à Titus qui finit par la suivre dans son élan.

- J'aimerais beaucoup qu'ils aillent de l'avant et qu'ils admettent que les leaders de la meute, ce sont eux, déclara un jeune flic, en s'approchant de Micah, qui le regarda en enchaînant :

- Bein pourquoi, tu ne veux pas la revendiquer juste pour toi ?

- Ce n'est pas ce que j'ai dit : elle appartient à Titus, répondit l'autre qui partit vers l'intérieur du magasin d'un coup de tête. Commençons par rassembler ces enfants. Il y a une rumeur qui circule à propos de Kane... il aime bien les enfants et ne supportera pas longtemps qu'ils soient blessés de la sorte.

- Ouais, allons-y vite, avant que quelque chose ne chauffe trop le Dieu du Soleil, dit Micah en acquiesçant.

Il savait pertinemment que les trois frères étaient dangereux quand ils étaient en colère. Le fait qu'Alicia se soit accouplée avec l'un d'entre eux l'avait rendu encore plus furieux. Il partit dans le magasin en essayant de ne plus penser à cette jalousie qui persistait en lui.

Au rayon vidéo, Titus se mit à grogner au plus profond de sa poitrine. Il suivait l'odeur de Jade devant des écrans de télévision géants qui passaient « Evil Dead 2 » juste au moment où le fou se coupait la main dans un bruit de tronçonneuse assourdissant.

Avec des gestes rapides, il se pencha pour arracher du mur les fils d'alimentation électrique. Le silence béat qui s'installa fut interrompu par le bruissement d'une respiration, puis d'un bruit sourd. Titus suivit ce bruit jusqu'au niveau des jeux vidéo, s'arrêtant juste derrière Jade, postée au bout d'une gondole. Il s'apprêtait à la contourner lorsqu'elle leva le bras, lui barrant le passage.

Confus, il la fixa un instant, et vit qu'elle secouait la tête. Il pouvait sentir sa peur et n'eut qu'une envie : éradiquer la source de cette angoisse. En suivant son regard, il sentit ses tripes se resserrer et comprit : Jade n'avait pas peur pour elle, mais pour le petit garçon et la petite fille qui se trouvaient devant eux.

De la fumée noire s'échappait des lèvres d'un autre petit garçon ; un serpent, suspendu à une étagère juste au-dessus de sa tête, l'aspirait comme un aspirateur. Le long corps du serpent s'enroulait en l'air ; sa gueule grande ouverte avalait toujours cette fumée noire.

Lorsque Jade commençait à avancer, Titus la prit dans ses bras et posa doucement une main sur sa bouche pour l'empêcher d'attirer l'attention sur elle.

- N'y pense même pas, siffla-t-il, en pressant ses lèvres contre son oreille. Ne sens-tu pas le mal qui se dégage de cette chose ?

Jade tenta de lui mordre la main dans un effort mitigé : elle dut bien admettre qu'il avait raison. Le serpent les observait de ses yeux rouge cramoisi.

- Jimmy... Jimmy, réveille-toi pour qu'on puisse jouer, dit la petite fille en faisant la moue.

D'un pied, elle secoua gentiment le petit garçon qui était étendu sur le sol. Alors qu'elle se penchait pour le regarder, le serpent s'éleva dans les airs, comme pour s'éloigner d'elle et de son ami. Puis il retomba subitement. Titus dut resserrer son emprise sur Jade au moment où il se posa sur le dos de la petite fille, enveloppant instantanément son long corps autour du sien.

Jade essaya de se détacher de l'Alpha, mais c'était comme essayer de plier de l'acier. Dans sa frustration, elle émit un grognement peu discret, et la tête de la jeune fille se souleva soudainement en leur direction, révélant des yeux d'un noir intense. Sa voix se transforma en quelque chose de vraiment effrayant.

- Dites à vos alliés de défaire cette barrière… ou bien, c'est nous qui la remplirons ! Avec vos âmes sanglantes !

Les yeux noirs de l'enfant se remplirent de sang et elle se mit à rire, tandis que le liquide cramoisi se mit à couler sur ses joues comme des larmes.

Jade sentit son ventre se vider lorsque la petite fille leva la main pour planter la bêche qu'elle tenait dans le cou du garçon. Elle était prête à arracher le bras de Titus s'il le fallait, mais elle se retrouva projetée dans la direction opposée.

L'instinct animal avait alarmé Titus, qui ne voulait pas que Jade s'approche de ce genre de danger. Il sauta en avant et attrapa le pied du garçon, le secouant hors de son chemin au moment où l'objet plongeait vers le bas. Prenant son élan pour pouvoir glisser, il s'assura que le petit garçon puisse faire de même afin de se trouver hors de portée du serpent.

Jade se retourna juste à temps pour le voir glisser sur le sol devant elle avec une vitesse surprenante. Elle le rattrapa avant qu'il ne la dépasse, puis tourna les yeux en direction de Titus. Elle voulait lui reprocher d'avoir balancé l'enfant de cette manière, mais elle s'abstint en voyant ce qu'il était en train de faire.

Ne se souciant pas de savoir si le serpent démoniaque était coincé entre eux, il avait pris la petite fille dans ses bras et lui pinçait le cou pour qu'elle ne se débatte pas. Il voulait la rendre inconsciente mais les crocs du serpent s'enfoncèrent profondément dans son bras et une explosion de fumée noire jaillit de la bouche de l'enfant pour atteindre son visage de plein fouet.

Vraiment, pourquoi ces maudits démons essayaient-ils toujours de le posséder en lui soufflant de la fumée au visage à chaque fois qu'il se retournait ? Il sentit le poids familier du médaillon de Storm lui brûler la peau et se demanda brièvement comment il s'était retrouvé à son cou... mais bon, il n'allait pas s'en plaindre, vu la situation dans laquelle il se trouvait !

Ses cheveux blonds s'envolèrent autour de son visage alors que la fumée noire s'appuyait contre lui ; puis elle lui traversa la peau pour disparaître derrière lui. Un démon à terre... plus qu'un seul !

Jade se pencha pour protéger le corps du jeune garçon lorsque la fumée noire s'élança vers eux comme un fantôme enragé, mais elle refusa de fermer les yeux. Toute son attention était fixée sur Titus, qui levait le bras et enfonçait les dents dans le serpent pour l'arracher de sa chair. Elle l'entendit grogner profondément. En même temps, le nuage noir se mit à trembler. Il changea de direction. Elle cligna des yeux parce qu'elle le vit se diriger en l'air en s'échappant par la bouche d'aération qui était située au plafond.

Le serpent siffla violemment sur Titus avant de libérer la petite fille et de s'élancer entre les étagères, puis il finit hors de sa vue. Titus essaya de le rattraper, mais la créature était trop rapide. Il se demandait même s'il était vraiment sûr de vouloir l'attraper. Pour l'instant, ce qu'il voulait vraiment, c'était faire sortir Jade d'ici.

- Mais… pourquoi ? Pourquoi tu m'as stoppée dans mon élan ? chuchota cette dernière, qui eut en mémoire un flash-back de l'expression affichée par la petite fille, juste avant qu'elle s'évanouisse.

- Parce que… t'allais faire quoi, hein ? Parler aux démons ? l'interrogea Titus en plissant le regard tout en s'élevant de toute sa stature avec la petite fille dans les bras. C'était plus fort que lui… l'idée de voir Jade à proximité de tout ce chaos lui faisait voir rouge.

- Mords-moi… marmonna Jade qui se sentait un peu comme dégonflée.

Titus réduisit la distance qui les séparait et se pencha sur elle, tenant l'enfant sur le côté avec une aisance bien rodée.

- Fais bien gaffe à ce que tu dis, Jade.

Jade refusa de tressaillir en lui lançant un regard de braise ; puis elle se retourna pour descendre l'allée. Elle serra les dents en souhaitant que ses cuisses cessent de s'enflammer à chaque fois qu'il faisait cela. Dans un long soupir, elle prit le petit garçon dans ses bras et suivit tranquillement Titus. Il lui était impossible de l'admettre à voix haute, mais la façon dont il tenait cette petite fille était plus que suffisante pour lui faire comprendre que ce grand Alpha blond était très doué avec les enfants.

Titus grogna doucement en regardant les lèvres en forme de cœur de l'enfant. Se souvenant de la noirceur qui en était sortie, il eut en tête un flash-back du démon qui avait essayé de lui faire faire du mal à Jade. Et si les deux démons avaient réussi à le posséder ? Est-ce que Jade aurait été sa cible une fois de plus ? Il porta sa main libre à l'endroit où il avait senti le médaillon de protection sous le col de sa chemise et fronça les sourcils en constatant qu'il n'était plus là. Il aurait dû remercier Storm.

Jade fixa le dos de Titus, se concentrant sur ses épaules tendues et sur la façon dont ses muscles se déchiraient sous sa chemise pendant qu'il grognait. Elle serra les cuisses l'une contre l'autre lorsqu'une nouvelle vague de chaleur lui rongeait le cœur. Son souffle s'accéléra et ses lèvres s'entrouvrirent alors qu'il la regardait par-dessus son épaule. Qu'il soit maudit ! Vraiment ! Elle souffrait maintenant et ne pouvait même pas lui en vouloir. C'était une nouvelle expérience pour elle. Un nouveau territoire. Elle n'avait jamais été en chaleur auparavant et n'avait assouvi ce genre de désirs qu'avec des humains, jusqu'à maintenant. Et en ce moment même, grâce à cette putain d'hormone que ses ravisseurs lui avaient administrée avec une aiguille, elle avait une envie de sexe et la dernière chose qu'elle voulait, c'était un humain qui n'avait aucune chance de la satisfaire. Non, elle voulait quelqu'un avec un corps puissant, elle voulait que ça aille vite, et bien plus encore.

Elle ne pouvait pas se tourner vers les autres loups, car elle ne pouvait pas leur faire confiance pour ne pas la marquer comme étant leur possession. Un loup n'avait pas besoin de l'aimer, ni même de la connaître pour la marquer... il le ferait juste pour le simple fait qu'elle était une femelle de leur race, avec ce détail, et non des moindres, qui leur permettrait d'obtenir un rang plus élevé dans la meute.

Il n'y avait qu'une seule personne vers qui elle pouvait se tourner qui ne la marquerait pas, et qui avait déjà prouvé qu'il ne le ferait pas. Bizarrement, c'était la seule personne en qui elle pensait ne jamais avoir confiance.

CHAPITRE 12

Titus essayait de refréner le sourire qui étirait ses lèvres. Il expira profondément en constatant que Jade était excessivement en chaleur, du moins à un niveau assez élevé pour qu'il soit sûr qu'elle ne le renierait pas.

Quelques minutes plus tard, ils remettaient les enfants endormis aux ambulanciers et avançaient vers le Hummer qu'il avait garé sur le côté du bâtiment.

Jade se retourna un instant en direction des portes du magasin et vit qu'un autre enfant était pris en charge. Elle fut surprise dans ses pensées par son bras qui était coincé : c'est Titus qui s'y était agrippé.

- En tant qu'Alpha, tu n'es pas censée aider ta meute ? s'enquit-elle juste au moment où ils passaient le coin de la rue, hors de la vue de tous. Elle ne tenait pas vraiment être seule avec lui en ce moment... surtout pas en ce moment-là.

Toujours le bras dans son emprise, elle sursauta parce qu'il la fit tourner sur elle-même pour qu'elle soit face à lui. D'un coup, sa paume vint soudain se poser entre ses jambes. Elle ne put s'empêcher de fermer les yeux et de cambrer son corps lorsque son doigt se mit énergiquement à frotter la couture de son pantalon humide.

- Je sais comment je peux être utile en ce moment, Jade, lui répondit Titus d'une voix rauque.

Il était épuisé d'avoir joué selon ses règles à elle, et il était temps que cela change. Elle avait tellement essayé d'être plus dure que les mâles de son espèce qu'elle s'était convaincue qu'elle l'était pour de bon. Quant à lui, il allait prendre plaisir à lui prouver qu'elle avait tort et il était sacrément fatigué de se retenir.

- Ta peau est fiévreuse et tes yeux sont vitreux. Tu dois nourrir ton envie avant de retourner jouer avec les démons. Il la caressa à nouveau et fit glisser son autre bras autour de son dos et ses genoux faillirent se dérober. Tu pourras retourner dans ce magasin quand tu auras la force de résister à l'emprise d'un loup.

Les muscles de l'estomac de Jade frémissaient exactement comme il venait de le décrire... "l'emprise d'un loup". Ces mots auraient dû lui faire peur, mais ils étaient sexy et s'imposaient à ses oreilles. Si c'était sa façon à lui de lui dire des saletés, eh bien, ça fonctionnait très bien.

Titus commença par la faire marcher à reculons jusqu'à ce qu'il atteigne la porte arrière du Hummer qu'il ouvrit. Puis, d'un geste brusque, il lui défit son pantalon et le poussa brutalement le long de ses jambes avec sa culotte.

Jade regarda à l'endroit du sol où il était agenouillé devant elle ; elle avait tellement chaud rien qu'en le voyant qu'elle se déshabilla en deux temps, trois mouvements. Avant qu'elle n'ait pu reprendre une position plus confortable, la bouche chaude de Titus était déjà écrasée contre le sommet de ses cuisses. Tellement fort, qu'elle en fut soulevée en l'air. S'agrippant au haut de la barre métallique qui encadrait la portière, elle gémit en essayant de faire le moins de bruit possible.

Titus se leva lentement, gardant Jade prisonnière de son étau. Il la lécha lentement comme pour se délecter de sa saveur, puis il l'embrassa sauvagement sur la bouche comme il avait rêvé de faire pendant toute la journée. Le fait de voir les autres loups de la meute la dévorer des yeux n'avait fait qu'intensifier son instinct de séduction.

Aurait-elle réagi ainsi si c'était l'un des autres loups qui l'avait envoûtée comme ça ? Le fait qu'elle soit en chaleur l'avait-elle rendue si faible qu'elle se soumettait à quiconque pouvait l'attraper ? De toute manière, il ne l'aurait pas permis.

En la palpant sous les cuisses, il la fit descendre sur l'avant de son corps. Il sentit son propre corps trembler lorsque sa chaude ouverture enveloppa le bout de son membre viril palpitant. Cédant à son instinct alpha, il l'empala d'un coup sec. Il expira d'un souffle frémissant et se pencha vers elle, entendant encore l'écho de ce qu'il avait grogné si fort dans sa propre tête : « TU ES À MOI ! ».

Saisissant toujours le haut de la barre métallique qui encadrait la portière d'une main, Jade attrapa son épaule de l'autre et essaya de se soulever pour soulager l'invasion soudaine qui la remplissait si étroitement, mais les mains de Titus restaient posées sur ses hanches pour la maintenir là où elle était positionnée. Ses lèvres s'écartèrent et elle inspira profondément, prête à crier d'extase.

- Chuuuttt ! Pas un bruit ! ! !

C'était un ordre de la part de Titus... pas une demande.

Elle allait devoir se soumettre à lui cette fois-ci, qu'elle le veuille ou non. Lorsque sa bouche se referma lentement et qu'elle baissa la tête pour plonger son regard dans le sien, Titus la souleva, lui faisant sentir chaque centimètre de son corps, pour ensuite la faire retomber sur lui avec force.

- N'oublie pas qu'ils ont une ouïe parfaite, Jade, l'avertit-il lorsque ses lèvres s'entrouvrirent à nouveau.

Elle aimait les défis et il venait de lui en donner un.

Jade ravala son cri en réalisant qu'elle était presque nue ; lui, n'avait que sa braguette ouverte. Le sentiment de vulnérabilité qu'elle ressentait était renforcé par le fait qu'il semblait maîtriser la situation, alors qu'elle, en revanche, ne pouvait même pas contrôler sa propre respiration. Il la tenait et la faisait bouger sur toute la longueur de son sexe comme si elle ne pesait rien, dominant ses mouvements tout en s'assurant qu'elle apprécie le voyage.

En le regardant dans le vague, elle remarqua la façon dont sa mâchoire se tenait et dont les muscles noueux de son cou fléchissaient à chaque mouvement. Elle aurait dû savoir qu'il ne fallait pas lever le regard pour regarder cet Alpha en pleine action. Ses yeux étaient fixés directement dans les siens. Il fit un nouvel aller-retour et quelque chose à l'intérieur de Jade explosa, lui coupant presque la respiration.

C'était plus fort qu'une pénétration. Elle voulut soudainement être marquée par cette puissance, et cette pensée la terrifiait au plus haut point, mais pourtant, elle voulait rester avec lui... pourquoi ?

Incapable de maintenir un contact visuel intense et

ayant besoin d'aide pour rester tranquille, elle lâcha le Hummer et se pencha sur lui, empoignant une touffe de ses cheveux blonds épais tout en attaquant ses lèvres avec la même férocité que celle avec laquelle il l'avait embrassée.

Elle ne savait plus combien de fois elle avait joui, ni combien de temps ils restèrent cachés derrière le Hummer, mais une chose dont elle était sûre, c'est qu'elle n'avait pas fait ça de manière discrète et silencieuse. Elle se retrouva le visage enfoui dans son cou et les lèvres pressées contre sa peau à l'odeur délicieuse lorsqu'il lui donna le coup de grâce, qui les poussa tous deux au septième ciel. Elle le sentait tressauter en elle alors que de la chaleur s'échappait de lui et que ses muscles se resserraient.

Jade ferma les yeux en percevant un goût de sang : la bouche collée au cou de Titus, elle tenait fermement entre ses dents un morceau de chair, qu'elle avait aspirée en sortant de son état d'extase.

Quant à Titus, il jouit même encore plus au moment où il sentit la douleur de sa morsure dans le creux de son cou faire contraste au plaisir procuré par la sensation d'avoir la verge serré à l'intérieur du corps de sa partenaire. Comme si chaque partie de son corps était concernée par cette vague. Jade l'avait marqué au plus fort de la passion... exactement ce qu'elle lui avait fait promettre de ne pas lui faire, à elle.

En inspirant fortement, il la serra contre lui afin qu'ils puissent prendre le temps de redescendre de leur état euphorique. Il fallait aussi qu'il réfléchisse à lui trouver un plan qui ne se retournerait pas contre lui.

Puis, il sentit très vite les dents de Jade le libérer. Il fronça les sourcils lorsqu'elle se cacha le visage encore plus profondément dans son cou. Il prit la décision de feindre l'indifférence face à tout cela.

En la soulevant pour l'écarter de son sexe toujours en érection, il la plaça debout et essaya de ne pas faire attention à la façon dont elle se tendait pour se stabiliser.

- J'espère que ça suffira, souffla-t-il en se remettant dans son pantalon et en refermant la braguette.

Jade fit tomber ses longs cheveux noirs en avant pour cacher la confusion qu'elle ressentait, mais aussi pour ne pas chercher à retrouver la marque qu'elle savait qu'elle venait de laisser sur la peau de Titus. Elle se lécha les lèvres en goûtant la saveur de son sang et ravala sa culpabilité. Ce n'était pas une marque d'accouplement... non, ce n'était pas ça. Elle avait entendu parler de femelles qui marquaient leurs compagnons, mais seulement après s'être marquées elles-mêmes. Mais là, ça n'avait fonctionné que dans un sens... elle n'en doutait pas une seconde.

Comme Jade ne lui répondait pas et ne le regardait pas, Titus s'agenouilla et attrapa son pantalon jeté au sol, lui tapotant la cheville pour lui indiquer qu'elle devait se glisser dedans. Il essaya de garder une respiration normale :

- Pose les mains sur mes épaules, lui dit-il en lui demandant de s'habiller et de se cacher pour qu'il puisse réfléchir.

Il soupira presque de soulagement en la voyant obéir en silence ; elle le laissa même remonter son pantalon et l'attacher à sa place. Comme elle restait immobile, il lui prit doucement le haut des bras et la fit descendre pour qu'elle puisse s'asseoir dans l'embrasure de la porte ouverte, tandis qu'il s'agenouillait à nouveau pour lui mettre ses chaussures aux pieds. Un peu comme si elle était une enfant. Mais cela ne le dérangeait pas : il voulait s'occuper d'elle et c'était la première fois qu'elle le laissait faire sans se battre avec lui.

Jade savait que quelque chose ne tournait pas rond dans sa tête ; elle se demandait même si elle n'était pas en état de choc. Elle se mordit la lèvre inférieure, s'avouant à elle-même que c'était une possibilité puisque Titus venait de l'habiller. Elle tressaillit à la seconde où sa main chaude lui emporta le menton pour lui tourner la tête et la forcer à le regarder. Elle le laissa faire et remarqua qu'il était déjà debout, la laissant fixer sans réfléchir le renflement situé au niveau de son entrejambe.

Titus serra les dents quand Jade tressaillit lorsqu'il la toucha. Il aurait donné n'importe quoi pour savoir ce qu'il se passait dans sa tête à ce moment même. Quand ses yeux confus et effrayés croisèrent les siens, il se sentit presque désolé pour elle. Elle lui faisait penser à un animal blessé qui ne savait pas comment se défendre... ça lui donnait envie de la sauver !

- Je t'ai fait mal ? demanda-t-il doucement, en voulant qu'elle réalise qu'il ne l'avait pas fait... enfin, pas volontairement du moins.

Jade fronça à nouveau les sourcils. À vrai dire, cela lui avait fait si mal qu'elle pouvait encore sentir des orgasmes fantômes se cogner contre sa culotte. Pourquoi ne montrait-il pas son cou en lui criant dessus ? Et justement, son regard se porta sur son cou et elle arrêta de respirer.

Titus avait remarqué qu'elle l'observait et nota la pâleur instantanée qui envahissait son visage. Il avait sa réponse.

- Quoi ?

Il fit semblant d'être confus et tira la porte vers lui,

afin de pouvoir se servir de la vitre comme d'un miroir. En se levant, il toucha doucement la marque de cette parfaite morsure au niveau de son cou et sourit.

- Au moins, cette fois-ci, c'était bien. La dernière fois que tu m'as mordu, c'était sur l'intérieur de la cuisse et ça m'a fait un mal de chien. Il haussa les épaules et lui rappela la douche qu'elle avait prise avec lui contre son gré. Ce qui est bien, finalement, c'est le fait que j'aime mélanger le plaisir et la douleur, ajouta-t-il pour s'assurer qu'elle comprenne qu'elle était hors de cause.

Jade détourna les yeux de son cou pour se recentrer sur son visage, essayant de se débarrasser du sentiment de rejet qui la faisait soudainement sortir de son étourdissement. N'importe qui d'autre aurait utilisé cette marque contre elle, mais pas lui. Il lui donnait une sortie de secours et cela ne faisait que prouver à quel point il était vraiment le parfait compagnon.

Titus lui demanda sur un ton inquiet si elle se sentait bien, car elle n'avait pas réagi à ce qu'il venait de lui dire. Elle avait l'air encore plus confuse et ce silence le tuait. Il fit un pas en arrière, puis elle se leva lentement. La confusion s'empara de lui lorsqu'elle lui tendit la main et lui palpa la joue en se levant sur la pointe des pieds pour l'embrasser doucement.

- Ça va mieux maintenant. Merci de m'avoir aidée.

Elle lui gratta doucement la joue tout en abaissant la main, puis elle se hissa entre lui et le véhicule.

À son tour, Titus fronça les sourcils en la regardant glisser devant lui et se diriger vers l'avant du magasin. Il secoua la tête en fermant la porte du Hummer et se mit à poursuivre sa compagne... parce que oui, c'était une marque d'accouplement, même si elle n'était pas d'accord avec cette idée.

*****

Alors que Michael et Damon avançaient plus loin au rayon « jouets » en quête d'autres enfants possédés, ils croisèrent Micah, qui s'était juste arrêté pour les informer de ce que Kane avait découvert. Puis le couguar partit rapidement pour continuer de faire passer le mot.

- Je suis content que quelqu'un ait enfin trouvé comment s'occuper de ces p'tits morveux, grogna Damon.

S'il ne pouvait pas s'empêcher de se sentir complètement hors de son élément, il se débattait avec la nécessité d'aller retrouver Alicia. Il était presque sûr qu'elle pouvait s'occuper d'un ou deux enfants possédés sans se blesser, mais l'idée qu'elle puisse faire face à certains de ces serpents démoniaques le dérangeait. En fin de compte, il ne se sentait tout simplement pas dans son élément, à moins qu'elle ne soit à portée de sa vue.

Michael haussa les épaules :

- Je ne suis pas surpris que ce soit Kane qui ait compris ça. Les enfants ont toujours été un point faible pour lui et il aime bien être avec eux.

- C'est parce que c'est un grand garçon de cinq ans. J'ai l'habitude de m'occuper d'adultes qui peuvent encaisser les coups, rétorqua Damon, ignorant le fait que tout ce qu'il se trouvait sur l'étagère à côté de lui venait de craquer sous le poids de sa colère. Il regarda les petites voitures cassées comme si c'était leur faute.

- Et si Alicia tombait enceinte ? Vous feriez comment ? s'enquit Michael, qui voulait que Damon envisage la situation sous un autre angle.

Il jeta un regard en arrière pour mieux voir son frère

et aurait juré avoir vu une touche de couleur apparaître sur ses joues et ses yeux s'élargir... peut-être était-il confus face à ce qu'il venait d'entendre. Il avala son rire en attendant sa réponse.

- Je m'occuperai de ça au moment voulu, dit doucement Damon, qui admit apprécier le fait qu'Alicia porte un jour son enfant. J'ajoute que celui-ci ne pourra jamais être possédé par des démons, quels qu'ils soient.

Il fronça les sourcils en se demandant à quoi ressemblerait le mélange de lui et d'Alicia. Il visualisa une petite fille qui ressemblait à sa maman mais qui avait le problème de son père avec des objets qui explosaient autour d'elle à chaque fois qu'elle piquait une crise. Il grimaça à cette image.

Michael stoppa net lorsqu'il perçut du mouvement sur une des étagères au niveau des peluches.

- Qu'est-ce qui's'passe ? l'interrogea Damon, qui avait besoin de quelque chose pour se changer les idées... parce qu'il se disait que, pour faire des bébés, ils devraient beaucoup faire l'amour, et il n'était pas sûr que le fait qu'ils soient tous les deux d'une race différente leur permette de procréer... mais ce qui est sûr, c'est que cette perspective risque de l'amuser beaucoup, et que cela vaudrait la peine d'essayer. !

- J'aurais juré avoir vu quelque chose bouger, répondit Michael, aiguisant son regard sur les rangées de nounours.

Damon laissa son regard suivre celui de son frère. Il fit une grimace en voyant plusieurs peluches bouger... et il ne voulait pas dire qu'elles étaient tout simplement tombées de l'étagère par accident : leurs bras, tout comme leurs jambes, bougeaient et plusieurs têtes se tournaient lentement dans leur direction, leurs petits yeux brillants sous la lumière fluorescente.

- Meuh nooooon, chuchota-t-il. Ce n'est pas effrayant du tooooouuuut.

Michael regarda les animaux tomber des étagères et se diriger maladroitement vers eux.

- Ce ne sont pas des démons de l'ombre... ils ne peuvent que prendre possession de chair et de sang.

- Donc, quelque chose de plus puissant essaie enfin de se présenter ! déclara Damon avec un léger sourire en faisant craquer ses articulations. Maintenant, il trouvait les choses à son goût. Je peux ?

Michael fit un pas en arrière et leva les mains.

- Vas-y, si ça peut t'aider à te sentir mieux.

Il ne put se retenir de rire en regardant Damon s'approcher de la peluche la plus proche de lui : il vit son frère l'exploser dans un tourbillon de polyester et de rembourrage. En un temps record, les animaux en peluches se retrouvèrent tous dans un nuage capitonné tout mou, ou bien attachés les uns aux autres comme un énorme bretzel déformé.

- Bon, voyons maint'nant si on peut convaincre le vrai démon de venir jouer avec nous, déclara Michael, qui savait que Damon serait heureux d'avoir enfin quelque chose à mutiler, et qui n'irait pas pleurer chez sa maman. Ses pensées s'assombrirent pendant un moment, alors qu'en même temps, il avait hâte de goûter le sang du démon qui contrôlait tout ce chaos.

Le sourire satisfait de Damon glissa de ses lèvres alors qu'il répétait d'une voix tendue :

- Il y a quelque chose de plus puissant dans ce magasin.

- C'est bien c'qu'on disait tout à l'heure, lui confirma son frère en fronçant les sourcils parce qu'il venait de saisir que de Damon avait mis autant de temps à comprendre.

Ce dernier grogna et tourna la tête pour regarder Michael comme s'il était idiot.

- … et Alicia est quelque part ici !

Quand Michael eut la mauvaise idée de le regarder, Damon sentit sa colère s'apaiser. Les étagères en métal entre lesquelles il se tenait s'effondraient en s'écrasant au sol.

- Nous la retrouverons… par tous les moyens… allons-y ! lui dit calmement son frère, qui soupira quand Damon disparut tellement vite qu'il se dit qu'il n'était même pas sûr de l'avoir vu bouger.

Il pouvait sentir dans quelle direction il était parti et se retourna pour le suivre. Et d'ailleurs, tiens, en parlant de baby-sitting... Damon était plus un handicap pour ce magasin que ce que pouvaient espérer une centaine d'enfants possédés. Il eut même de la peine pour le démon au cas où Alicia avait un cheveu de travers…

Il s'arrêta pour réfléchir ; puis il haussa les épaules en réalisant qu'il ne devrait pas être là à critiquer son frère, parce que si Aurora était venue avec lui, il ne l'aurait même pas laissée sortir de son champ de vision. Même pas en rêve.

*****

Frustré une fois de plus, Zeke s'obstina à passer par la porte arrière de la partie du magasin reversée à la jardinerie, pour voir des étincelles sauter en l'air et se faire balancer en arrière. Il atterrit sur les fesses, et il eut très mal.

Il enfouit sa tête dans ses mains qui le picotaient et

s'assit sur le béton pendant un moment. Peter Pan avait pleuré lorsque les garçons perdus l'avaient abandonné et c'est exactement ce que Zeke avait envie de faire maintenant. Les garçons perdus qu'il avait choisis s'étaient retournés contre lui quand les bêtes de l'ombre étaient venues en lui disant qu'elles mangeraient son âme.

Pourquoi cela lui arrivait-il ? Il voulait juste se faire passer pour Peter Pan pendant un moment. De toute façon, aurait rendu les enfants humains à leurs parents ; il l'avait promis ! Mais il était maintenant trop tard et il allait être puni pour ce qu'il avait fait.

Il n'avait pu jouer que quelques minutes avant que le magasin ne commence à se remplir de ces bêtes de l'ombre, qui appartenaient manifestement à quelque chose de beaucoup plus puissant que lui, et qui étaient à sa recherche. Et comme si tout ça n'était pas suffisant, elles avaient même trouvé un moyen de l'empêcher de sortir du bâtiment.

Ses yeux se recentrèrent lorsqu'il sentit l'avertissement silencieux de ses démons de l'ombre. Tournant le regard à droite, il fit rapidement léviter plusieurs fourches de leurs crochets et poignarda les serpents qui lui filaient droit dessus. En les entendant siffler de rage, la colère qu'il avait réprimée finit par se dissiper. Ensuite, il emplit d'énormes sacs de gros sel vides qui jonchaient le sol de ces serpents, qui se tortillaient dans leurs tombes blanches. Zeke avait toujours détesté le sel parce qu'il lui brûlait la peau, mais pour l'instant, il le trouvait absolument génial.

Autour de lui, l'air se figea soudainement... plus épais et plus lourd. Son petit corps se tendit alors qu'il sentait le danger approcher. Avant qu'il ne puisse réagir face à cette menace, une multitude de ses démons de l'ombre l'entourèrent dans l'obscurité. Il se réjouit de ce réconfort et se demanda si c'était ce qu'il ressentirait dans les bras d'une mère.

Il laissa les démons de l'ombre le tirer encore plus loin dans l'obscurité pour le cacher loin de ce qui était à se recherche.

Alicia et Tabatha entrèrent prudemment dans la pièce géante réservée au jardinage. Jusqu'à présent, elles avaient rassemblé plusieurs enfants endormis et les avaient remis aux flics positionnés à l'extérieur du magasin ; elles avaient même sauvé deux parents dont les enfants aux yeux noirs semblaient garder en otage.

Tabatha se disait qu'elle aimait être dans ce rayon parce qu'il semblait vraiment paisible, à cette heure de la nuit, un peu comme une maison verte géante aux portes extérieures fermées et à la plupart des lumières éteintes... elle sentit un petit sourire triste se dessiner aux coins de ses lèvres parce que tout cet univers lui rappelait le travail dont elle s'était récemment éloignée. Elle se demandait comment allaient les gardes forestiers, maintenant qu'elle et Jason avaient tous deux abandonné leur poste.

Les deux femmes ralentirent leur cadence lorsqu'elles passèrent des rangées d'arbustes, pour ressortir au milieu des grandes décorations d'Halloween que l'on voit habituellement devant les maisons à cette époque de l'année.

Tabatha contourna un faux zombie qui semblait sortir d'une tombe. Elle se crispa, n'appréciant pas les souvenirs que cette scène lui remémorait.

Alicia frissonna intérieurement.

- J'ai beau aimer Halloween, mais maintenant que la

ville grouille de choses réelles et bizarres qui se bousculent dans la nuit, certaines de ces décorations me font peur.

Tabatha regarda autour d'elle en faisant un signe de tête :

- Bien d'accord avec toi. Elle désigna une sorcière à l'allure très réaliste qui se tenait au-dessus d'une lueur dans un chaudron sombre. Regarde celle-là.

Alicia fit un effort, prit son courage à deux mains et se posta devant la décoration en la regardant fixement, même si elle était horriblement laide et bien trop réelle pour qu'elle la trouve à son goût. Son regard se leva et pendant un instant, elle se demanda s'il ne s'agissait pas d'un hologramme. La sorcière avait l'air vraiment vivante.

Un frisson monta le long de sa colonne vertébrale et elle saisit instinctivement le bras de Tabatha pour l'éloigner.

- Partons d'ici.

- Ouais, murmura Tabatha, qui suivit Alicia, ne comprenant pas bien ce qui les faisait craindre, elle et son amie, pour une décoration de saison, mais elle n'avait jamais été du genre à ignorer son instinct.

Elles levèrent les yeux au moment où la sorcière se précipitait brusquement sur elles. Tabatha se figea pratiquement sur place, mais elle finit par réagir rapidement lorsque Alicia l'écarta d'un coup de l'allée. D'un geste tellement brusque et inattendu qu'elle en perdit l'équilibre, pour se retrouver à genoux sur le sol. Elle cligna des yeux devant l'ironie de se retrouver soudain nez à nez avec le faux zombie… pour réaliser au bout de quelques secondes que les doigts pourris de la chose, qui étaient tendus vers elle, s'étaient mis à trembler... elle se mit à crier. Avant même qu'elle ait eu le temps de se redresser, Alicia était déjà revenue près d'elle. Elle la secouait.

Tabatha parcourut tant bien que mal le reste du chemin. Et puis, tournée dans leur direction, la tête s'éleva lentement en sifflant violemment. D'un visage de cuir fendu, il exhibait des rangées de dents cassées qui semblaient vertes et gluantes. Et quand tout cela n'était plus qu'un vilain souvenir, tout un tas de serpents se mit à en sortir de la bouche.

- Non, non, et non ! chanta Alicia comme si c'était un mantra, alors qu'ils commençaient à reculer.

Puis, le corps se mit à s'aspirer lui-même et les serpents se hâtèrent d'en sortir, mais les filles n'attendirent pour regarder ce spectacle.

Elles prirent un raccourci pour atteindre le rayon qui allait les ramener dans la partie principale du bâtiment, puis elles passèrent un virage qui se révéla être une grande allée au travers des arbustes, avant de se trouver face à face avec un énorme nuage noir palpitant qui leur bloquait le passage.

Tabatha ne ralentit pas son rythme, certaine qu'Alicia ne le ferait pas de peur de se faire rattraper par les serpents qui les talonnaient.

Alors qu'elles franchissaient la barricade des démons de l'ombre, Tabatha sentit une présence dans l'obscurité. Elle s'en approcha, pensant que c'était un enfant possédé qu'il fallait sauver. En ressortant de la barricade avec l'enfant bien enveloppé dans les bras, elle se retourna rapidement afin de s'assurer qu'Alicia était toujours avec elle.

- Ils vont manger mon âme, se plaignit Zeke à voix haute tout en s'accrochant à celle qui essayait de le sauver. Faites-moi sortir d'ici avant qu'ils m'attrapent.

Alicia faillit rentrer dans Tabatha, mais elle s'arrêta en dérapant et se retourna pour regarder fixement la chose qui était dans les bras de son amie.

- Pose-le, siffla-t-elle en commençant à paniquer.

- Hein ? questionna une Tabatha confuse qui reculait lentement devant le nuage noir qui semblait les aider pour une raison inexpliquée.

- Ce... ce n'est pas un vrai enfant, expliqua Alicia en bougeant rapidement ses mains comme si elle repoussait désespérément quelque chose.

- Tu es méchante... et moche ! lui cria Zeke tout en glissant hors de la douce emprise qu'il avait pourtant appréciée.

L'enfant s'envola à une vitesse incroyable, juste au moment où le nuage noir scintillant s'étendait vers eux, comme si quelque chose s'y opposait de l'autre côté. Quelques serpents se frayèrent un chemin à travers des orifices, mais au lieu d'attaquer les filles, ils s'envolèrent après le garçon.

- Ce n'est peut-être pas un enfant humain... mais c'est quand même un enfant, chuchota Tabatha, qui avait senti la peur irradier sur le garçon. Et en ce moment, cet enfant est mort de trouille. Il a peur que quelque chose avale son âme, ce qui n'est probablement pas un bon signe.

- Ce démon avait peut-être la forme d'un enfant... mais ce n'est qu'une ruse, insista Alicia, qui savait très bien que la règle numéro un face aux démons était de ne jamais leur faire confiance.

- Tu es juste en colère parce qu'il t'a traitée de méchante et de moche, sourit Tabatha. Mais on va essayer de s'arranger. C'était un enfant démoniaque et je pense que si nous l'attrapons, nous pourrons peut-être découvrir ce qu'il se passe vraiment ici.

Alicia acquiesça, parce qu'au point où elle en était, elle aurait accepté n'importe quoi, tant que ça pouvait l'éloigner de la pelouse et du jardin infestés de serpents.

CHAPITRE 13

Michael sentit l'approche du démon une seconde avant que la chose ne le dépasse à une vitesse affolante. Bizarrement, on aurait dit que Peter Pan était poursuivi par une bande de ces bêtes de l'ombre, exactement comme celle qui l'avait mordu tout à l'heure. D'ailleurs, il aurait bien aimé avoir une caméra vidéo en marche quand celle qui avait une forme de serpent s'était mise à traverser le dos de Damon.

Ce dernier s'était complètement figé sur place en sentant quelque chose de glacial qui l'oppressait. Il eut à peine le temps de le voir sortir de sa poitrine, puis il l'attrapa pour l'arracher des airs, mais trop tard… cette chose s'était déjà volatilisée.

- Rhhhhôôôôô… bordel… se plaignit-il doucement, n'appréciant pas la sensation transie causée par cet événement.

- C'est arrivé si vite que je n'ai pas le temps de te prévenir, l'informa Michael en haussant les épaules pour s'excuser.

C'est tout ce qu'il trouva à faire pour ne pas rigoler, parce qu'en fait, il avait trouvé la scène assez amusante à regarder.

Damon fronça les sourcils dans la direction où la chose s'en était allée, puis il se tourna vers sa compagne, qui semblait s'être lancée à sa poursuite. Se plaçant directement sur son passage, il leva un sourcil sévère à son attention. Elle stoppa net dans son élan, juste à quelques centimètres de lui.

- Pourquoi on chasse les démons au lieu de sauver des enfants ? s'enquit-il.

- C'est un enfant démoniaque, alors ça compte, souligna Tabatha, en prenant la défense de sa belle-sœur, qui, à ce moment-là, semblait sur le point de se prendre une fessée. Elle fronça les sourcils en ajoutant : et comme tu peux le constater... il faut qu'on agisse.

Elle fit un pas en arrière parce que Damon la regardait fixement.

Tout en réfléchissant, Alicia dit d'une voix suave :

- Alleeeeez… viens-là, chériiiiii ! J'essayais juste de poursuivre cette chose pour qu'elle aille vers toi, et que tu puisses l'attraper. Elle fit la moue. C'est pas ma faute si tu l'as laissée te passer devant.

- … ou plutôt, à travers toi, ne put s'empêcher d'ajouter Michael.

Il reçut le même regard que Tabatha venait de se prendre.

- Bon, très bien. Dans ce cas, voyons lequel de nous deux pourra attraper ce démon en premier, proposa Alicia en espérant que Damon morde à l'hameçon.

- Attrapez-le... mais ne lui faites pas de mal, intervint rapidement Tabatha. Je ne pense pas que ce soit lui le démon, ici.

- C'est un démon, dit Damon, qui n'aimait toujours pas qu'Alicia s'en approche. Il se frotta la tempe puis fit un lent sourire à son amante. Et si je gagne, tu devras m'obéir pour le reste de la nuit. À vos marques !

Alicia ferma les yeux et Damon disparut soudainement.

- Héééé ! Qu'est-ce qu'il s'est passé ? Fallait dire « prêts, feu, partez » ! ! ! ?

- Ça s'appelle « tricher », lui dit Tabatha en partant à la poursuite de Damon pour s'assurer qu'il ne casserait pas le jeune garçon en mille morceaux. Elle sentait encore ses petits bras s'accrocher à elle et cela lui faisait mal au cœur.

Lorsqu'ils eurent rattrapé Damon, il tenait déjà le petit garçon par le cou et le tenait en l'air, loin de la multitude de serpents qui venaient vers lui.

- Allez, petit démon ! Vas-y, dis-nous tout ! Sinon, je vais me débrouiller pour que tu leur serves de nourriture, s'exclama Damon, qui veillait tant bien que mal à tenir les serpents à distance.

Ils étaient vifs, en plus de se tortiller dans tous les sens, ils ne se présentaient pas forcément de manière physique, ce qui signifiait qu'il lui était compliqué de les repousser.

- Tout ce que je voulais, c'était jouer avec mes nouveaux amis, lui dit Zeke en donnant un coup de pied à son puissant tyran. C'est toi qui as mis cette stupide barrière autour de cet endroit, pour qu'on ne puisse pas s'enfuir !

- Les sales petits morveux comme toi n'ont pas le droit de jouer avec des jouets qui ne leur appartiennent pas... comme des enfants humains, par exemple, grogna Damon.

- Je ne suis pas un gamin, et je partirai tout seul, si tu me laisses sortir d'ici. Comme ça, on n'aura plus jamais à se revoir, poursuivit Zeke, en plantant un pied vert botté contre la joue de Damon. Pourtant, il ne cherchait pas à énerver le grand homme. Il essayait juste de lui grimper dessus pour pouvoir s'éloigner des bêtes de l'ombre.

- Aurais-tu par hasard quelque chose qu'ils veulent ? le questionna Damon avec curiosité, alors qu'il se concentrait sur la déstabilisation de l'air autour de lui, afin que les ombres retombent sur le sol.

- Oui, une âme. Et j'aimerais la garder, répondit Zeke, d'une voix aiguë.

Michael faisait tout pour que les filles restent loin du spectacle qui se déroulait devant eux, lorsqu'il remarqua que les serpents se glissaient dans la bouche les uns des autres, comme s'ils se nourrissaient. Sauf qu'il ne savait pas que Damon en était la cause.

- Damon ! Fais gaffe ! cria Michael afin d'attirer l'attention de son frère.

Au moment où Zeke parvint enfin à ramper sur Damon, il remarqua que les serpents étaient en train de fusionner ensemble, formant une sorte d'énorme serpent qui grossissait à vue d'œil. Au bout de quelques secondes, il était pratiquement assis sur la tête de son assaillant, lui prenant fermement la chevelure noire en main afin de garder l'équilibre. Face à lui, Damon semblait coopérer, puisqu'il lui avait lâché le cou et ne tenait plus que sur une seule cheville.

Le serpent géant semblait siffler tant qu'il pouvait en étendant son corps de tout son long, reculant en faisant tomber une étagère ; des dizaines de serpents plus petits lui glissaient tout autour comme des mini-chiensde-garde. Il se déplaçait dans le rythme hypnotique réputé des serpents tout en gardant un œil méfiant sur l'entité puissante qui aidait l'enfant. Il attendait que son maître, qui pouvait suivre ses fait et gestes grâce à leur lien secret, lui donne les instructions à suivre.

- Donne-nous le cristal… ou nous t'avalerons avec.

Zeke sursauta lorsque cette hideuse voix désincarnée rompit le silence dans une sorte de surtension électrique qui provoqua un court-circuit dans le bâtiment. Il pouvait entendre différentes réactions résonner dans le magasin suite à cette coupure de courant, comme des cris et des malédictions en tous genre. Un silence sinistre s'ensuivit.

- Et donc... tu as ce qu'il veut, se dit Damon, alors que l'éclairage d'urgence s'alluma, laissant d'immenses zones du bâtiment dans le noir.

Zeke fixa des yeux l'énorme serpent en se disant que la voix n'en sortait pas pour de vrai : elle était venue comme ça, de partout autour d'eux. Était-ce le cristal que le ou la propriétaire de cette voix effrayante voulait obtenir ? Il leva le doigt et l'observa en espérant que de la lumière cristallisée sorte de l'endroit par lequel elle était entrée, mais rien ne se passa. Il tenta de faire activer les choses en agitant la main, mais en vain.

- Il ne veut pas sortir, cria Zeke d'une voix paniquée.

Le cristal était en lui et s'il ne pouvait pas le faire sortir, les serpents - ou ce qui les contrôlait - l'avaleraient à coup sûr... comme son âme et tout le reste.

Suivant l'ordre silencieux de son maître, le serpent s'avança en bruissant comme un fouet. Revenant en arrière, il lança des dizaines de petits serpents en l'air, les envoyant directement sur Zeke avec une précision mortelle.

Damon lâcha la cheville du garçon pour qu'il puisse stopper les projectiles, mais deux d'entre eux le dépassèrent en se transformant en fumée, pour ensuite lui planter leurs crocs acérés dès qu'ils l'atteignirent.

Zeke sentit la douleur exploser à plusieurs endroits et hurla un « sale meurtrier » faisant écho dans les lieux. Sans savoir qu'il avait acquis une force nouvelle, il se servit des épaules de Damon comme d'un tremplin et sauta en l'air, parvenant à facilement franchir le plafond. Dès qu'il se retrouva dans le faux plafond, les démons de l'ombre l'enveloppèrent, l'éloignant ainsi du danger.

Sentant le petit démon s'éloigner, le corps de l'énorme serpent se fendit au sol, essayant de rester sous la trajectoire de l'enfant. Il n'avait pas encore accompli les demandes de son maître et ne serait pas récompensé par les âmes qu'elle avait promis de lui donner à manger. Il s'arrêta, soudainement bloqué par l'allié puissant du garçon.

- Voyons voir… j'aimerais savoir si je peux te détacher la peau du corps, indiqua Damon comme s'il lui demandait tout simplement de danser.

Il sourit en voyant une épaisseur de la peau du serpent commencer à se fissurer et à peler. Des morceaux se mirent à fumer alors que la créature tentait de se sauver, mais il avait prévu cette réaction. Au moins, il apprenait vite. L'air autour du corps du serpent se sépara pour se recomposer très vite, provoquant ainsi un violent coup de tonnerre qui retentit dans tout le magasin.

Concentrer son pouvoir pour briser l'air était un nouveau concept pour Damon, mais il continua de faire ce qu'il avait à faire ; les démons fumants semblaient s'endurcir en descendant au niveau du sol dans une multitude de bruits sourds.

Damon décida de passer au plan B, parce qu'il savait qu'il mettrait une éternité pour tous les tuer de cette manière. Comme ça, il verrait si la chose était assez stupide pour le mener jusqu'à son maître. Il n'était pas un grand fan des démons, mais Tabatha et Alicia avaient raison : ce nain de démon que cette vilaine chose harcelait n'était qu'un enfant. Ce qu'il restait de l'énorme serpent s'élançait dans un autre rayon, laissant une traînée de serpents plus petits se disperser dans une tentative très futile d'échapper à leur sort.

Le sourire de Damon persista néanmoins, mais la lumière dans ses yeux devint diabolique alors qu'il poursuivait le reptile.

- Bon… alors… lequel des deux on poursuit : lui, ou l'enfant démon ? s'enquit Alicia en regardant le trou du faux plafond et en se demandant dans quelle direction le garçon était parti.

- La bête veut l'enfant, et Damon veut la bête ; il y a donc de bonnes chances pour qu'ils aillent tous dans la même direction, répondit Tabatha, plus inquiète pour la sécurité du jeune garçon que pour celle de Damon.

Ils entendirent quelque chose s'écraser et crisser bruyamment et Michael secoua la tête en voyant Damon revenir dans leur champ de vision.

- Tant pis pour le plan B... cette maudite chose a essayé de me mordre, expliqua-il avec colère, bien conscient que son tempérament était son propre pire ennemi. Il fixa immédiatement l'homme blond qui marchait vers eux depuis la droite. Et putain ? Où t'étais passé pendant tout c'temps, hein ? ?

- Je jouais aux billes, dit Kane, qui n'avait pas perdu son sens de l'humour. Et j'ai gagné !

Tabatha courut vers lui et se mit à lui raconter tout ce qu'il s'était passé, mais il plaça rapidement deux doigts contre ses lèvres pour la faire taire.

- Je sais déjà tout lui dit Kane, le regard fixe.

Et comme personne n'était jamais assez protecteur, dans la famille, il était resté connecté mentalement à Tabatha en permanence. De plus, il pouvait entendre les pensées des autres et avait même capté quelques chuchotements de démons. Par contre, ce qui avait le plus attiré son attention était le lien qui s'était créé instantanément entre Tabatha et l'enfant démon effrayé. Il l'avait ressenti dès l'instant où elle avait touché le petit garçon.

- Si tu veux que je sauve cet enfant, il faut que tu m'attendes dehors.

Kane lança un regard à Damon parce qu'il savait déjà ce qu'il allait se passer.

- Alicia lui tiendra compagnie, s'empressa d'ajouter Damon.

À la seconde où Alicia commençait à contester, Damon lui rappela un détail :

- Je crois qu'on avait un marché qui disait que si j'attrapais l'enfant en premier, tu devrais m'obéir pour le reste de la nuit.

- Maintenant, le magasin est pratiquement vide… j'aimerais que cela ne change pas, dit Kane en s'adressant à Damon. On dirait que les démons sont piégés ici par celui qui a eu la gentillesse de mettre une barrière en place. Utilisons cette situation à notre avantage sans que les otages n'interfèrent.

- Un tour de garde, en quelque sorte, dit Damon en hochant la tête et en tapant sur l'épaule de Michael. Et toi, j'espère que tu mangeras personne, ce soir... pas de maître démon non plus !

- Pourtant, on dirait que ce sont ceux qui mordent le plus, ce soir, remarqua Michael en levant la main pour attirer l'attention de tout le monde sur le fait que le serpent mourant venait de planter ses dents dans le bord de sa paume. Il sourit en le voyant se transformer en cendres, constatant qu'en même temps, sa blessure guérissait sous les yeux de tous. Cependant… je ne pense pas que ce qu'ils ont sous la dent soit à leur goût.

*****

Storm s'appuya contre le lampadaire du coin le plus éloigné du parking, qui ne fonctionnait pas, d'ailleurs, et se soigna le nez en sang. Il avait en prime un bon mal de tête. Il était heureux d'avoir pu constater que la panne d'électricité ait créé cette zone d'ombre, car elle dissimulait sa présence, et la pénombre lui apaisait les yeux, et tout ce qui se trouvait au-dessus de la lueur douce de la lune serait atroce pour lui, en ce moment même.

Il avait fait tout ce qu'il pouvait pour les aider… il en payait maintenant le prix. Il avait enfreint plus d'une fois les règles d'un Voyageur du Temps afin de « corriger » les morts non naturelles... et là, plusieurs concernaient des enfants. Au moins, ce soir, le nombre de morts avait bien diminué, et le nombre de victimes au sein des membres de l'EEP était retombé à un : Chad ; il espérait d'ailleurs que Vincent s'occupait de lui quelque part dans le bâtiment. Au moins, avec ces deux hommes, s'ils mouraient, ils s'en remettraient.

Au départ, il avait essayé d'empêcher les humains d'être possédés, mais en raison de l'implication du gardien dans cette situation, son intervention avait été rejetée à maintes reprises. Il avait découvert qu'il ne pouvait pas agir lorsque quiconque était sous l'influence des démons sacrés maniant le cristal. Pour ce faire, il devait attendre que les démons les libèrent de leurs lignes temporelles croisées.

Les amener chez un guérisseur avant que leur cœur ne s'arrête était son dernier recours, mais heureusement, il n'avait pas eu besoin d'aller dans ce sens.

S'efforçant de discerner son environnement à travers la brume rouge qui remplissait l'un de ses yeux, il vit Damon sortir du magasin. Il essaya immédiatement de se téléporter pour demander au demi-dieu de l'informer sur ce qu'il se passait dans l'établissement, mais il constata qu'il n'avait même plus le pouvoir de traverser le parking. Ses genoux s'affaiblirent et il glissa lentement le long du poteau, ne pouvant plus rester debout.

Un profond gloussement lui échappa des lèvres face à cette ironie du sort et il s'affaissa sur le sol. Il avait besoin de la seule et unique personne en qui il avait confiance, les rares fois où il avait été assez stupide pour atteindre cet état d'affaiblissement dangereux : Ren. Mais il avait déjà remonté le temps jusqu'au matin et avait téléporté Ren et Lacey au-delà des événements de la journée pour les protéger.

Il ne voulait pas faire prendre de risques à Ren, qui aurait certainement détourné ses pouvoirs de Voyageur du Temps afin de tenter de les utiliser dans la ligne du temps du gardien, et il avait craint que ce dernier ne subisse la même punition douloureuse que lui… voire, même, bien pire que la sienne... comme, par exemple, causer une déchirure dans le temps dans laquelle il aurait pu se perdre. Pour éviter cela, il avait complètement écarté Ren de l'équation en le faisant sauter au-delà du point de danger.

Il savait qu'il était en sécurité, car ce dernier ne pouvait pas lui soutirer un pouvoir qu'il n'avait même pas à ce moment précis. Il clignait des yeux en se disant qu'il oubliait quelque chose d'important… mais il lui était de plus en plus difficile de penser clairement… et d'où venait cette lumière vive ?

- Storm ? !

C'était Evey. Elle s'arrêta lentement devant lui. Elle surveillait les va-et-vient des gens sur le parking quand elle avait remarqué qu'une forme de vie avait surgi à une bonne distance des autres.

Avec toute l'activité qui se déroulait près des portes d'entrée, personne ne l'avait remarquée lorsqu'elle avait discrètement mis son moteur en marche et qu'elle s'était déplacée vers la zone sombre du parking. En la parcourant de la lumière de ses phares, elle fut surprise de découvrir que c'était Storm, et que ses signes vitaux n'étaient pas bons.

- Hé soleil ! ! Tu pourrais pas baisser d'un ton ? chuchota Storm d'une voix râpeuse, alors qu'il se protégeait les yeux et essayait de se détourner des phares éblouissants qui creusaient des trous dans son cerveau.

Elle éteignit immédiatement ses phares et recula pour faire en sorte qu'en revenant, la portière du côté passager soit juste face à lui. La porte arrière s'ouvrit automatiquement.

- Je viens de te vérifier avec mes scanners… tu as une hémorragie interne à plusieurs endroits, y compris au niveau du cerveau. Apparemment, ça a débloqué un protocole caché dont je n'avais pas connaissance jusqu'à présent et que, si j'ai bien compris, j'oublierai après t'avoir conduit auprès d'une personne bien précise, expliqua Evey d'une voix douce et apaisante. Allez, viens en moi, et je t'emmènerai là où tu dois être.

- Toujours ces sous-entendus sexuels... soupira Storm, qui rampa finalement sur le siège arrière qu'il avait jusqu'alors évité. Ren devrait se pointer à environ un kilomètre d'ici, dans la rue principale. Il réprima une envie de rire, parce qu'il savait que cela lui ferait mal. Il attendra à côté d'un panneau d'affichage, à se demander ce qu'il vient de lui arriver.

- Oh, dit Evey, qui s'amusait comme une folle.

Malgré la douleur, Storm fit un sourire tandis que le rire sensuel d'Evey lui emplissait les oreilles.

*****

Ren et Lacey sortirent du téléporteur et regardèrent autour d'eux pendant un moment, se demandant ce qu'il venait de se passer. Ren était un peu plus habitué, mais sa surprise était bel et bien là. Il se trouvait à la hauteur de l'étroit rebord permettant d'assurer la maintenance d'un panneau d'affichage numérique. C'était un peu comme se tenir devant une télévision à écran plat géante qui se trouvait sous un tas d'étoiles.

Il se retourna pour le regarder et fronça les sourcils devant ce qu'il annonçait.

- Ahhhh ! Storm et son sens de l'humour !

C'était une publicité contre le suicide qui vous demandait d'attendre l'aide de Dieu... juste avant de sauter.

- Très drôle... toujours aussi tordu, ce vieux ! grogna Ren.

- Qu'est-ce qu'il se passe ? demanda Lacey, qui ne

savait pas si elle avait peur ou si elle était exaltée par le fait de se retrouver là où ils étaient. Il y a un instant, on était en pleine journée et maintenant, c'est le milieu de la nuit.

- Storm nous a téléportés ici pour une bonne raison, Lacey, expliqua Ren. On va découvrir pourquoi dans quelques instants, je suppose.

- Ça doit être l'enfer de savoir quel jour on est vraiment quand on traîne avec un Voyageur du Temps, murmura Lacey. Elle réalisa soudain que ses bras étaient coincés autour du cou de Ren et que leurs corps étaient pressés l'un contre l'autre... mais Ren ne semblait pas s'en plaindre. Elle fronça les sourcils, essayant d'imaginer Storm figeant le temps suffisamment longtemps pour les placer aussi près l'un de l'autre.

Elle baissa les bras et s'éloigna de lui, mais elle perdit l'équilibre parce que son pied était posé sur le rebord de l'étroite corniche métallique sur laquelle ils se tenaient. Elle ferma les yeux un instant, pour se retrouver dans la même position qu'au départ.

Lorsqu'elle tenta de se détacher une fois plus de son étreinte avec Ren, celui-ci resserra les bras :

- Peut-être que ce serait plus sûr si je m'accrochais à toi pour le moment, suggéra-t-il, n'aimant pas la façon dont son cœur venait de sauter dans sa cage thoracique lorsque l'idée de la voir tomber d'aussi haut l'avait effleuré.

Le panneau d'affichage changea soudainement d'aspect, et Lacey et Ren levèrent le regard pour pouvoir mieux voir de quoi il s'agissait. Ren fronça encore les sourcils lorsqu'il vit qu'il s'agissait d'un point météo qui précisait : "Une tempête arrive, prenez vos précautions".

- On n'est pas censés descendre et trouver un abri ?

s'inquiéta Lacey en priant pour qu'il s'agisse d'une plaisanterie.

Ren secoua la tête :

- Je n'en suis pas sûr mais, comme je te l'ai dit, Storm a une bonne raison de nous avoir amenés jusqu'ici.

La publicité changea brusquement à nouveau, passant cette fois-ci à un message de la part d'Hallmark[1] indiquant : "Pardonnez à ceux que vous aimez".

Lacey fronça un sourcil : "Pardonnez"... quelqu'un a fait quelque chose de stupide ?

Ren soupira avec une idée en tête.

- C'est ça ! Je suis presque sûr de savoir qui c'est !

Il ressentit instantanément un lien avec l'un de ses ordinateurs vivants préférés, puis son regard descendit sur la route déserte, pour voir Evey tracer sa piste à pleine vitesse dans un virage en aiguille.

- Rhô putain ! Qu'est-ce que j'aimerais pouvoir conduire aussi bien ! grogna Lacey.

- Tu sais, des fois, ça dépend juste de la voiture, sourit Ren. C'est Evey. Son protocole d'urgence a dû se mettre en place.

- Evey ? C'est qui ? s'enquit Lacey en se demandant d'où venait le léger sentiment de jalousie qui naissait au fond d'elle.

Ren sentit le pic de ses émotions et savoura en silence le sens caché qu'il véhiculait. Il adorait le fait qu'il puisse être au courant de certaines choses que Lacey ne pouvait pas lui cacher... même si elle le voulait.

- Evey est une voiture que j'ai construite pour un

---

[1] Hallmark Cards est une entreprise américaine de cartes de vœux et d'articles de fête fondée en 1910.

autre membre de l'EEP, parce que des démons avaient piétiné la sienne. Pour lui faire une blague, je lui ai donné une voix et une personnalité… histoire de la reconnaître. Maintenant, elle fait partie intégrante de l'EEP, comme n'importe qui d'autre, d'ailleurs.

- Tu la décris comme si elle était humaine, dit Lacey sur un ton sceptique dans la voix.

Ren haussa les épaules à l'approche de la belle voiture :

- Une fois que tu l'auras rencontrée, tu comprendras pourquoi.

Quand Evey s'arrêta sous le panneau d'affichage numérique, Ren serra un peu plus fort la taille de Lacey.

- Accroche-toi à moi, chuchota-t-il d'une voix que Lacey considérait sexy au point de jurer que c'est son sexe lui-même qui lui avait parlé.

Elle sursauta lorsque Ren bondit brusquement du rebord et eut, pendant un instant, la sensation de voler. Elle se retrouva à regarder fixement les verres des lunettes de soleil de Ren, rêvant le temps d'une seconde de pouvoir percevoir sa jolie couleur argentée qu'il s'ingéniait tant à cacher au reste du monde. Ses bras se serrèrent autour d'elle juste avant l'atterrissage et elle cligna des yeux en remarquant à quel point cet atterrissage était doux, alors qu'elle s'attendait, au contraire, qu'il s'agirait plutôt d'une secousse brutale.

Ren relâcha Lacey pour se précipiter en avant et vérifier si son intuition était juste lorsque la porte d'Evey s'ouvrit.

- Putain ! Storm ! s'exclama doucement Ren en voyant l'état dans lequel se trouvait le Voyageur du Temps. Non mais quel idiot !

Lacey, qui l'avait entendu s'emporter, se précipita

de l'autre côté de la voiture et ouvrit la portière. Elle stoppa net en voyant Storm couché sur la banquette arrière, tourné d'un côté. Du sang coulait de son nez, de ses oreilles et de l'un de ses yeux.

- -Mais qu'est-ce qu'il s'est passé ? demanda Ren.

Storm grimaça au son de sa voix :

- Je suis allé faire des courses au Wal-Mart, dit-il en soupirant. Ça m'a donné un sacré mal de tête, alors s'il vous plaît, tous les deux, baissez d'un ton.

- Je veux bien baisser d'un ton si tu t'expliques avant que je compte jusqu'à trois, menaça Ren en hurlant presque.

- Bon... des démons… Wal-Mart… et une bande de gamins qui ne sont pas morts, débita Storm avec un sourire douloureux mais satisfait qui lui tirait les lèvres.

Ren remarqua un filet de sang rouge vif couler du coin de sa bouche lorsqu'il essayait de sourire et cette vision le déstabilisa grandement.

- Je suis ton partenaire... tu te souviens de moi ? Pourquoi étais-je sur ce putain d'panneau d'affichage, au beau milieu de la nuit, au lieu de t'aider ? Tu as fait exprès de me mettre hors circuit, c'est ça ?

Il tendit la main et saisit l'épaule de Storm, avec l'intention de l'emmener sur l'île, histoire qu'il se remette sur pieds, mais rien ne se passa comme il l'aurait voulu.

Lacey sentit son cœur fondre en entendant Storm leur raconter ce qui l'avait mis dans la situation dans laquelle il se trouvait. Il avait risqué sa vie pour sauver un tas d'enfants et maintenant Ren lui criait dessus.

- Ren, intervint Lacey, sur un ton qui le fit stopper net pour la regarder. Ton meilleur ami est blessé, et la seule chose que tu fais, toi, c'est de lui crier dessus... laisse-le tranquille !

Elle se glissa sur la banquette arrière et souleva la tête de Storm pour qu'elle repose sur ses genoux.

- Quelle bonne idée ! Je l'approuve ! déclara Storm en se blottissant contre Lacey, appréciant la douceur du toucher du bout de ses doigts qui lui massaient les tempes.

- Bien d'accord ! ajouta Evey, qui n'aimait pas la façon dont Ren s'était emporté contre ce pauvre Storm.

- Restez en dehors de tout ça, tous les deux ! grognassa Ren.

Lacey commença à essuyer délicatement le sang du visage de Storm avec le bord de sa chemise, et Ren se détourna comme pour marmonner une malédiction en se passant les doigts dans la frange.

- Baisse d'un ton, Ren ! dit Lacey à voix basse, sachant qu'il pouvait l'entendre.

- Il saigne des oreilles... aie un cœur, au moins.

Ren retira ses lunettes de soleil et se frotta les yeux. Le voyant faire, Lacey et Storm se demandèrent si le succube essayait vraiment de ne pas pleurer.

- Bon, dit Ren, d'une voix faussement douce. Ramenons au château ce pauvre idiot qui s'automutile… c'est là qu'il est officiellement puni !

Le moteur d'Evey ronfla et Storm ne put s'empêcher de rire quand toutes les portes se fermèrent en se verrouillant, laissant Ren à l'extérieur.

- Hé ! cria Ren, quand Evey démarra en trombe en le laissant dans un nuage de poussière.

Lacey tourna la tête pour pouvoir voir par la fenêtre arrière, affichant un large sourire sur son visage :

- Est-ce qu'il fait encore sa danse de la colère ? l'interrogea Storm qui aurait bien voulu rire de manière franche malgré sa douleur.

- À ton avis ? dit Lacey en guise de réponse, sentant la colère de Ren s'abattre sur elle avec assez de force pour effacer son sourire.

- En tous cas, voilà ce qu'il a eu en criant sur un de mes hommes ! s'exclama Evey.

- Je suis Lacey, se présenta Lacey, et c'est un plaisir de te rencontrer, Evey.

- Pour moi aussi, c'est un plaisir, répondit Evey. La fille qui tient tête à Ren et qui l'aimera encore le jour d'après sera toujours bonne à mes yeux.

- Alors… commença Lacey avec un doux sourire à l'attention de Storm. Tu en as sauvé beaucoup, des enfants, ce soir ?

L'humour de Storm s'était finalement éteint, mais il reprit quand même son expression et son doux sourire :

- Tu as toujours eu un faible pour les petits…

Lacey lui essuya encore un peu de sang :

- Tu sais ça grâce à tes voyages dans le temps ?

- Oh non... j'ai bien peur d'avoir déjà atteint mon quota de spoilers, ce soir, soupira Storm en fermant les yeux, sentant son amour l'entourer. Il ne résista pas à la tentation de presser sa joue contre le bas de son ventre afin de pourvoir respirer son parfum.

Ren regarda Evey disparaître au loin et projeta ses pouvoirs aussi loin qu'ils pourraient aller. Ses lèvres s'étirèrent lentement en un sourire malicieux parce qu'il venait de trouver ce qu'il cherchait.

- Où on va ? questionna Evey.

- Ramène-nous au quartier général, chuchota Storm. Après m'avoir déposé, vous pourrez retourner chercher Chad et Vincent.

- Oh, dit Evey avec un ronronnement séduisant dans la voix. J'ai finalement réussi à te mettre sur ma banquette arrière avec une femme !

Lacey rougit de dix nuances de rose et Storm essayait vaillamment de ne pas recommencer à rire.

- Je n'en suis pas si sûr, grogna Ren en tendant la main au-dessus du siège avant pour pouvoir toucher Lacey, qui cligna des yeux vers lui en se retrouvant soudain sur le siège avant du passager, assise sur ses genoux.

Storm grimaça quand sa tête tomba sur la banquette.

- Tu es toujours en train de me voler mon oreiller… se plaignit-il.

- Tu es peut-être un Voyageur du Temps, mais tu n'es pas le seul à pouvoir te téléporter, lui rappela Ren ; puis il fit une grimace parce qu'il n'aimait pas le fait qu'il y ait vraiment un démon à proximité qui puisse se téléporter. Il se retourna pour regarder le tableau de bord d'Evey : et toi, n'oublie pas qui t'a donné naissance.

- Je suppose que ça fait de moi une adolescente rebelle, dit Evey. Alors arrêtes d'être méchant avec Oncle Stormy et je me comporterai bien.

CHAPITRE 14

Zeke essayait de rester aussi silencieux que possible en traversant les combles. Il voulait entrer dans l'entrepôt, dans l'espoir que celui qui avait érigé cette stupide barrière n'ait pas été assez intelligent pour la prolonger jusqu'au bout des quais de chargement.

Il se souvint avec effroi d'avoir fait tomber le camion d'Hank en panne ce matin, mais à présent, il regrettait de ne pas avoir quitté les lieux quand il en avait eu l'occasion.

Et pourtant, il était assis si près des immenses portes des quais d'embarquement et de sa liberté qu'il avait même pu sentir le soleil sur son visage. Si seulement il avait su ce qu'il allait se passer, il ne serait pas enveloppé dans l'obscurité par les démons de l'ombre en ce moment même, ni poursuivi par cette chose qui voulait manger son âme.

Zeke s'éloigna des bruits qui n'avaient pas leur place avec lui dans ce plafond, parce qu'ils lui faisaient savoir que les bêtes de l'ombre étaient toujours à sa recherche et se rapprochaient.

Tendant la main pour avancer, il toucha quelque chose de froid qui se mit à tortiller sous ses doigts avant de lui mordre le poignet. Sous le choc, il respira fortement dans le silence. Son cauchemar était déjà autour de lui et il allait se faire manger. Il sentit une autre paire de crocs lui transpercer le coude et quelque chose d'épais et de long lui rampait sur les jambes.

Son bras se tendit vers l'extérieur et, dans un long sanglot d'enfant qui était le seul son qui trahissait sa peur, il balaya les serpents loin de lui avec une vague de puissance qui lui était inhabituelle, ce qui déplaça plusieurs panneaux du plafond et les fit tomber.

Il cligna des yeux, surpris. Il n'avait jamais eu le pouvoir de faire de telles choses auparavant, mais comme c'était ce même pouvoir qui allait le faire tuer, il n'en était pas vraiment reconnaissant pour l'instant. En fait, il souhaitait que ce foutu cristal disparaisse et le laisse tranquille, préférant que personne ne lui prête attention. La solitude l'emportait nettement, comparée à la mort.

Maintenant qu'il savait qu'il y avait plus de serpents au plafond qu'au sol, Zeke balança ses jambes vers le trou du plafond et lâcha la poutre à laquelle il s'était accroché.

Il atterrit dans un accroupissement silencieux et se trouva bien reconnaissant lorsque les démons de l'ombre se mirent à pleuvoir tout autour de lui pour l'aider à se cacher. Il regarda à travers l'obscurité formée par leur masse et ressentit une déception écrasante lorsqu'il réalisa qu'il n'était pas aussi près des portes des quais qu'il l'avait espéré.

Le bruit de quelque chose qui traînait sur le sol le fit

frissonner et il regarda dans la pénombre de l'entrepôt, remarquant un trou béant dans le béton qui n'avait jamais été là auparavant. Les fissures qui en sortaient lui rappelaient les pattes pointues d'une araignée.

Il essaya de se faire le plus petit possible, s'efforçant de se recroqueviller sur lui-même, et resta immobile, espérant que ce qui avait rampé hors de ce trou ne le trouverait pas. Puis, quelque chose avec de longs cheveux noirs et filandreux rampa avec des mouvements saccadés dans la lumière entre lui et le trou sans fond. Son apparence était celle d'une vieille femme hideuse, courbée avec de longues griffes noires à la place des ongles. Sa peau était si pâle qu'il pouvait voir ses veines palpitantes pomper du sang noir et ses yeux étaient blancs et d'aspect laiteux.

- Pourquoi te caches-tu, mon enfant ? Alors qu'on t'a déjà trouvé ?

La voix râpeuse du démon l'atteignit comme un fantôme aux doigts froids et osseux, le saisissant de peur. Il frémit dans une réponse silencieuse.

- Je peux sentir le pouvoir que tu as, mon garçon... laisse Lilith le garder à ta place, pour que ces vilaines bêtes de l'ombre restent à l'écart.

Lilith ricana mentalement en goûtant à sa peur accrue. Si le petit démon avait vraiment compris la valeur du cristal, il n'aurait pas peur, car ce cristal amplifiait son pouvoir, mais comme il était naïf, le petit démon supposait que s'il l'attaquait, il échouerait. Cette peur fut sa véritable perte.

Zeke avait du mal à respirer et secouait silencieusement la tête. La vieille dame était la bienvenue dans le cristal maudit... mais il craignait qu'elle ne le fasse sortir de lui. Il n'allait pas laisser cette dégoûtante sorcière l'avaler en entier.

\- Je ne pense pas, chuchota Zeke, puis il retint son souffle, réalisant qu'il avait juste dit ça à haute voix au lieu de le dire dans sa tête.

\- On verra bien, ricana Lilith dans la direction où elle savait maintenant que le petit se cachait.

Le béton trembla sous leurs pieds, alors que le trou d'où elle était sortie en rampant commençait à se fissurer davantage. Le noir d'encre qui s'y était formé commença à s'étendre et à en dépasser les bords, avant de se déchirer et de prendre la forme de serpents de toutes tailles. Ils s'éparpillèrent en recouvrant totalement le sol, rampant même sur les étagères.

Zeke regarda avec horreur le corps sans vie de Hank être poussé à la surface du trou, pour se balancer dans la mer de serpents avant que l'obscurité le dévore à nouveau complètement. Tout bougeait de façon hypnotique, donnant l'illusion qu'il avait soudainement été transporté dans un royaume démoniaque, même s'il savait qu'il n'avait pas encore quitté sa cachette.

Il retint un sanglot quand Hank réapparut, cette fois-ci en se frayant un chemin hors de la masse, mais ce n'était plus vraiment le même Hank que celui à qui il avait fait des farces quelques heures plus tôt : des choses bougeaient sous sa chair et des serpents pendaient de sa peau. Leurs dents étaient enfoncées profondément dans sa chair morte alors qu'ils forçaient son corps à tituber jusqu'à la sorcière et à s'agenouiller à ses pieds.

Zeke entoura ses bras autour de ses épaules en se demandant si c'était ce qu'ils allaient faire de son corps une fois qu'il serait mort.

Il gémit en réalisant que ces serpents n'étaient pas tous des bêtes de l'ombre : de nombreuses espèces différentes vivaient parmi les sous-fifres, goûtant l'air avec leurs langues fourchues. Et de toute façon, vrais serpents ou pas... rien que le fait qu'ils restent des démons ne rendait pas leur morsure moins douloureuse. Il aspira sa lèvre inférieure et souleva lentement son corps pour planer dans l'air alors que les serpents commençaient à se refermer en cercles autour de ses pieds.

*****

Le petit tremblement de terre fut ressenti dans tout l'entrepôt, ce qui attira l'attention de Vincent. Il tressaillit et se leva rapidement lorsqu'il entendit un sifflement profond, suivi d'échos plus doux qui semblaient venir de toutes les directions. La dernière fois qu'il avait entendu quelque chose de semblable, c'était quand il avait volontairement sauté dans un nid de serpent en volant un artefact en Amérique du Sud. Bref, ce n'était pas un bon souvenir.

Lorsque la panne de courant avait plongé tout le secteur dans l'obscurité, sa vue s'était à peine adaptée à l'éclairage de secours disséminé au loin, dans l'entrepôt. Mais il n'avait pas besoin d'avoir une vision acérée pour savoir que certaines parties de l'obscurité semblaient se tordre et vivre. Ce n'était pas de bon augure pour lui et son ami mort, puisqu'ils étaient coincés entre tout un tas de crocs pointus et un mur de briques ensanglanté.

Ce serait sa chance de mourir d'une injection trop importante de venin de serpent, mais Chad ne se réveillerait pas de ce cauchemar. Le flic nouvellement ressuscité serait suffisamment paniqué de ne pas avoir à s'occuper d'un partenaire mort, surtout qu'il ne savait pas qu'il avait la mauvaise habitude de ressusciter.

Se tournant vers Chad, Vincent vérifia rapidement son pouls. N'en trouvant pas, il essaya de voir si sa blessure par balle avait bien cicatrisé, mais il faisait trop sombre pour le dire. N'ayant plus d'autre alternative, il se mit rapidement à faire tomber d'autres serviettes des étagères, jusqu'à ce qu'il en obtienne une pile assez grande pour cacher deux hommes adultes.

Les serpents continuèrent à leur converger dessus sans les attaquer, ce qui lui fit froncer des sourcils. Il ne sut que faire, à part rester allongé et attendre que les serpents se calment et cessent de bouger.

Se demandant d'où venait la légère lueur rouge qui s'approchait au loin, Vincent céda à la tentation et souleva suffisamment les serviettes qui lui cachaient la vue pour pouvoir observer ce qui l'entourait. La première chose qu'il remarqua fut que la plupart des serpents avaient des yeux rouge brillant, ce qui témoignait de leur héritage de la part des bêtes démoniaques. Il y en avait même tellement, qu'elles en étaient la cause de cette lueur rougeâtre qui débarrassait la zone de son obscurité.

Cependant, les serpents qui avaient élu domicile près de lui étaient vivants et préféraient bien sûr la chaleur de son corps au froid du sol en béton. Il perçut un cliquetis parmi les sifflements et avait déjà détourné le regard du cobra royal qui le fixait curieusement.

- Et dire que je déteste les serpents, murmura Vincent, qui réprima un frisson lorsque le son d'un cri lointain parvint à ses oreilles.

*****

Zeke hurla lorsque la vieille sorcière se retourna

soudainement pour se jeter sur lui. Le pouvoir du cristal qu'elle recherchait avait dû s'enclencher, parce que, à un moment bien précis, Zeke était droit sur son passage, pour disparaître quinze mètres plus loin. Mais cela ne dura pas, car le sol se souleva en une vague de serpents qui lui bloqua son élan pour fuir.

Il jeta un regard en arrière, mais il paniqua lorsque le méchant démon se leva en l'air et lui beugla dessus. À son grand effroi, ce bruit atroce fut coupé par un autre serpent, qui sortit de la bouche du démon, atterrissant par terre dans un bruit sourd. Il était long et épais, et semblait avoir gonflé, enfin libéré de ses entraves.

La bête s'élança vers lui dans un glissement latéral. Tellement effrayé, Zeke ne trouva par d'autre parade que de rester là, à écouter les cris étouffés qui résonnaient dans sa tête.

Il sentit le frottement froid du serpent qui s'enroulait autour de ses jambes, alors qu'il planait encore au-dessus du sol. Et puis, la chose resserra soudainement son corps et le secoua si fort qu'il frappa le béton dans un bruit sourd et sec.

Il essaya de s'enfuir, mais il était déjà trop tard. Zeke ne pouvait s'empêcher de regarder avec une fascination morbide la chose se redresser et ouvrir sa bouche pour lui révéler ses crocs aiguisés. Puis elle s'avança pour lui arracher les deux pieds. L'intérieur de sa bouche se resserra instantanément et le tira en un mouvement de succion... avalant lentement ses jambes.

- NOOOOON ! hurla un Zeke paniqué.

Il frappa la tête du serpent si fort qu'il lui perça un trou dans son épaisse chair. Sentant quelque chose lui mordre le poing, il sortit rapidement sa main et se mit à la secouer, essayant de déloger les petits serpents qui pendaient maintenant de sa chair. Ses yeux s'élargirent lorsqu'il remarqua qu'une bande de petits serpents remplissait le trou qu'il venait de faire.

- S'il te plaît... s'il te plaît, tu peux l'avoir... je te promets... ne me mange pas !

Il regarda le plafond, réalisant que ses démons de l'ombre n'essayaient plus de l'aider. L'avaient-ils abandonné en sachant qu'il allait mourir ? Il ne voulait pas être ici... il voulait retrouver cette gentille dame d'avant qui l'avait tenu dans ses bras et qui avait essayé de le protéger. Peter Pan avait tort... tout enfant qui avait la chance d'avoir une maman comme ça devait être fou pour la fuir. Les démons n'avaient pas de maman... ce n'était pas juste.

Des gouttes de sang s'écoulèrent de ses yeux et la bouche du serpent se referma enfin sur sa tête. L'humidité froide l'entourait si étroitement qu'elle l'écrasait et la douleur le fit changer d'avis. Il souhaitait que la mort se hâte de l'emporter avec elle parce qu'il ne voulait pas connaître la fin de l'histoire.

Le long serpent resserra ses muscles dans un mouvement rythmique, forçant son repas à glisser au plus vite parce qu'il devait se dépêcher de rejoindre Lilith. Il hissa lentement son corps en l'air, puis l'enroula autour de cette dernière jusqu'à ce que sa prise bombée se situe au niveau de sa taille et que sa tête remonte pour se draper sur son épaule.

Lilith fit courir ses mains noueuses sur la masse gonflée qui enveloppait l'enfant démon. Sans prévenir, elle enfonça ses bras dans le serpent pour pouvoir toucher la puissance qui rayonnait de l'intérieur.

Le serpent siffla de douleur, mais elle l'ignora et se concentra sur l'invocation du cristal avec ses doigts, là où ils avaient pénétré la chair du garçon. Son sourire s'élargit dans des proportions sinistres lorsqu'elle sentit le petit corps se tordre. Sentant la puissance de l'impulsion du cristal dans le sang noir dans lequel les bouts de ses doigts baignaient, elle enfonça le reste de sa main dans le garçon, faisant attention à sa bête sans se soucier du petit. Il serait mort bien assez vite.

Les pupilles allongées des yeux de Lilith s'agrandirent et elle prit une profonde inspiration râpeuse alors que le pouvoir du cristal lui perçait la peau, se connectant avec le pouvoir qu'elle contrôlait déjà. Une sorte d'énergie surgit à travers sa forme, faisant craquer ses vieux os et les réinstallant presque instantanément. Alors qu'elle se redressa lentement pour se tenir debout, sa peau ridée se lissa et prit une teinte d'opale blanche avec des nuances vertes maladives.

- Tu sais, ma chérie, je n'ai pas de problème avec les démons qui se dévorent entre eux, dit une voix sur sa gauche. Mais quand tu commences à t'en prendre aux enfants, même aux enfants démons qui veulent juste jouer à Peter Pan, c'est là que j'ai un problème.

Lilith se retourna et regarda fixement le bel homme aux cheveux courts blond platine et aux yeux d'un améthyste éclatant. Elle sentit un éclair de pouvoir qui n'était pas le sien et, en un instant, un mur massif de serpents tomba des hautes étagères et jaillit du sol pour dévorer le vampire aux cheveux plus foncés qui venait vers elle par derrière.

- Oooohhhh, mais dis-moi, ton ami était-il censé me distraire de quelque chose ? demanda Lilith, qui semblait plutôt s'ennuyer.

- Reste en dehors de tout ça, Michael, ordonna Kane.

- Pas de problème, acquiesça sombrement Michael,

alors que les bêtes de l'ombre commençaient à enfoncer leurs crocs de partout sur lui. Il pourrait tout aussi bien les laisser festoyer quelques minutes, considérant qu'elles ne faisaient que de se suicider en faisant ainsi. De plus, si les sous-fifres perdaient un peu de sang, celui de leur maître n'en serait que plus sucré.

En voyant à quel point il était facile de maîtriser les vampires aux yeux d'améthyste, Lilith se détendit et exerça ses nouveaux pouvoirs hyperdéveloppés. Tournant à nouveau son attention vers le bel homme aux cheveux clairs, elle se lécha les lèvres lorsqu'elle goûta un soupçon de son côté plus sombre dans l'air.

- Il est trop tard pour venir voler ce que j'ai déjà volé, leur dit-elle dans une voix pleine d'arrogance.

Kane leva un sourcil quand la pétasse qui maltraitait l'enfant tendit le bras vers lui et que rien ne se passa. Jusqu'à ce qu'il baisse les yeux. L'ombre qu'elle projetait sur le sol ne tarda pas à se tordre et à se transformer en un second serpent de l'ombre qui grossissait rapidement en se fondant avec les plus petits qui l'entouraient.

Puis, la méchante chose souleva sa tête aplatie et une sorte de capuche apparut tout autour d'elle, ce qui la fit ressembler à un cobra menaçant de frapper. Cette bestiole avait un aspect différent de la première. Les yeux du cobra étaient plus intelligents, sa peau écailleuse semblait plus épaisse et il était nettement plus grand. Kane paria sa maison qu'il était aussi plus rapide et plus fort. La belle affaire... il s'ennuyait déjà. Son regard furieux se dirigeait vers celui qui avait avalé l'enfant.

L'autre bête, toujours accrochée à son maître, s'en détacha fit et laissa tomber son corps rond sur le sol pour aller rejoindre sa compagne. Les deux serpents se glissèrent l'un sur l'autre dans une parodie de parade nuptiale et Kane leva le poing en voyant la main du petit garçon sortir d'un trou qui se trouvait dans le corps du grand serpent, comme s'il cherchait de l'aide.

La petite main s'ouvrait et se fermait comme pour s'agripper quelque part… comme si elle était désespérée de saisir tout ce qui pourrait sauver le petit garçon.

Lilith gloussa lorsque le serpent serra l'enfant tellement fort que du sang noir se mit à suinter de ses ongles. Son rire malicieux s'éteignit rapidement lorsque le trou qu'elle avait creusé dans le béton doubla soudainement, faisant retomber certains de ses sous-fifres dans l'obscurité.

Une grande fissure s'ouvrit lentement dans un coin, s'arrêtant avant les deux bêtes les plus imposantes. Lilith se moqua du manque de pouvoir du vampire.

C'était la terreur absolue... Kane pouvait soudain la sentir... l'humer... l'entendre résonner dans sa tête. La connexion psychique qu'il avait avec le garçon submergeait ses sens d'une familiarité inquiétante. Son propre souvenir troublant d'avoir été enterré vivant fit écho à ce que vivait l'enfant... le poussant à être émotionnellement à ses côtés... ne voulant rien d'autre que d'échapper au poids qui les étouffait.

Ses genoux faillirent se déformer sous l'effet de ces sensations écœurantes, mais Kane parvint à se stabiliser en essayant de contenir au mieux sa colère, de sorte à ne pas faire tomber le plafond sur l'enfant qu'il essayait de sauver... ou pire, envoyer tomber dans la fosse le serpent qui l'emprisonnait. L'empathie qu'il ressentait pour le petit démon le rendait instable, et c'était la seule raison pour laquelle il n'avait pas encore attaqué.

- Laissez le garçon partir, avertit-il.

- Non, je ne pense pas, dit Lilith, en savourant

l'angoisse du vampire pathétique. Cet enfant démon n'a plus aucune valeur, et ma bête a besoin de manger.

- Ta bête va mourir si elle ne crache pas cet enfant, mentit Kane, qui savait très bien que cette chose était condamnée de toute façon.

Lilith sourit... sa bouche était si large qu'on aurait dit que quelqu'un avait pris un couteau pour lui sillonner une longue ligne sur le visage. Une langue épaisse et fourchue se glissa entre ses dents acérées, goûtant l'air. Son corps se mit à bouger brusquement, les os craquants bruyamment. Puis elle se releva, cette fois-ci, pour se retrouver à une hauteur d'au moins un mètre de plus que Kane.

Michael avait entendu la note dangereuse dans la voix de Kane, même s'il ne pouvait pas voir son frère à travers la montagne formée par les bêtes de l'ombre qui semblaient se multiplier au lieu de diminuer. Jugeant que les serpents ne se transformaient pas en poussière assez vite, il leva les bras à travers la masse de leurs corps qui se flétrissaient, et fit courir ses ongles pointus sur son propre visage et son cou avant de s'agripper à ses bras pour faire circuler le sang plus rapidement.

Il sourit diaboliquement tout en frottant son propre sang sur lui comme une lotion bronzante empoisonnée. Il ne s'inquiétait pas du fait qu'il perdait du sang car il pouvait sentir celui de Lilith et se léchait les lèvres rien qu'en y pensant.

- Alors, hein ? Vous le vouliez tellement, ce bébé... alors, maint'nant, essayez de me le prendre ! se moqua cette dernière.

Elle fit rouler son corps d'un mouvement brusque et houleux pour imiter celui d'un serpent.

Entendant l'ordre silencieux de leur maîtresse, les

deux sous-fifres attaquèrent Kane en même temps. Lilith rit en les voyant s'enrouler autour de lui pour saucissonner le corps, tandis que sa nouvelle création s'élevait au-dessus d'eux, prête à descendre sur la tête du vampire, la bouche grande ouverte.

Mais avant que le serpent n'ait entamé sa descente, elle sentit son corps s'enrouler soudainement dans une étreinte serrée et cria de rage.

- J'espère que tu es aussi puissante que tu le penses, lui grogna Michael à l'oreille, juste avant de lui planter les dents dans sa chair.

Avec le goût de cette première bouchée rigide, il réalisa que, finalement, il avait eu une très mauvaise idée. Quelque chose n'allait pas avec le sang de ce démon et son estomac bondit aussitôt.

Il lui arracha pratiquement le cou lorsque la monstruosité qui était sur le point de dévorer son frère se retourna et le frappa, enroulant sa queue autour de sa taille en le lançant à travers l'entrepôt. Le sang qu'il venait de lui voler lui ressortit par la bouche et il laboura dans son élan plusieurs rangées d'étagères, avant de heurter un mur et de s'y accrocher suffisamment longtemps pour l'utiliser comme planche rebondissante.

Lilith regarda son sang noir se répandre sur le sol en grosses giclées. Puis ses petits sous-fifres se glissèrent sur son corps et comblèrent la blessure. La colère la submergea. Comment ces deux vampires avaient-ils osé interférer avec ses plans comme si elle n'était encore qu'un humble démon ?

- Dévorez-le, demanda-t-elle en regardant la bête qui avait épinglé le vampire blond.

Au travers des yeux de la bête de l'ombre qui la protégeait encore, elle eut la vision du vampire aux cheveux noirs qui revenait vers elle à un rythme effarant. Il était couvert de rouge cramoisi et du sang noir lui coulait sur le menton et le cou.

En passant, Michael attrapa une longue barre de métal sur une étagère cassée. Il sourit lorsque l'affreux animal de compagnie de Lilith s'éleva entre lui et sa cible, comme il l'avait anticipé. Tranchant une profonde entaille dans sa paume, il glissa rapidement sa main le long du métal pour l'enrober de la meilleure arme qu'il avait contre la bête de l'ombre : son sang. Il l'utilisa ensuite comme un couteau empoisonné pour couper le sous-fifre en deux et lui permettre d'accéder au maître démon qui se cachait derrière.

Avec sa main qui saignait encore, il lui saisit le cou. La fausse chair formée par les bêtes de l'ombre se transforma en poussière, exposant la blessure qu'il lui avait déjà infligée. Michael poussa Lilith en avant et, comme le grand serpent était en train de fusionner avec son corps, elle fut mise en cage de manière non intentionnée.

- Tu n'es pas invincible, si je t'enlève ta capacité à guérir, grogna Michael, juste avant de lui enfoncer la barre métallique dans le côté du cou, afin qu'elle ne puisse pas sortir facilement du trou dans lequel elle était prisonnière.

Cette satisfaction fut de courte durée lorsque l'énorme serpent se tordit soudainement en s'étirant, frappant en avant pour enfoncer ses longs crocs recourbés au milieu de son dos et de son estomac. Certes, cette perte de sang supplémentaire l'affaiblissait, mais entendre les sifflements mourants de la bête en valait la peine, c'est pourquoi il s'obstina à maintenir son attention sur son combat avec le démon.

Il perdit son emprise sur Lilith lorsque l'énorme serpent s'effondra littéralement et qu'il plut sur le sol en vagues successives de poussière sanglante et de petites bestioles.

Ayant besoin d'un moment loin du chaos pour pouvoir se concentrer, Michael se retira à une distance plus sûre, se tenant sur le côté et respirant fortement. Il secoua la tête en essayant de se concentrer au-delà du vertige fugace que la perte de sang lui avait provoqué. Il regarda de nouveau le démon et la vit retirer la barre d'acier de son cou, ne voulant rien d'autre que de la vider totalement de son sang.

De l'autre côté du sol en béton délabré, Kane ne fit pas attention au serpent qui tentait d'utiliser sa force de python pour essayer de le serrer. Le temps d'un instant, il saisit la main tendue qui demandait de l'aide, et cela le contraria de devoir lâcher prise.

En levant le regard, il sourit lorsque la tête des serpents se cassa vers le bas, dans l'intention de l'attraper pour en faire leur prochain repas. Il se demandait même pourquoi il ne laisserait pas cette chose affreuse mordre, bien plus qu'elle ne pouvait mâcher... il devrait d'ailleurs remercier Michael pour avoir trouvé cette idée. En lui enfonçant les bras dans la bouche, il laissa les crocs du serpent lui ouvrir les avant-bras. Le fleuve de sang qui se mit à jaillir vers l'extérieur tout comme dans la gorge du serpent lui apporta tout l'avantage dont il avait besoin.

Tout ce que le sang de Kane touchait était comme de l'acide pour la bête. Plus elle le serrait, plus vite son sang coulait de ses blessures, qui s'étendaient maintenant de son poignet jusqu'à ses épaules. Il pouvait sentir le serpent rouler avec lui, mais son sang le rongeait, et les serpents entourant la zone de dissolution rampaient plus profondément dans son hôte principal pour éviter de se sacrifier au poison.

En avançant, il aida la créature à l'aspirer, puis il la laissa le tirer jusqu'à trouver ce qu'il cherchait. Utilisant autant de force que possible, il se poussa contre sa paroi musculaire jusqu'à pouvoir ramper sur le garçon afin de le protéger du mieux qu'il pouvait en s'enroulant autour de son petit corps.

Le temps d'une demi-seconde, il eut l'impression de se perdre en étant si près de la terreur de l'enfant.

Réalisant qu'il ne pouvait pas se battre et le protéger en même temps, il fit de son mieux pour enduire le garçon de son sang afin que la bête recule suffisamment pour atténuer sa douleur. En entendant le cœur du jeune homme battre au ralenti, Kane décida de laisser à Michael l'honneur de combattre, du moins pour le moment.

En se retournant vers la bête qui dévorait le blondinet, Lilith siffla et le sol glissant se souleva et se recroquevilla autour du vampire qui se battait pour tuer son animal. Alors que les serpents s'effondraient l'un sur l'autre, le serpent d'origine doubla de taille, refermant ses blessures béantes comme un pansement.

CHAPITRE 15

Accroupi sur une des hautes étagères à l'abri des regards, Shinbe commençait à s'agiter.

Ce combat durait beaucoup plus longtemps qu'il l'avait prévu, et il dut donner du crédit au démon... il avait, après tout, le pouvoir dans le nombre. Le fait qu'il y ait plus de bêtes de l'ombre qui sortaient de ce trou profond dans le sol ne faisait qu'empirer les choses. Et le transformer en grotte n'était pas non plus une option, car tout le monde serait emporté... y compris le cristal qu'il était venu chercher.

Il se frotta le menton avec délicatesse, puis observa les perles qui s'étaient enroulées autour de son poignet et de sa paume. Il ferma les doigts par-dessus la barrière protectrice que les perles sacrées avaient créée. S'il cassait ce trou maudit, il égaliserait les chances en un rien de temps, en aspirant l'armée des bêtes de l'ombre et en permettant aux frères de concentrer le combat là où il se prolongeait, c'est à dire sur le démon.

Mais il y avait un inconvénient à utiliser une arme

aussi géniale. Ce gouffre n'était pas difficile à combler, car il aspirerait tout comme un trou noir... ce qui pourrait rendre à tous ceux qui étaient dans l'entrepôt la vie bien plus facile. Il y avait aussi la possibilité qu'il devienne incontrôlable et qu'il dévaste non seulement tout le bâtiment, lui inclus. Et ce n'était pas comme si ça ne s'était jamais produit auparavant.

Shinbe tenta tant bien que mal de garder en tête le souvenir d'avoir été déchiré, mais il perdit rapidement la bataille, car l'apparition obsédante du passé l'entoura en prenant vie un bref instant.

... alors que la puissante agonie le frappait, Shinbe cria mais refusa de tomber. Il sentit le vide se renforcer, et la chair à moitié cicatrisée de sa paume se fendit et se craquela. Il regarda avec une fascination morbide le sang couler de sa blessure, pour ensuite s'enrouler en spirale dans le trou noir affamé qui planait à moins d'un centimètre de sa paume.

Tant pis... au moins il avait la possibilité d'emmener l'ennemi avec lui. Ses yeux d'améthyste flamboyants, plongés dans ceux de Hyakuhei, triomphèrent.

Perdant le contrôle qu'il avait sur le vide, Shinbe sentit des coups de vent lui tourbillonner autour, créant une tornade hurlante. La force du vide était beaucoup plus puissante, et jamais il ne l'avait sentie aussi forte. C'était comme si le trou maudit ressentait sa colère, et qu'il se renforçait grâce à la rage qu'il ressentait intérieurement.

Dans un tourbillon de plumes d'améthyste en colère, ses ailes translucides se brisèrent pour n'en former qu'une seule.

Un vent cyclonique hurla dans la nuit, s'élevant

levant du gardien ailé couleur améthyste. Des débris s'écrasèrent au sol, s'ajoutant à la masse sombre du vent, lui donnant rapidement vie. L'écrasement de la chair et du bois émit une note sourde mélangée au grognement torturé de l'air qui se précipitait autour de lui. Puis, il fut attiré dans le vide maudit qui remontait maintenant lentement le long de son bras, et qui se mit à le dévorer.

Une fois le point de douleur dépassé, Shinbe fixa le gardien maléfique. De son côté, Hyakuhei fut lentement aspiré vers l'entrée béante du gouffre. Sous les griffes du seigneur démoniaque, la statue de la jeune fille qui reliait l'époque de Kyoko à la leur se brisa. Elle détruisit la pierre qui volait avec une force diabolique en suivant le chemin circulaire du vent et de la mort...

Shinbe repoussa avec force ce flash-back, ne voulant pas revivre le fait troublant que sa bien-aimée Kyoko était non seulement morte cette nuit-là, mais qu'elle avait également été revendiquée par le vide, et par son ennemi.

Il serra le poing autour des perles sacrées qui le retenaient. Non... ce trou était une option bien trop dangereuse. De plus, Kyoko était en ville et il n'allait manquer ça pour rien au monde.

Retrouvant son calme d'antan, Shinbe reporta son attention sur la bataille qui se jouait en-dessous de lui. Il inclina légèrement la tête en observant la façon dont Michael utilisait son propre sang pour tuer les bêtes de l'ombre qui l'attaquaient. C'était un processus lent car il n'affectait que ceux avec lesquels il entrait en contact immédiat. Mais à part ça, c'était une idée brillante.

Il eut soudainement en mémoire la manière dont le

sang de Tasuki avait lévité un peu plus tôt dans l'ambulance. Il lui faudrait beaucoup de concentration, mais c'était quand même mieux que d'annoncer sa présence au démon et de risquer que ce dernier indique à tout le monde quel était le degré de puissance du cristal.

Non... et d'ailleurs, il ne ferait même pas confiance à un Demi-Dieu ayant connaissance de ce détail.

Il saisit sa canne et la plaça devant lui afin qu'il puisse accroître le pouvoir qu'il s'apprêtait à exploiter. Grâce à son don de télékinésie, il put voir des gouttes de sang rouge qui se mêlaient dans la pièce au sang noir contaminé... heureusement, il y en avait beaucoup trop pour qu'il en ait une grosse quantité à voler.

Michael tressaillit et gémit bruyamment lorsque ses blessures se mirent à palpiter douloureusement, ce qui lui fit perdre encore plus de sang. Sentant la douleur de Kane refléter la sienne, il tourna rapidement les yeux sur le tas de serpents sous lequel son frère était enterré. Confus, il cligna des yeux en signe de confusion en remarquant que l'air entre eux était comme mouillé, imprégné de leur sang.

En aiguisant sa vue ultradéveloppée, il pouvait voir ces gouttes les unes séparées des autres : elles se cassaient en petits morceaux et emplissaient l'espace d'une brume rouge qui s'élevait plus haut dans l'air.

Il grogna et se retourna vers Lilith en pensant qu'elle était la cause de cet étrange phénomène, mais il hésita lorsqu'il la trouva en train de regarder fixement la même chose que lui l'air horrifié, alors que l'épaisse brume rouge s'étendait dans l'air comme un gros nuage ondulant et qu'une pluie de sang se mit à tomber.

Lilith hurla lorsqu'elle en fut éclaboussée, tout comme ses animaux de compagnie adorés. Non seulement cette pluie de sang toxique tombait, mais elle lévitait tout aussi rapidement jusqu'à devenir une pluie constante et un courant ascendant en même temps. De ce fait, elle pouvait tuer ses bêtes de l'ombre chéries au fur et à mesure. Le grésillement qui accompagnait leur mort n'était pas agréable à ses oreilles, mais le fait de voir certaines d'entre elles s'enfuir dans la fosse souterraine fit naître en elle une vague de rage.

Comment ses sous-fifres osèrent-ils l'abandonner au beau milieu d'une bataille ? Utilisant son pouvoir volé, Lilith envoya un ultimatum aux bêtes qu'elle avait utilisées comme esclaves, les remettant de force sous son emprise. La puissance de cette sommation poussa la plupart des bêtes encore dispersées dans l'entrepôt ou cachées dans le trou à revenir volontairement aider leur maîtresse.

Elle respira lentement et longuement, savourant la satisfaction de voir son armée augmenter à nouveau. Sa vanité revenant en force, elle envoya une onde de choc qui fit tomber la pluie de sang contre les murs de briques environnants, les couvrant de couleur cramoisie. Elle ricana méchamment alors que les bêtes les plus proches guérissaient son corps blessé, tandis que d'autres entraient en elle pour augmenter sa force épuisée.

Elle leva le visage, se sentant plus forte alors que son corps grandissait... ce qui l'amena à établir un contact visuel avec le gardien qui la regardait d'en haut. Le cri de peur intense qui la traversa fut instantané.

Shinbe arqua un sourcil vers le démon qui se trouvait en dessous de lui et fit à nouveau léviter la pluie de sang. Il devait la faire taire rapidement avant qu'elle ne disparaisse avec le cristal.

Les lèvres de Lilith se séparèrent pour crier, mais le

son fut rapidement coupé lorsque sa bouche se remplit soudainement du sang infect qui l'attaquait maintenant de tous côtés. Avant qu'elle n'ait pu se débarrasser de cette horrible substance, une force invisible la poussa en avant, la forçant à avaler sa salive en gorgées haletantes. Cette action fut rapidement suivie d'une intense sensation de brûlure, car ce sang vénéneux était entré en contact avec les précieuses bêtes qui se trouvaient à l'intérieur d'elle.

Désorientée et défigurée, des parties de son corps commencèrent à se dissoudre et à se vider... elle tituba sur le sol rugueux et poussiéreux jusqu'au trou d'où elle était sortie en rampant, dans une tentative désespérée d'échapper au dangereux gardien qui la traquait en silence... pour la tuer. Les gardiens étaient les véritables monstres de ce monde... ils étaient la seule chose que tous les démons étaient nés pour craindre.

Pensant que le démon se dirigeait vers Kane et le jeune garçon, Michael apparut derrière Lilith juste à temps pour voir la blessure qu'il lui avait déjà faite au cou qui s'ouvrait à nouveau en saignant, alors que les serpents démoniaques qui la couvraient se ratatinaient et se transformaient en poussière. Il fit une grimace quand un de ses bras s'allongea considérablement et que son épaule s'affaissa et s'enfonça comme si elle fondait.

- Aurais-tu oublié, juste par hasard, que tu te battais contre moi ? grogna Michael, histoire de retrouver l'attention du démon.

Lilith se retourna, mais elle se mit à trembler lorsque la main du vampire traversa sa poitrine rétrécie et s'empara de son cœur noir. Ses yeux écarquillés balayaient la pièce en attendant que ses bêtes viennent à elle, pour découvrir qu'elles se réduisaient en cendres avant de pouvoir l'atteindre. Elle ne pouvait plus sentir la pluie de sang qui la frappait car celle-ci visait maintenant toute bête qui essayait de la sauver.

Elle jeta un regard furieux sur le gardien, sachant très bien qu'il s'agissait là de son œuvre, puis baissa le regard sur le vampire, qui ignorait tout ça et qui s'attribuait tout le mérite.

- Alors, ça fait mal, hein ? l'interrogea Michael avec condescendance en serrant son cœur qui battait encore juste assez pour lui faire un mal de chien.

Il se demandait combien de temps elle pourrait vivre sans son cœur s'il le retirait et le lui montrait. Il était un peu plus qu'énervé de ne pas pouvoir le vider de son sang pendant qu'elle regardait.

- Tu veux que je m'arrête là ? ajouta-t-il, sans se soucier de savoir s'il avait l'air mesquin ou non. Il lui montrait la même pitié qu'elle avait montrée à l'enfant.

L'évasion n'étant plus une option, les pensées de Lilith s'assombrirent encore plus alors qu'elle cherchait un moyen rapide de tuer le vampire sans bouger le corps, le cœur délogé. Sentant le pouvoir du cristal s'intensifier, elle utilisa ce pic de puissance pour attaquer.

Michael se mit à blanchir lorsque le cou du démon s'étendit et que son visage se trouva soudain à quelques centimètres du sien. Il était sûr que cette vision déformée le hanterait plus tard dans ses cauchemars.

Une énorme tête se tenait sur ce cou mince en forme de serpent ; il lui manquait non seulement des cheveux, mais aussi la plus grande partie de la peau. Ses orbites profondes étaient surdimensionnées, avec des globes oculaires gonflés qui le regardaient fixement. Comme si tout ça n'était pas suffisant, ses lèvres s'étaient tellement étirées qu'elles avaient pratiquement disparu pour s'adapter au trou noir béant d'une bouche qui abritait plusieurs rangées de dents en épi et une langue vraiment hideuse.

Moins d'une seconde après avoir remarqué ces dents, Michael les sentit s'enfoncer profondément dans la chair en travers de son cou et de son épaule, et il frémit lorsque cette sale langue le lécha pour de vrai… et lui, au lieu de lui arracher le cœur par la poitrine comme il avait imaginé le faire au départ, il lui enfonça le poing jusqu'au fin fond de la poitrine… mais ses genoux vacillèrent.

Des serpents volèrent dans tous les sens lorsque Kane se libéra enfin de la monstruosité cinglante dans laquelle lui et le garçon avaient été emprisonnés. Son regard inquisiteur se tourna immédiatement vers son frère ; puis il pencha la tête et le fixa du regard, déconcerté : Michael était allongé sur le dos dans un lit de poussière sanglante, et une affreuse sorcière le chevauchait dans une position assez compromettante.

Avant que son esprit n'ait eu le temps de s'affaler dans le caniveau, Kane remarqua que le bras de Michael dépassait du dos de Lilith. Il regarda avec une fascination morbide le cœur qui était serré dans son poing s'effondrer lentement et tomber. Puis, le corps de Lilith se transforma rapidement en une petite avalanche de serpents qui ne laissèrent que le tissu ensanglanté du démon... bon, après, les vêtements de Michael n'étaient pas non plus en meilleur état : de vrais lambeaux de chiffons !

Cette pensée ramena Kane au fait qu'il portait l'enfant démon dans les bras. Baissant les yeux sur lui, il nota que son costume vert de Peter Pan qui lui couvrait son petit corps était maintenant rouge et noir et déchiqueté à plusieurs endroits. Il lui repoussa sa frange poisseuse loin de ses grands yeux, mais préféra ne rien dire car il savait que l'enfant était encore sous le choc. À ce moment, même l'esprit de ce petit garçon était devenu obsédant. Kane le maintenait bien appuyé contre sa poitrine, espérant que cela lui procurerait un sentiment de sécurité.

Il se fraya un chemin à travers la horde de bêtes de l'ombre qui venaient de toutes les directions pour disparaître dans l'obscurité du trou. Bon débarras.

Il haussa un sourcil, remarquant pour la première fois que tous les serpents n'étaient pas de race démoniaque. Il pensait qu'ils étaient même probablement aussi mortels que les humains. N'étant plus sous l'emprise du maître démoniaque, les races terrestres restèrent en surface, laissant l'entrepôt toujours infesté, mais leur nombre était faible en comparaison et il serait facile pour la meute de loups de les flairer.

Il stoppa net dans ses réflexions lorsqu'il sentit les petites mains de l'enfant démon libérer la prise qu'elles avaient sur ce qu'il restait du haut de son déguisement et baissa le regard. Il était heureux de voir que le garçon avait finalement décidé de lui faire suffisamment confiance pour se permettre de perdre conscience... un sommeil profond était ce dont son esprit et son corps blessés avaient besoin en ce moment.

Michael entendit le son lointain de la voix de Kane qui l'appelait et lutta pour ouvrir les yeux... puis il découvrit que celui-ci était déjà agenouillé à ses côtés.

Voyant que Michael était sur le point de s'évanouir, tout comme le petit garçon, Kane le frappa tout d'abord en pleine tête.

- Bein alors… j'croyais qu'on avait déjà parlé de ne

pas mordre les démons... gros nul. Tu étais censé les tuer, pas les manger.

Il se pencha pour l'aider à se relever, mais il s'arrêta dans son élan parce que Michael se leva immédiatement.

- Tu n'as pas l'air d'aller bien, lui dit Kane, même si c'était peu dire.

- Et toi, tu devrais te regarder dans un miroir, répondit Michael, en souhaitant que la pièce cesse de bouger. Au moins, je sens moins mauvais que toi.

Il gémit et aurait glissé sur le sol si Kane n'avait pas enroulé un bras rapide autour de lui pour supporter son poids.

- Je te donnerais bien un peu de mon sang, mais il me semble que je suis moi-même un peu à sec, marmonna Kane en essayant de mieux maîtriser son frère.

La quantité de sang qui les lubrifiait tous les trois rendait la tâche difficile.

- Tu t'sens toujours nauséeux ? se moqua-t-il en espérant que Michael admette au moins l'erreur d'avoir céder à cette envie dangereuse. Je persiste à dire que c'est ce qui arrive quand on la mord. D'ailleurs, ça m'étonne que tu puisses mettre ta bouche sur quelque chose d'aussi moche. Que tu mordes Aurora, ça, je peux le comprendre, au moins c'est une Déchue et c'est ta compagne... mais pas cette méchante sorcière... ni n'importe quel autre démon, d'ailleurs. Du sang noir, c'est très mauvais pour toi... tu comprends ?

- Bien... les démons sont officiellement hors de mon menu à partir de maintenant, accepta Michael, trop faible pour céder au besoin persistant de vomir. Et notre secret ? Concernant Damon... je voulais dire... ça reste bien sûr entre nous. C'est toujours d'accord ?

- C'est toujours d'accord. Kane sourit, jetant un coup d'œil aux preuves évidentes sur la moitié inférieure du visage de Michael, son cou et sa poitrine. Bref, j'en parlons plus. Ça sert à rien, de toute façon.

- Kane ? Michael s'appuya contre son frère avec un soupir d'épuisement.

- Qu'est-ce qu'il y a ?

La voix douce de Kane révéla finalement l'inquiétude qui était là depuis le début.

- ... méfie-toi, lui dit Michael en s'évanouissant aussitôt.

Au-dessus d'eux, le gardien observait les deux frères. Et Kane... blessé et ensanglanté, réussissait encore à soulever doucement Michael pour que tous puissent sortir de l'entrepôt.

Shinbe écarta la barrière démoniaque qu'il avait placée autour du magasin pour que l'enfant démon puisse partir, car il n'était pas une vraie menace pour les humains. Tous les démons n'étaient pas mauvais et il semblait que ce paranormal l'avait compris... d'ailleurs, ça le rassurait, en quelque sorte.

Les humains et les créatures métamorphes qui se trouvaient ici ne savaient pas comment tuer les démons, mais les gardiens, eux, si : même si un démon était déchiré membre par membre dans une bataille sanglante, lorsque son corps disparaissait de cet univers, il se reformait simplement au sein du royaume des démons, qui se connectait à toutes les dimensions et à tous les univers parallèles.

De même que lorsqu'un humain mourrait : ce n'était pas la fin... pareil, lorsqu'un démon mourrait. Sauver la vie de cet enfant démoniaque n'avait fait que la maintenir dans cette dimension... du moins, pendant un certain temps. En vérité, les démons et les humains n'appartenaient pas au même monde ; non, ils étaient censés être en sécurité et séparés les uns des autres par une barrière puissante placée entre leurs deux dimensions. Les deux espèces avaient le droit de vivre... mais pas dans le même univers.

Shinbe soupira sous le poids de cette connaissance sacrée. Son attention se tourna sur le désordre que seule une petite bataille comme celle-ci avait laissé derrière elle.

Il descendit lentement de l'étagère afin de ne pas soulever le moindre nuage de poussière démoniaque. Usant de son pouvoir de télékinésie, il tendit la main, paume vers le bas, et regarda les deux éclats de cristal se soulever de la cendre et briller à nouveau d'une lueur bleu glacé. En s'élevant dans les airs, ils fusionnèrent avant de s'enfoncer dans la chair de sa paume, ce qui ne lui donna pas le même coup de fouet qu'aux démons : ce cristal n'affectait pas les gardiens de cette manière, sauf si on prenait en compte du fait que Hyakuhei avait, au cours de plus d'une seule vie, utilisé le cristal pour augmenter le pouvoir des démons qu'il avait pris dans son âme, pour ensuite utiliser ce pouvoir accru à son avantage. Il avait été leur plus grand ennemi tellement de fois.

Même aujourd'hui, cela le dérangeait de savoir que Hyakuhei avait toujours piégé les puissants démons qu'il jugeait dignes de ce nom et qu'il était maintenant ici, dans ce royaume, à recueillir silencieusement le talisman en cristal avec les autres gardiens.

Sauf que cette fois, il y avait une énorme différence : ils se comprenaient tous par un lien étrange car ils se rappelaient tous des choses sur les autres qu'ils n'étaient pas censés savoir... ils se souvenaient de la vérité qui se cachait derrière chacune de leur existence.

Il sentit soudain la main froide de la peur s'emparer de lui... une sinistre prémonition de ce qu'il allait arriver. Ayant besoin d'avertir ses frères et de trouver Kyoko le plus vite possible, il se retourna... et vit Hyakuhei se tenir sur son chemin.

Oh non... il n'avait pas du tout peur. Faisant confiance à son instinct, Shinbe leva sa canne entre eux et se prépara à l'attaque à venir. Pourtant, il ne se sentait pas plus en sécurité parce que Hyakuhei ne bougeait pas d'un poil.

- Tu comptes faire quoi, là ? s'enquit-il.

Il sentit son sang se refroidir lorsqu'il détecta un soupçon de sourire à la commissure des lèvres de Hyakuhei. Il envoya un appel silencieux à ses frères, sachant qu'il avait de réels problèmes.

- Tes frères sont déjà là... tu ne peux pas nous sentir ? chuchota Hyakuhei de façon mielleuse. Puis il s'étira en avant pour atteindre sans effort la puissante barrière que Shinbe venait d'ériger entre eux. Tu ne veux pas te joindre à nous ?

Les yeux améthyste de Shinbe s'élargirent de panique en entendant le mot « nous » ; mais il perdit momentanément la volonté de rabattre l'autre main de Hyakuhei, qui s'enroulait autour de son cou. Il fut attiré par la lumière bleue aveuglante.

Hyakuhei leva le visage et ferma les yeux alors qu'il était lui aussi consumé par cette lumière. Ses longs cheveux foncés et son trench coat se balançaient au rythme de cette précipitation, tandis que son âme s'abandonnait à la force du lien, complétant l'âme dominante connue sous le nom de Darious... l'âme originelle que le destin avait assez craint pour la déchirer.

La seule autre fois où Darious avait existé sous sa forme véritable, c'était lorsque les ondulations de mondes parallèles se croisèrent accidentellement, ce qui, pour lui, était comparable à une goutte d'eau avec un océan. Ces quelques fois, il était entré dans le monde de ses egos alternatifs et avait même marché parmi eux, mais ce n'était pas la même chose : cette fois-ci, aucuns chemins ne s'étaient croisés... il n'y avait qu'un lien télépathique provoquant un flux de souvenirs, ce qui était un paradoxe en soi.

Darious s'était battu pour que son âme brisée reste unie, alors que chaque gardien tentait de rejeter le fait que leur vie et leurs souvenirs lui appartenaient. Il avait vécu d'innombrables fois à travers eux, combattant les démons pour protéger la prêtresse... se battant même pour elle les uns contre les autres. Darious ne les blâmait pas, car Kyoko était, est et sera toujours son âme sœur et chacun des gardiens étaient des morceaux de son âme brisée.

D'ailleurs, ces derniers ne sont jamais nés et n'ont jamais vieilli... ils sont simplement entrés dans l'existence comme s'il s'agissait de morceaux épars de lui-même.

Il n'était pas non plus jaloux d'eux, parce que leur amour pour elle provenait du fait qu'il la recherchait désespérément, à travers eux. Les frères gardiens étaient les seuls à ne pas accepter ce fait.

L'achèvement de son âme n'aurait même pas pu débuter si les tendances jalouses de Hyakuhei ne l'avaient pas poussé à absorber son frère jumeau, Tadamichi, avant de passer par la brèche de cette dimension parallèle. Hyakuhei avait secrètement emprisonné son frère jumeau, au plus profond de lui-même… là où il cachait tous les démons qu'il portait en lui.

Au moment où cela s'était produit, il avait réalisé que c'était le plan de Tadamichi depuis le début... et la chute de Hyakuhei. Avec les jumeaux réunis, presque la moitié de son âme était comblée, ce qui lui permettant d'avoir plus de pouvoir sur ses alter ego.

Le fait d'avoir des démons dans son âme et d'utiliser ce pouvoir à son avantage n'était pas un don de gardien accordé à Hyakuhei... mais une malédiction accidentelle causée par la douleur et l'angoisse intenses de Hyakuhei suite à sa séparation avec la prêtresse. Les démons tentèrent alors de le tuer pour la première fois... et non l'inverse. Il s'était défendu de la seule façon possible : en retournant la situation contre eux.

Cette guerre interne allait continuer tant que les démons resteraient emprisonnés avec Hyakuhei.

Les gardiens restants avaient qualifié Hyakuhei de « gardien des ténèbres » et, dans certains cas, de « seigneur démoniaque » et de « traître ». Ils étaient toujours en guerre contre lui à travers d'innombrables ondulations d'univers parallèles.

En vérité, Hyakuhei détenait la partie la plus sombre de son âme... une tranche de sa douleur la plus profonde et de son cœur brisé, maintenant déformée par les démons qui le torturaient de l'intérieur. Sans l'intervention des démons, Kyoko pouvait apaiser sa douleur et réparer son cœur... et heureusement, elle l'avait fait dans plusieurs vies.

Il était triste de savoir que les gardiens avaient fui la partie la plus endommagée de son âme brisée, puisqu'il s'agissait de celle qui avait désespérément besoin d'être sauvée. Pour une fois, la malédiction de Hyakuhei était devenue son plus grand cadeau, car c'était ainsi que Darious pouvait désormais consommer les morceaux de son âme.

Cependant, il ne savait pas combien de temps il pourrait la maintenir en place avant qu'elle ne se brise à nouveau. Même maintenant, il pouvait sentir la lutte de Toya s'amplifier sur les démons de Hyakuhei et les autres gardiens.

Chaque gardien était doué d'un pouvoir différent, correspondant à la partie de son âme dont ils avaient été arrachés ; le pouvoir de Toya était spécial : il provenait de la partie la plus dangereuse de toutes... quelque chose qui dépassait l'amour et cet amour était magnifié par la jeune fille elle-même.

Une fois son âme brisée, ce qui créa les egos alternatifs, la statue de la jeune fille n'avait permis qu'à Toya de traverser les mondes sans le pouvoir du cristal, ni sans qu'il y ait une déchirure dans les dimensions. Du moins, tant qu'elle était de l'autre côté et quelle avait besoin de lui... et dans ce cas, la statue de la jeune fille ne l'empêchait pas de franchir la barrière du cœur du temps. Et plus il aimait et désirait la prêtresse, plus son pouvoir devenait dangereux.

Ce qui ne l'étonnait guère, c'était le fait que les autres gardiens craignent secrètement Toya... parce que son pouvoir pouvait devenir illimité dans des situations extrêmes et il y avait une chance que son côté maudit émerge lorsque sa rage devenait trop forte.

Tous ses alter ego avaient acquis une malédiction sous une forme ou une autre... ou peut-être était-ce une partie de ses pouvoirs dont il n'avait pas conscience et qui était tout simplement trop importante pour qu'un simple éclat d'âme puisse la gérer.

Tadamichi avait toujours eu une forte connexion mentale avec lui et pleurait la séparation de son âme et de celle de Hyakuhei. Son désir de les réunir avait rendu sa résurrection possible. Ils pouvaient maintenant partager ce monde... car il était sûr que les gardiens s'étaient libérés de lui à plusieurs reprises... Darious était également sûr qu'il pouvait continuer à les réclamer comme il venait de le faire.

CHAPITRE 16

Appuyé contre la voiture de police la plus proche des portes d'entrée du bâtiment, Damon souriait en attendant ses frères sortir. Les filles pensaient-elles vraiment qu'en s'éloignant de lui tout en se parlant à voix basse il ne les entendrait pas ? Non, mais, sérieusement ?

Tabatha venait de demander à Alicia de le distraire pour qu'elle puisse aller voir Kane, et maintenant il attendait patiemment de voir comment sa compagne pensait qu'elle allait accomplir un tel exploit.

- C'est toi es censée lui obéir pour le reste de la nuit... pas moi, ajouta Tabatha avec un soupir.

Elle tourna la tête en direction de Damon et indiqua à Alicia d'aller tenter le coup. Son amie se mordit la lèvre inférieure et le regarda en battant des cils. Elle ne connaissait qu'une manière de s'y prendre, et elle savait qu'elle avait une chance pour que cela fonctionne. Libérant sa lèvre inférieure de sa torture, elle la lécha et se dirigea vers Damon avec une seule et unique idée en tête : le séduire.

Damon s'éloigna de la voiture de police et se tint debout sur toute sa stature. Il venait de repérer ses frères au travers des baies vitrées de la porte d'entrée, et honnêtement, il pensait qu'ils avaient perdu le combat… et non qu'ils l'avaient gagné. Michael semblait avoir froid et Kane se déplaçait à la vitesse d'une tortue lorsqu'ils sortirent de l'îlot central. Il leva un sourcil curieux en voyant le petit démon blotti dans les bras de Kane.

Se tournant vers Alicia, il dut admettre qu'elle était vraiment trop mignonne. C'était dommage qu'il ne puisse pas la laisser poursuivre son petit jeu sexy. Dès qu'elle fut à sa portée de main, il la saisit par le poignet et commença à l'attirer avec lui vers l'immeuble.

- Ton p'tit manège… j'veux dire… tenter de me séduire, c'est bien ! Mais remets ça à plus tard, lui dit Damon, en insistant sur chaque mot.

- Mais ! Je n'étais pas...

Alicia se tut brusquement, ressentant de la chaleur monter dans ses joues.

Elle oublia instantanément sa gêne lorsque Tabatha leur passa devant en trombe pour atteindre les portes automatiques en les écartant si vite dans son élan que l'une d'entre elles sortit de son rail et fut éjectée quelques mètres plus loin pour finalement venir s'écraser sur le sol à grands fracas. Elle soupira fortement en voyant le désordre dans lequel Kane et Michael se trouvaient. Et tout ce sang, d'où venait-il ?

Kane soupira de soulagement en voyant Damon porter Michael, tandis que Tabatha se glissa sous son bras pour qu'il puisse s'appuyer sur elle, fier de constater qu'elle faisait semblant d'être forte.

- Mais putain., Kane... tu n'as pas laissé Michael

manger l'démon ? demanda Damon sur un ton accusateur sans cacher son dégoût.

Bien qu'en examinant de plus près toutes les blessures, il commença à se demander qui avait mangé qui. Michael était couvert de tellement de morsures de serpent qu'il ressemblait à un joli petit porte épingles.

Son froncement de sourcils s'accentua à la vue de ce qui ressemblait à une morsure de requin allant du cou jusqu'à son épaule. En touchant du doigt ce qu'il restait de la partie inférieure de sa chemise, il trouva une autre énorme marque de morsure. Les comparant à deux coups de couteau, il se dit qu'elle devait provenir de l'un des serpents qui avait proliféré avec les autres.

- Juste pour ma défense : moi, j'ai rien vu, déclara Kane avec franchise. J'étais un peu occupé. On devrait plutôt le ramener à la maison et lui donner quelque chose à manger, hein ? Comme ça, tu pourras lui demander toi-même ? Il cligna des yeux en voyant que Damon s'était déjà mordu le poignet pour le tendre sous les lèvres de leur frère. Ouais t'as raison… tu peux aussi faire ça ici… devant tout le monde, se permit-il d'ajouter juste au moment où la meute de loups qui se faisaient passer pour des flics se mirent à les entourer, la majorité d'entre eux regardant Damon avec des expressions bizarres.

Il saisit rapidement la main de Tabatha pour l'empêcher de faire pour lui la même chose que Damon faisait pour Michael, puis il fronça les sourcils et resserra sa prise lorsqu'elle essaya de l'éloigner. Il était vraiment reconnaissant de cette aide apportée, même si Alicia semblait nerveuse lorsqu'elle s'était avancée vers l'enfant démon pour le prendre dans ses bras.

- Les démons sont partis… mais méfions-nous quand même : je crains que l'endroit ne soit pas sûr, malgré tout, fit remarquer Kane avec bienveillance, parce qu'il avait besoin de distraire les flics qui, en ce moment, pensaient à des choses bizarres en faisant toutes sortes de bruit en observant Damon qui donnait son sang à Michael à même la bouche.

Il haussa légèrement la voix en y ajoutant une touche de servitude :

- Il y a encore au moins une centaine de serpents à l'intérieur du bâtiment... ceux-ci ne sont pas démoniaques, mais réels et très venimeux. J'approcherais bien de l'entrepôt avec un peu de prudence parce que plus on attendra, plus ils se répandront de partout.

Il soupira presque de déception en ne voyant qu'un peu plus de la moitié de la meute se disperser à la chasse aux serpents. Bon, très bien... il opta alors pour agir « à l'ancienne ».

Il adressa un sourire de prédateur à tous ceux qui regardaient encore le spectacle vampirique de Damon et laissa ses yeux briller un instant, histoire de faire de l'effet.

- Alors, les gars, vous restez ici en tant que donneurs de sang ? leur demanda-t-il comme de rien, mais avec beaucoup d'espoir, puis un sentiment de satisfaction l'envahit en les voyant fuir.

En entendant la voix de Kane s'assombrir et en sentant un changement dans l'air, Damon détacha les yeux de Michael juste à temps pour voir un éclair traverser les nuages présageant un orage imminent. Il leva calmement la main pour tirer sur le bras d'Alicia pour qu'elle soit derrière lui... au cas où.

Tabatha fixait le sang qui coulait sur sa main, juste à l'endroit où il coulait sur celui de Kane. Elle ignora complètement le bruit du tonnerre, tout comme les flics qui s'étaient enfin dispersés pour trouver une solution au problème des serpents. Avec un bras derrière Kane pour le soutenir, elle tentait de se libérer l'autre main. Pourquoi ne la laissait-il pas faire pour lui ce que Damon faisait pour Michael ?

Cherchant à savoir ce qui retenait son attention, Kane remarqua la main ensanglantée de Tabatha. Il leva lentement les yeux pour voir qu'elle avait maintenant du sang sur la peau et les vêtements... même sur sa joue et ses beaux cheveux blonds qui lui recouvraient l'épaule... et même à chaque endroit où son corps touchait le sien.

Il ressentit comme un déclic mental lorsqu'une vision du passé de Tabatha en train de saigner lui glissèrent à l'esprit comme une lame rouillée... et douloureuse. Le fait qu'elle ait déjà saigné à cause de lui à de nombreuses reprises le rendit plus que juste un peu perturbé.

Kane s'empara des deux poignets de Tabatha et la fit tourner rapidement pour la coincer contre le mur de briques à côté des portes.

Damon prit cette manœuvre comme un signal et disparut avec sa compagne ; ils portèrent tous deux leurs survivants endormis à une distance plus sûre et dégagée de l'autre côté du parking. Il les aurait bien ramenés chez eux, mais ce n'était pas comme s'il pouvait emmener un enfant démoniaque au Love bites... ni chez Michael, d'ailleurs. Les deux endroits étaient gardés contre les démons.

Kane s'assura que le seul endroit où il touchait Tabatha était son poignet ; cependant, il veillait malgré tout à la tenir à distance. Puis il lui dit d'une voix grave :

- Le fait que tu sois sortie de là sans perdre la moindre goutte de sang me tient à cœur... ne me rends pas responsable d'une nouvelle blessure ouverte… sur toi. La victoire que j'ai eue ce soir se transformera en échec si tu saignes, ne serait-ce que d'une seule goutte pour moi. Saigner est la seule chose que je peux faire pour toi, mais toi, tu n'as pas le droit de le faire pour moi… plus jamais. Tu comprends ?

Tabatha tressaillit en percevant la colère dans sa voix, mais il ne fallait pas être devin pour savoir que Kane se souvenait de ce que Raven et Misery lui avaient fait… et de toutes les fois où elle avait été blessée sous ses yeux. Le passé le hantait encore… et perdre autant de sang ne l'aidait probablement pas à réfléchir correctement.

Oh mon Dieu… certes, il avait battu les démons ce soir-là… mais il avait également accidentellement réveillé l'un des siens. Il fallait absolument qu'elle trouve quelque chose pour l'aider à se calmer. Elle décida que l'honnêteté serait la clé.

- Je comprends tout à fait, et je ne ferais jamais rien qui puisse te blesser… parce que je t'aime tellement, tout simplement. Sa voix était douce alors qu'elle détendait son dos contre le mur pour qu'il puisse voir qu'elle ne se battait plus contre lui. Mon sang restera là où il est… c'est-à-dire en moi… en sécurité.

Comme il ne disait rien dit et qu'il ne bougeait pas un seul muscle, elle ajouta :

- Maintenant qu'on a bien pris soin de moi, j'aimerais te rappeler que c'est toi qui saignes. S'il te plaît, prend en considération que même si tu n'aimes pas me voir saigner, je n'aime pas te voir saigner non plus.

Kane fit un léger signe de tête et disparut soudainement.

Tabatha s'affaissa contre le mur pendant un moment

avant de finalement s'en éloigner. Il n'avait pas été assez rapide pour qu'elle ne l'ait pas vu foncer à l'intérieur du magasin. Un petit sourire s'étira sur ses lèvres alors qu'elle se demandait combien de loups il lui faudrait pour guérir. Cela ne la dérangeait pas qu'il ait rejeté son sang... maintenant qu'elle savait pourquoi.

*****

Scannant l'arrière de l'entrepôt en cherchant Chad et Vincent, Evey roulait tranquillement. Elle les trouva finalement au fond du bâtiment et, même s'ils étaient blessés tous les deux, c'était l'état de Chad qui était le plus inquiétant. Mais au moins, ils étaient tous deux vivants pour le moment.

Elle passa devant plusieurs portes de quais d'embarquement, puis elle arriva vers celle qui était située le plus près d'eux, heureuse de voir qu'elle était ouverte et qu'une rampe pavée menait à l'intérieur... mais de toute façon, même sans cela, elle ne se serait pas arrêtée en cours de route. En s'enfonçant le plus loin possible dans l'entrepôt, elle alluma ses haut-parleurs externes et ses phares, les faisant pivoter dans leur direction.

- Chad, Vincent... votre voiture est làààààà ! ! ! cria-t-elle en concentrant les ondes sonores droit sur eux.

Les yeux de Chad s'ouvrirent et son corps se mit à trembler violemment lorsque le souvenir d'avoir été touché explosa dans sa tête comme une boule de démolition lors d'un derby. Il s'assit brusquement et s'agrippa à sa poitrine, éparpillant la matière en tissu-éponge toute douce qui, pour une raison quelconque, le recouvrait.

- Rhô putaiiiinn… ça fait un mal de chien, s'exclama-t-il.

Il émit un nouveau cri lorsqu'il sentit quelque chose lui percer le mollet dans l'obscurité.

Evey l'entendit et fit clignoter ses phares pour attirer leur attention.

- Chad… Vincent ?

Confus, Chad leva le regard et ses yeux s'élargirent lorsque l'obscurité fut soudainement remplacée par la lueur de phares brillants.

- Et merde, marmonna-t-il en voyant une vingtaine de serpents ramper autour de lui et de Vincent, qu'il espérait seulement endormi. Ils lui sifflaient dessus parce qu'il avait certainement dû perturber leur sieste et là, ils étaient vraiment furieux.

Il se pencha pour secouer Vincent. Puis il réalisa qu'il faisait semblant : ce dernier lui saisit le poignet pour l'arrêter.

- Reste tranquille une minute, siffla Vincent en lançant le serpent qui venait de lui mordre l'autre main.

Il résuma mentalement qu'il était tellement resté immobile en respirant à peine, qu'il s'était presque endormi.

- Allez les gars ! ! ! Vous allez me répondre, oui ou non ? coupa la voix d'Evey.

- On est cernés par des serpents, ma bichette, répondit celle de Vincent

Un cobra royal se faufila soudainement sur les serviettes qui étaient à ses pieds, faisant bondir un Chad surpris, qui se prit, de ce fait, une nouvelle morsure au bras.

- Mais bon saaaaaang ! ! ! Je vais me faire manger tout cru, si j'reste ici, s'exclama-t-il.

Vincent s'assit et lui lança un regard furieux :

- Mais c'est parce que tu bouges… et que tu cries, tellement fort, même, que tu pourrais ressusciter Toutankhamon !

- Eh bien… moi, j'vais pas rester ici et me transformer en nourriture pour serpents, lui rétorqua Chad en grognant et en se levant.

Les serpents ripostèrent et se mirent à les attaquer à plusieurs reprises, et cette fois-ci, Vincent eut sa part.

- Rôôôô ! Putain ! grogna-t-il en se levant d'un bond. Cours !

Les deux hommes coururent à travers l'entrepôt jusqu'au quai de chargement, tentant du mieux qu'ils pouvaient d'éviter les serpents, mais sans grand succès. L'un d'eux frappa Vincent depuis une étagère, le mordant à la joue gauche. Il trébucha et tomba.

Alimenté par sa peur invétérée des serpents, Chad, qui n'avait pas vu que Vincent était tombé, continuait son avancée.

- Oh... super... laisse-moi derrière toi, t'as bien raison, grommela Vincent en se relevant.

Chad ne lui épargna qu'un regard par-dessus une épaule, mais cela lui suffit pour mal juger la distance qui le séparait d'Evey. Il s'écrasa contre son aile avant, atterrissant la tête la première sur son capot.

- Ooooooh Chaaaaaad ! ! ! ronronna Evey. J'adore quand tu te jettes sur moi, mais je pense que là, ce n'est pas l'moment.

Vincent sauta par-dessus Chad et courut sur le capot avant de se glisser par la fenêtre du passager ouverte depuis le toit.

- Frimeur ! cria Chad en passant tête la première du le côté conducteur.

- C'est ce que tu obtiens en me laissant derrière toi mon pote ! lui dit Vincent avec un sourire diabolique qui semblait un peu triste.

Avant même que Chad n'ait pu s'assoir, Evey se mit en marche arrière et sortit du bâtiment, les jambes de Chad toujours en-dehors du véhicule. Elle s'envola sur le parking arrière, faisant littéralement tomber Chad sur son plancher.

Il grogna légèrement et se mit debout sur le siège avant, puis il se pencha en arrière pour mettre les mains sur le volant. Par habitude.

- Dieu merci, c'est fini, chuchota-t-il en essayant de reprendre son souffle.

- Alors, cette blessure ? Où en es-tu ? demanda doucement Vincent en essayant d'ignorer la brûlure de ses morsures de serpent.

Chad baissa les yeux au niveau de sa poitrine et fronça les sourcils avant d'ouvrir sa chemise pour pouvoir mieux la voir. Il siffla lorsqu'il vit l'entaille et la chair béante. Pourtant, l'ouverture n'avait pas l'air si profonde que ça. Connaissant les dégâts qu'un tel coup de feu pouvait causer, il pensa qu'il était presque guéri, même s'il souffrait encore. La montée d'adrénaline provoquée par leur course contre les serpents lui avait fait oublier tout ça pendant une bonne demi-heure.

Son froncement de sourcils s'accentua et il regarda Vincent avec inquiétude.

- Tu t'es fait poignarder, dit Chad, en se remémorant soudain ce qu'il s'était passé juste avant qu'il ne perde connaissance. Il faut qu'on t'emmène chez le médecin !

Vincent haussa les épaules.

- Ça ne saigne déjà plus et ce ne sera pas la première fois que je me recouds moi-même.

La blessure n'était plus qu'une mauvaise égratignure et il n'était pas prêt à s'effondrer. Ce qui l'inquiétait en ce moment, c'étaient les multiples morsures de serpent que Chad et lui avaient reçues lors de leur fuite de l'entrepôt du « Gros Trou ». Il soupira profondément et se pencha en arrière sur le siège, fermant les yeux. La nuit avait été longue et il était tellement fatigué... il espérait juste que quelqu'un d'autre puisse expliquer à Chad ce qu'il se passait.

Chad secoua la tête et regardait fixement la route qui se présentait à eux. Avec toutes ses morsures de serpent, il se sentait groggy et sa tête tremblait. Il se secoua à nouveau et ouvrit les yeux en grand avec détermination.

- Il est hors de question d'aller à l'hôpital, marmonna Chad en se frappant la tête : tout à l'heure, il était mort... une fois de plus.

- J'ai reçu l'ordre de vous ramener tous les deux au château, annonça Evey avec obligeance, puis ajouta tout aussi obligeamment : de plus, un hôpital n'aidera pas Vincent maintenant, vu qu'il est mort.

- QUOI ?

Chad lâcha le volant et plongea du côté passager pour vérifier les signes vitaux de Vincent. Il lui appuya les doigts sur le cou pour vérifier son pouls, essayant en vain d'y trouver le bruit qui lui était familier. Mais en vain. Il baissa lentement la tête vers sa poitrine, en sautant presque pour entendre le son d'un battement de cœur. Encore une fois... il n'y avait rien.

- Evey ! Appelle une ambulance ! lui ordonna Chad au moment où il s'évanouit parce que toute cette adrénaline sollicitait son cœur bien plus que d'habitude, faisant couler le venin de serpent encore plus vite dans ses veines.

Evey soupira, résignée, quand les signes vitaux de Chad se retrouvèrent à plat. Il s'effondra la tête sur la poitrine de Vincent, les doigts touchant doucement sa gorge.

- Hummmm, se dit Evey en ronronnant, alors qu'elle abaissait le dossier du siège passager pour qu'ils soient plus à l'aise. Je me demande à quoi je ressemblerais si j'étais un corbillard.

Pour se distraire, et pour s'amuser en même temps, elle parcourut les fichiers musicaux de presque toutes les chansons qui existaient jusqu'à ce qu'elle trouve la chanson de Ray Steven *Sitting Up with the Dead*.

- Celle-ci est parfaite, dit-elle joyeusement en se mettant à chanter en même temps.

Elle se dirigeait lentement vers le château, optant pour emprunter les routes secondaires pour pouvoir rouler bien en dessous de la limite de vitesse sans se faire arrêter. Elle ne voulait pas atteindre sa destination sans qu'ils aient eu le temps de se réanimer. Son moniteur de tableau de bord affichait maintenant un écran divisé en deux : les signes vitaux de Chad et ceux de Vincent...

Au bout d'une bonne heure, Vincent commença à s'agiter. Il leva une main sur sa joue pour essuyer le venin de serpent qui s'était écoulé des deux petites marques de dents et qui avait partiellement séché. Il pouvait en sentir la viscosité à plusieurs endroits où son corps l'avait repoussé, comme, par exemple par les trous par lesquels il était entré.

- Contente de te retrouver ! s'exclama joyeusement Evey.

- Merci ma belle, murmura Vincent.

Puis il se tut en réalisant que quelque chose de lourd était carrément posé sur lui.

Il baissa le regard et ses yeux s'élargirent de façon comique lorsqu'il vit le corps de Chad recouvrant le sien dans une position très bizarre. Il essaya de le repousser, mais il était trop lourd. Cependant, il ne semblait pas avoir la force de le bouger car il n'avait pas l'air d'être complètement remis.

- Rhô mais dis donc ! C'est un costaud… s'étonna-t-il. Tu penses que tu peux m'aider, ma belle ? demanda-t-il en regardant le tableau de bord d'Evey.

- J'ai bien peur que non… je ne suis pas équipée de siège éjectable, répondit Evey.

Vincent rétrécit les yeux sur le tableau de bord, entendant un rire étouffé dans sa voix.

- Pourtant, toutes les femmes viennent avec un siège éjectable, corrigea-t-il en essayant de ne pas trouver ça drôle.

- Et même si j'en avais un, penses-tu que je l'utiliserais en ce moment ? demanda doucement Evey. De toute façon, je préférerais que l'un d'entre vous deux soit sur le siège arrière.

Vincent fronça un sourcil et se retrouva avec un sourire sexy devant le tableau de bord :

- C'est tellement plus amusant, je suis bien d'accord.

Vincent lâcha un « hep » quand le dossier du siège retomba brusquement, en position allongée… avec Chad sur lui.

- Allez… à toi de jouer maintenant… essaye de t'extirper de lui… en t'agitant, par exemple, proposa Evey.

Vincent soupira :

- J'crois bien qu'je n'ai pas le choix.

Evey bourdonna en enregistrant secrètement la scène.

Vincent commença à se dégager en se trémoussant sous le corps de Chad et se mit à tressaillir lorsque le visage de Chad se trouva à quelques centimètres de son entrejambe. C'est à ce moment précis que Chad se mit à bouger. Vincent se figea d'horreur.

- S'teu plaît, pas maint'nant, pas maint'nant, pas maint'nant, scanda-t-il en priant pour que Chad reste sous l'eau encore un peu plus longtemps.

Chad gémit et leva la main sur son front : un mal de tête meurtrier accompagnait son réveil. Il se frotta le visage contre la surface sur laquelle il était allongé, mais il se calma lorsqu'il sentit un mouvement. En levant un peu la tête, il cligna des yeux, encore somnolent, et quand il vit sur quoi il était allongé, ses yeux s'élargirent, comme eux-mêmes horrifiés.

Il hurla un effroyable « NANNN !!!! » et les deux hommes furent projetés chacun d'un côté de la voiture.

Chad se retrouva étendu sur le siège du conducteur, pieds et jambes côté passager, la tête appuyée contre la fenêtre. Vincent était maintenant recroquevillé dans le coin le plus éloigné du siège arrière qu'il avait pu trouver.

Les deux hommes se montraient du doigt en criant en chœur :

- J'ai rien fait !

- Si !

- Arrêtez ! Tous les deux, arrêtez tout d'suite ! réussit à leur dire Evey entre deux éclats de rire.

- Chad… t'es un mec bien… mais je ne suis pas de ce bord, dit Vincent en se passant une main dans les cheveux.

- Moi non plus, dit Chad.

- Alleeeez, supplia Evey. Ne me gâchez pas ce momeeent ! !

Chad se leva soudainement et pointa à nouveau son doigt sur Vincent :

- Toi ! ? Mais… tu étais mort ? ? fit-il remarquer d'un air accusateur.

- En fait… je ne l'étais pas, ronchonna Vincent en croisant les bras sur sa poitrine d'une manière puérile.

- Mais si ! rétorqua Chad. Evey l'a même dit…

- Ah oui ? s'enquit Evey en obligeant Chad à regarder dans le tableau de bord. Au temps pour moi.

L'expression de Chad s'assombrit :

- La prochaine fois, je vais te mettre du sucre dans ton réservoir.

- Mais pour ça, tu devras d'abord m'attraper, lui chantonna Evey. En plus, le sucre ne fait que me rendre plus douce.

Vincent secoua la tête et se frotta la tempe en signe de frustration. Pourquoi Storm l'avait-il prévenu de ne pas dire à Chad qu'il pouvait se réanimer s'ils allaient mourir l'un devant l'autre à tour de rôle ? Chad n'était pas stupide… il finirait par le comprendre.

***

Assurez-vous de garder un œil sur les autres tomes de la Saga des Liens du Sang.

Moon Dance
La Saga des Liens du Sang-Livre 1
Résumé :

Envy avait tout pour être heureuse. Un frère génial, un petit ami extra, et le meilleur boulot qu'une fille puisse désirer... barmaid dans l'un des night-clubs les plus en vogue de la ville. Du moins était-ce parfait jusqu'à ce qu'elle reçoive un appel de l'un de ses plus proches amis au sujet de son copain qui s'amuserait à danser le limbo à la verticale sur la piste du Moon Dance. Sa décision de lui faire face n'est que le prélude à une suite d'événements qui vont la précipiter au sein d'un monde dangereux et surnaturel dissimulé derrière le quotidien. Un monde où les gens peuvent se transformer en jaguars, où de véritables vampires rôdent dans les rues, et où des anges déchus nous côtoient de près. Devon est un jaguar-garou un peu brut de décoffrage, et également l'un des copropriétaires du Moon Dance. Son univers à lui bascule lorsqu'il se met à espionner une beauté aux cheveux rouges dansant au club, avec pour seules armes un cœur sceptique et un taser. Avec une guerre de vampires qui fait rage autour d'eux, Devon se jure de faire cette femme sienne... et remuera ciel et terre pour l'avoir.

Night Light
La Saga des Liens du Sang - Livre 2
Résumé :

Quinn Wilder la regardait avec les yeux affamés d'un couguar depuis le jour où elle était née. Quand elle devint adolescente, la tentation de la réclamer comme sienne devint rapidement un sujet de désaccord entre lui et les frères possessifs de la demoiselle. Lorsque leurs pères s'entre-tuèrent à l'occasion d'un combat, les liens entre les deux familles furent rompus et elle avait été emmenée en sécurité loin de lui. La traquant de loin, Quinn trouve que la guerre des vampires a ses bons côtés, lorsque la jeune femme oublie de tenir ses distances.

Kat Santos n'avait pas vu le propriétaire du Night Light depuis des années. Jusqu'à ce que Quinn décide brusquement de l'enlever et l'accuse de lui avoir mis les meurtres du vampire sur le dos. Réalisant que l'ennemi joue avec eux, les deux familles unissent leurs forces pour empêcher les vampires de semer la terreur au sein de leur ville. La guerre souterraine gagne en violence, tout comme les flammes du désir, et ce qui commence comme un rapt tourne rapidement en un dangereux jeu de séduction.

Des Choses Dangereuses
La Saga des Liens du Sang - Livre 3
Résumé :

Tout le monde dit qu'il y a deux chemins dans la vie, mais pour Jewel Scott, les deux paraissent tout aussi dangereux. L'un mène à Anthony, un loup-garou meurtrier et psychopathe, qui est également à la tête de la mafia de la ville, et son fiancé... contre sa propre volonté. L'autre chemin mène à Steven, un couguar-garou qu'elle a tenté d'assommer à coups de batte de base-ball à leur première rencontre. Il avait riposté en la kidnappant et en faisant d'elle sa compagne.

Steven Wilder avait succombé à cette tentatrice au coup de batte facile de bien d'autres manières qu'en tombant simplement au sol... il voulait la garder à ses côtés. Apprendre qu'elle était promise à un mafieux a suffi à le pousser à la kidnapper et à en faire sa promise... pour sa propre protection, bien entendu.

Anthony Valachi était obsédé par Jewel quand elle n'était qu'une enfant et, selon la loi du plus fort, il avait fait en sorte qu'elle devienne sa fiancée. Si quiconque pensait pouvoir la lui enlever, ils avaient tort... mortellement tort.

Incandescence
La Saga des Liens du Sang - Livre 4
Résumé :

Alicia Wilder est lasse d'être protégée du monde par ses frères qui la couvent trop. Tenter de prouver qu'elle peut faire face à une guerre des vampires la met dans des situations critiques : elle se fait attaquer, mordre, embrasser, et tirer dessus, et de façon plutôt étrange, se retrouve à vivre avec trois vampires sexy en diable, dont l'un d'entre eux n'est autre que celui qui a déclenché la guerre de vampires en premier lieu. Lorsqu'elle entre en chaleur en tant que métamorphe, Alicia comprend alors que son filet de sécurité pourrait bien être sa perte.

Damon a emménagé avec ses frères pour une seule raison… la fille qui l'avait pris au piège et laissé pour mort vivait là, et sous la protection d'un vampire. Quand ils sauvent la vie d'Alicia, plus de fois qu'il ne pourrait compter, Damon décide de la mettre sous contrôle, avant que le petit chat qu'elle est ne trouve un moyen de lui échapper, et ne se fasse tuer. La jalousie devient un jeu dangereux en période de chaleur et attire bien plus que de simples monstres.

Le Lien du Sang
La Saga des Liens du Sang - Livre 5
Résumé

Une fois le sortilège de sang brisé, Kane a émergé du ventre de la terre à l'aide de ses griffes et est parti à la recherche de l'âme sœur qui l'a libéré, pour découvrir qu'elle avait disparu. N'ayant rien à perdre et uniquement habité par l'esprit de vengeance, il a déterré la hache de guerre. La dernière chose à laquelle il s'attendait fut de trouver son insaisissable âme sœur sur le chemin de destruction qu'il avait créé. Rapidement obsédé par elle, il observe quand elle ne regarde pas, écoute lorsqu'il n'y est pas invité, et épie ses moindres faits et gestes… et le démon qui le hante sait qu'elle est sa faiblesse. Pour la protéger, Kane fait le serment de la pousser à le haïr, même si pour cela il doit rejoindre les rangs des démons. Mais comment peut-il la protéger du plus grand ennemi de la jeune femme, quand il est ce même ennemi ?

De Sombres Flammes
La Saga des Liens du Sang - Livre 6
Résumé

Alors que la guerre des vampires évolue en une guerre véritablement démoniaque, Zachary se retrouve responsable d'une belle nécromancienne, qui est liée à un sombre épisode de son passé. Il a vu sa propre mère franchir la ligne mince et tomber dans les bras d'un démon. C'était son rôle de s'assurer que Tiara ne choisisse pas le même chemin luxurieux… à moins qu'elle ne l'emprunte en sa compagnie. Dès lors, avec ces démons qui guettent, la dernière chose à laquelle il s'attendait de la part de Tiara était qu'elle les rejoigne. Alors que les esprits s'échauffent et que des secrets sont gardés, la jalousie devient un jeu dangereux. Quelqu'un aurait dû la prévenir : quand on joue avec le feu, on s'y brûle.

Le Sang Souillé
La Saga des Liens du Sang - Livre 7
Résumé :

Passer un marché avec un démon est irréversible, même si vous ne savez pas que vous passez un marché avec un démon. Tournant cette ambiguïté à son avantage, Zachary a brisé la loi sacrée et délibérément proposé un marché à Tiara. Il deviendra son unique amant jusqu'à ce qu'elle trouve un véritable compagnon... ce qu'il espère bien qu'elle ne trouvera jamais. Scellant le pacte, son côté sombre prend le dessus lorsque Tiara se met à le fuir, pensant être en haut de la liste de l'EEP à cause de son sang impur. Zachary combat alors le feu par le feu lorsqu'il la retrouve cachée entre les bras même de l'ennemi.

L'Ombre de la Mort
La Saga des Liens du Sang - Livre 8
Résumé :

Au cœur de la Guerre des Démons, rien n'est tenu pour acquis, lorsqu'elle précipite les destinées des concernés dans une forme de chaos des plus dangereuses et séduisantes. Un homme découvre que de parfaits inconnus peuvent se heurter dans l'obscurité le temps d'une passion aveugle, pour se retrouver aussitôt séparés par la main indifférente du destin, sans même un nom pour l'aider à retrouver la jeune femme. Un autre homme pensera que lorsque l'Ombre de la Mort s'acharne, les ennemis les plus séduisants peuvent devenir rapidement ses alliés les plus puissants... et même contre sa propre volonté. Et le cœur d'une seule âme sœur peut-elle empêcher ces deux hommes qui l'aiment de s'entre-tuer ?

Sanctuaire
La Saga des Liens du Sang - Livre 9
Résumé :

Tout le monde pense que Michael est le seul à pouvoir garder la tête froide dans les pires situations... mais ils comprennent bientôt qu'il faut se méfier de l'eau qui dort. Sa puissance et son tempérament échappent à tout contrôle, lorsque sa passion flamboyante pour une femme tourne à l'obsession, cette même femme qui disparaît aussitôt qu'il souhaite en apprendre plus sur elle. Au fur et à mesure qu'il la goûte, son obsession se change en addiction.

Aurora est liée de force à Samuel, un ancien et puissant démon, qui épie ses moindres faits et gestes. Préserver sa liberté signifie marcher d'un pas devant le démon jaloux. Quand elle se retrouve attirée par un amant à l'œil d'améthyste, elle découvre rapidement que la passion que l'étranger lui inspire mène tout droit à Samuel et à l'homme qu'elle veut protéger.

Samuel jure de tout faire pour garder Aurora à ses côtés. Dans son besoin de soumettre Aurora à son autorité, il entretient inconsciemment les flammes d'une puissance qu'il ne pourra jamais espérer éteindre...la colère vertueuse d'un Dieu Solaire.

265

Le Sang Rival
La Saga des Liens du Sang - Livre 10
Résumé :

Étant de l'espèce des loups garous, Jade a toujours pensé que les mâles Alpha n'étaient rien d'autre que des créatures égoïstes, des brutes sanguinaires et des machos, qui utilisaient les membres de la meute comme tremplin vers la place de roi de la colline. Elle devrait le savoir. Son frère, son fiancé, et son kidnappeur étaient tous des Alpha de la pire espèce. Détenant ainsi toutes les preuves désignant les Alphas comme de mauvais sujets, Jade jure de ne jamais faire confiance à l'avenir au moindre loup-garou... et encore moins de se sacrifier pour l'un d'entre eux. Elle lutte pour tenir cette promesse lorsqu'elle se voit secourue par un Alpha aux cheveux blonds, aux yeux bleus et au corps de Dieu grec. Peu importe la difficulté de son combat, Jade redoute que ce même Alpha ne cause un jour sa perte.

L'Emprise écarlate
La Saga des Liens du Sang - Livre 11
Résumé :

Michael pense parfois que le sang des puissants immortels ne devrait pas se mélanger, même pour deux âmes sœurs prises dans le feu de la passion. La marque d'accouplement est un symbole d'appartenance mais pour Michael, ce petit avant-goût sanglant va précipiter sa chute. Le sang du Déchu est trompeusement séduisant pour un Dieu Solaire et sa puissance déferlante qui envahit Michael le plonge dans une profonde addiction. Dans l'intention de protéger Aurora de lui-même, Michael se met à pourchasser les plus puissants démons de la ville afin de satisfaire son appétit ténébreux. Alors que le sang noir pulse dans ses veines, Michael se perd dans les méandres de cette soif et devient aussi dangereux que les démons qu'il pourchasse.

Désir Fatal
La Saga des Liens du Sang - Livre 12
Résumé :

S'acoquiner avec les voleurs d'un anneau poursuivis par des démons avait été simple... mais c'est leur échapper qui mettait Lacey dans une situation critique. Parce qu'ils voulaient la tuer. Lorsque son partenaire meurt pour lui donner une longueur d'avance, elle ne laisse pas son sacrifice inutile et s'enfuit comme si elle avait une horde de démons à ses trousses... ce qui s'avère être le cas. Comment pouvait-elle savoir que sa fuite la mènerait au beau milieu d'une guerre démoniaque et jusque dans les bras d'un séduisant inconnu, bien plus puissant que le pire de ses cauchemars ?

Ren croyait avoir attrapé un petit voleur, pour finalement découvrir que sous des lardes crasseuses de garçon se cachait la plus désirable des tentatrices. Réalisant qu'elle avait été marquée par les démons, et qu'elle désirait mourir, Ren comprend rapidement que la seule façon de la garder en vie est de la garder à sa portée. Et si les démons étaient assez suicidaires pour penser qu'ils allaient la lui enlever, alors il allait leur faire souhaiter leur propre mort.

*****

Assurez-vous de garder un œil sur les autres tomes de la
Saga du Cœur de Cristal Protecteur

Le Cœur du Temps
La Saga du Cœur de Cristal Protecteur- Livre 1
Résumé :

Chaque fois que le cristal était apparu,
indépendamment du monde ou du temps, ses gardiens
avaient toujours été prêts à le défendre contre toute
personne qui voudrait l'utiliser à des fins égoïstes. Une
jeune fille se tient au milieu de ces antiques gardiens, elle
est l'objet de leur affection, et en elle réside la puissance
du cristal. C'est elle le porteur du cristal, et la source de
sa puissance. Les frontières, cependant, deviennent
floues et la protection du cristal évolue peu à peu en la
protection de la prêtresse elle-même vis-à-vis des autres
gardiens. C'est là le vin auquel s'abreuve le cœur des
ténèbres. C'est là l'opportunité rêvée d'affaiblir les
gardiens du cristal et de les pousser à la discorde. Les
ténèbres sollicitent le pouvoir du cristal ainsi que la fille
qui le préserve, tel un homme convoitant une femme, et
par conséquent, l'entrée dans un autre monde, là où les
ténèbres prédominent dans un monde de lumière.

Ne Jamais Défier le Cœur
La Saga du Cœur de Cristal Protecteur- Livre 2
Résumé :

Une jeune fille, née une centaine d'années plus tard, s'aventure par accident dans la brume d'un pays dévasté par la guerre, portant en elle la seule chose qui ait le pouvoir de guérir ou de détruire leur monde, un cristal sacré, connu sous le nom de Cœur de Cristal Protecteur. Alors que cinq frères se sentent attirés par elle et deviennent ses protecteurs, la guerre entre le Bien et le Mal devient une guerre des cœurs.

Une fois le cristal anéanti et l'ennemi à leurs portes, ils ne s'attendaient guère à subir un sortilège qui les pousseraient à se déchirer entre eux. Alors que les esprits s'échauffent et que des secrets demeurent cachés, la jalousie devient un jeu dangereux entre les membres de cette puissante fratrie. Alors que ce sentiment de possession tourne à l'obsession, les frères réussiront-ils à empêcher l'ennemi de revendiquer la seule et unique personne que tous essaient de protéger ?

Cœurs en Furie
La Saga du Cœur de Cristal Protecteur -Livre 3
Résumé :

Toya lutterait envers et contre tout pour rester aux côtés de Kyoko. Son cœur et ses sabres sont à son service. Il demande seulement à ce qu'elle les accepte. Même alors que l'ombre de leur ennemi menace de leur enlever ce pourquoi ils ont tant lutté. Toya mourrait au nom de son honneur et de son amour. Dans un moment de bonheur, il trouve enfin le courage d'ouvrir son cœur et d'avouer à Kyoko les véritables émotions qui le gouvernent. Ce moment est bouleversé à jamais, lorsque Kyoko est enlevée de son monde par la cruelle fatalité, maîtresse de toute chose. Se croyant maudit, Toya baisse les bras, acceptant à tort l'idée que sa raison de vivre l'ait abandonné à son sort. Maintenant, Toya va devoir la défendre contre le pire ennemi de tous... qui n'est autre que lui-même.

Une Lumière au Cœur des Ténèbres
La Saga du Cœur de Cristal Protecteur -Livre 4
Résumé :

Pour Kyoko, les créatures de légendes peuplent les films que vous louez et regardez avec vos amis un samedi soir entre amis. Lorsqu'un mystérieux harceleur transforme les ténèbres autour d'elle en de sombres recoins mortels, sera-t-elle capable de se cacher du passé ? Les ténèbres sont tombées à nouveau sur le monde et les gardiens attendent la résurrection. Alors qu'on les croyait comme étant des créatures mythiques, ils se découvrent bien plus réels en ce monde, contrairement à l'idée reçue. Lorsque la lune est haute, ces créatures, ces gardiens, combattent le mal qui cherche à s'emparer du monde et de la détentrice de la puissance ultime... la lumière au cœur des ténèbres.

La Possession d'un Gardien
La Saga du Cœur de Cristal Protecteur -Livre 5
Résumé :

Kyoko se retrouve au beau milieu d'une guerre sans âge entre les puissants Gardiens et le Grand Gardien, devenu alors l'ennemi à abattre... un seigneur démon, détenteur du pouvoir qui peut tous les détruire. Des secrets sont gardés et des cœurs purs se cachent derrière des apparences glaciales et lâches. Une fois de plus, la guerre entre le Bien et le Mal voit ses limites devenir floues... et projette les principaux concernés dans la forme la plus dangereuse et la plus séduisante de chaos. Lorsque l'ennemi montre son cœur et que les alliés en sont dénués, ces puissants immortels combattent leur propre cœur aussi bien qu'ils se battent les uns contre les autres pour protéger la prêtresse. Elle est le centre de leur univers et chaque Gardien cherche à faire d'elle ce qu'elle est supposée être... la Possession d'un Gardien.

Le Vampire Jumeau
La Saga du Cœur de Cristal Protecteur - Livre 6
Résumé :

Kyoko était née pour combattre les démons et pensait connaître toutes les règles avant de se lier d'amitié avec un vampire hybride et d'être accidentellement séduite par son maître. Réalisant que l'ennemi a un cœur, les limites entre le Bien et le Mal deviennent de moins en moins tangibles, laissant Kyoko perdue et vulnérable au sein d'un monde dangereux. Maintenant qu'un maître vampire obsédé par elle la suit à la trace et que son frère jumeau entame une guerre contre les vampires, Kyoko ne fait que de se rapprocher de la seule chose qu'elle est censée détruire.

L'Ange aux Ailes Noires
La Saga du Cœur de Cristal Protecteur - Livre 7
Résumé :

Certaines légendes le décrivent comme un Dieu, pendant que d'autres parlent de lui comme du démon qui cherche à tuer les Dieux afin de retrouver sa liberté. Ils lui donnent tous le nom de… Darious. Son plan est de renvoyer chaque démon dans leur fosse et la rage qui l'anime est sa seule arme. En sauvant les humains qui l'ont évité comme la peste, Darious est stupéfait de tomber sur des yeux vert émeraude qui le regardent sans une once de peur. Kyoko savait-elle qu'un seul regard brûlant pouvait tenter un Dieu et enflammer sa passion là où il ne connaissait que la colère ? Entourée des gardiens qui l'aiment et la protègent, ces derniers ont-ils la moindre chance contre l'ange aux ailes noires ou contre les démons qui ont silencieusement envahi la ville ? Kyoko découvre qu'il est difficile de fuir l'emprise de Darious puisqu'il est plus rapide qu'elle.

Cœurs Maudits
La Saga du Cœur de Cristal Protecteur - Livre 8
Résumé :

Les frères gardiens sont des immortels très possessifs quand il s'agit de protéger Kyoko d'Hyakuhei, des démons, et même d'elle-même. Et s'ils allaient trop loin ? Si les frères savaient qu'ils auraient à s'entre-tuer pour avoir le simple plaisir de rester auprès d'elle, le feraient-ils ? Si un tel acte leur permettait de l'aimer librement, alors ils s'exécuteraient aussitôt. Leur mort serait-elle suffisante pour préserver Kyoko du seigneur des démons, Hyakuhei, qui l'aime pour l'éternité ? Parfois, même le sang ne suffit pas, lorsque Kyoko ne joue pas selon les règles de leurs Cœurs Maudits.

*****

Amy Blankenship, mariée et mère de trois enfants, réside en Caroline du Nord. Elle a toujours ressenti le besoin d`écrire. Après avoir compris que certaines histoires devaient être racontées, Amy décida de donner réalité à ses rêves. Inspirée par sa passion pour les romans d`amour et le paranormal, Amy est parvenue à réunir ses deux passe-temps préférés pour donner vie à des histoires romantiques, fantastiques et surnaturelles. N`hésitez pas à aller visiter son site officiel et à vous y inscrire comme membre :
http://www.amyblankenship.webs.com